화담 서경덕 2

유객이 되어

화담 서경덕 2
유객이 되어

— 김상규 지음 —

아침이슬

```
국립중앙도서관 출판시도서목록(CIP)

화담 서경덕. 2, 유객이 되어 / 김상규 지음
— 서울 : 아침이슬, 2005
    p. ;  cm
 ISBN 89-88996-56-9 04810 ₩9500
 ISBN 89-88996-54-2 (세트)
 813.6-KDC4
 895.735-DDC21       CIP2005002321
```

화담 서경덕 2
유객이 되어

ⓒ 김상규, 2005

첫판 1쇄 펴낸날 · 2005년 12월 15일

지은이 · 김상규
펴낸이 · 박성규
펴낸곳 · 도서출판 아침이슬

등록 · 1999년 1월 9일(제10-1699호)
주소 · 서울시 마포구 합정동 364-70(121-884)
전화 · 02)332-6106
팩스 · 02)322-1740
이메일 · 21cmdew@hanmail.net

ISBN · 89-88996-56-9 (04810)
ISBN · 89-88996-54-2 (세트)

이 책의 저작권은 저자와 도서출판 아침이슬에 있습니다.
신 저작권법에 의해 보호를 받는 저작물이므로 무단전재와 무단복제를 금합니다.

화담 서경덕 2

유객이 되어

제1장	스스로 그러한 것이 스승	7
제2장	산천을 주유하다	65
제3장	인연(因緣)	137
제4장	반촌 사람들	189
제5장	가르침의 길에 들어서다	259

제1장 스스로 그러한 것이 스승

날마다 아침에 일어나면 송악산 자락까지 산책하는 것으로 하루를 시작하여
점심때까지 참선 같은 묵상으로 일관하였다.
오후에는 초가를 나와 3백여 보 거리에 있는 냇가에서 흐르는 물을 구경한 뒤
저녁이면 밤하늘을 관찰했다.
차츰 냇물을 보는 눈도 달라졌다.
바위를 스쳐 지나는 물길도 어제와 오늘이 달랐으며 물의 양도 달랐다.
흐르는 물소리도 조금씩 다르다는 것을 느낄 수 있었다.
밤하늘의 별들도 열흘이 지나자 위치를 달리하고 있다는 것과
그 밝기 또한 매일 달라짐을 감지할 수 있었다.

1

서경덕은 기묘년 내내 『참전계경』에 빠져 있었다.

'하늘이 열릴 때 밝은 분께서 인간의 삼백예순여섯 가지 일을 맡아서 처리하시니 그 으뜸이 되는 여덟 가지로 성(誠), 신(信), 애(愛), 제(濟), 화(禍), 복(福), 보(報), 응(應)이 있으니 이를 참전계율이라 한다.'

이른바 『참전계경』의 8강령이었다. 8강령 가운데 성신애제의 4강령을 상경(上經)으로 21훈(訓) 157사(事), 화복보응의 4강령을 하경(下經)으로 24훈 156사로 구성되어 있었으니 8강령 45훈 313사를 합쳐 총 366사가 되었던 것이다.

읽으면 읽을수록 새로움에 빠져들었다. 한 자 한 자가 헛됨이 없었다. 한 구절을 읽고 한참 동안 깊은 생각에 잠기면 그 가르침이 무엇인지 깨달을 수 있었다. 격물치지로 모든 사물을 깨우쳤던 서경덕에게는 하늘의 가르침은 오히려 쉬웠다. 사를 하나 읽고 깨달을 때마다 감탄이 저절로 흘러나왔다. 그렇게 하길 수천 번, 마침내 『참전계경』이 치화경(治化經)으로서 인간세상에 전달하려는 의미가 무엇인지 정확하게 알 수 있게 되었던 것이다.

서경덕은 여러 학문을 두루 섭렵했지만 이처럼 간략하면서도 정확하게 맥을 짚어 가르침을 전하는 것은 없었다. 인간의 마음 깊숙한 곳에서부터 삼라만상에 이르기까지 훤히 꿰뚫고 있어 누구나 그대로 실천하기만 하면 아름다운 세상을 이룰 수 있다는 것이 『참전계경』의 가르침이었다.

"형님, 몇 번을 불러야 알아들을 거요. 이젠 귀마저 먹었수?"

전우치였다. 열어젖힌 방문 앞, 아침 햇살을 받은 긴 그림자 속에 전우치가 큰 곰처럼 버티고 서 있었다.

"오랜만일세. 어서 들어오시게."

전우치는 서경덕의 말에는 대꾸도 없이 눈바닥 위에 넙죽 엎드려 절을 했다.

"무슨 일이신가? 절은 왜 하고?"

"살아 계신 형님을 보니 절이 하고 싶었소."

"내가 죽었다는 소문이라도 났는가?"

"내가 언제 소문 믿는 거 봤수? 관(棺)에 누워 있어야 할 분이 살아 계시니 어찌 절을 하지 않을 수 있겠소?"

"싱거운 사람 같으니."

늘 농을 좋아하고 불쑥불쑥 괴이한 짓을 일삼는 전우치인지라 서경덕은 그저 허허 웃어넘길 수밖에 없었다. 하긴 그게 전우치의 매력이라면 매력이었다.

"싱겁다니요? 진심으로 올린 절이었소. 참이오."
"그래, 아우님은 내가 죽었으면 했단 말인가?"
"그게 아니고, 사림이 모두 박살났소이다."
"사림이?"
서경덕은 그때까지 기묘사화의 소식을 모르고 있었다. 두문불출 『참전계경』에 파묻혀 지냈기 때문이었다.
"사화가 일어났단 말이오, 사화가!"
"사화라고 했는가?"
"그렇소. 나라에 망조가 들었소. 연산 임금 때 무오, 갑자년 사화도 모자라 또 칼을 뽑았으니 이제 아주 사림의 씨를 말릴 작정인 듯싶소. 임금이나 훈구파 놈들이나 모두 눈깔이 뒤로 박힌 작자들이오."
전우치는 벽을 치며 분을 토해냈다. 허, 서경덕은 눈을 질끈 감았다.
"엊그제 조광조는 사사되었고, 김안국 대감은 파직되었소!"
"무어라? 사사와 파직이라고?"
서경덕은 눈을 크게 떴다. 결국 막지 못하고 파국으로 갔단 말인가. 입에서 저절로 신음 소리가 새어 나왔다.
"이래서야 누가 학문을 한다 하겠소. 쓸 만한 인재다 싶으면 모조리 붙잡아다 목을 치는 세상이니 선비들은 이제 죄다 등을 돌리고 숨을 것이오. 죄 없는 백성들만 등골 빠지게 되었으니 이게 망한 세상 아니고 뭐요."
"……."
지난번 김안국 대감이 민기를 시켜 기묘년 운기를 물어왔을 때 서경덕은 역을 풀고 영기를 다스려 작괘해의를 해준 적이 있었다. 그때 풀어서 전해준 작괘해의가 '천지비(天地否)'였다. 천지비라면 반목과 질시,

투쟁과 살육이 창궐하고, 군신상하의 뜻이 폐색되어 곳곳에서 모함과 음모가 자행될 패였다.

'그래서 무리 짓는 행동을 삼가고 은인자중, 때를 기다리라 했거늘.'

그런데도 결국 일은 벌어졌다. 그나마 김안국 대감이 사지를 벗어난 것으로 위안을 삼아야 한단 말인가. 서경덕의 이마가 붉게 물들었다.

"대체 몇이나 화를 당한 것인가?"

"훈구파 놈들이 어떤 놈들이오? 조정에 든 사림은 한 사람도 남지 않았다고 보면 될 것이오."

"대사헌께서 사사되는 것으로 책임을 지셨으니 그나마 다른 사람들이 목숨을 부지한 것이 아니겠나?"

"모르시는 말씀이오. 윤자임도 유배지로 배송 중에 죽었소이다. 앞으로도 죽임이 끊이지 않을 게 불 보듯 뻔하외다. 만약 죽임을 당하지 않는다 해도 훈구파 놈들이 살아 있는 한 배소에서 한 발자국도 나올 수 없을 것이오. 두고 보시오."

"반드시 그렇지는 않을 것이네. 구명을 하는 자들도 있을 것이고 근신하는 자도 있을 것이니 너무 극단적인 생각만 앞세우지 말게. 모든 사물의 이치는 극에 달하면 쇠하는 법이거늘 오늘의 권세가 어찌 오래갈 수 있겠는가. 시국이 안정되길 기다릴 밖에."

"그놈들에겐 권불십년이란 말도 통하지 않는 걸 형님도 보고 있잖소. 그놈들이 죽기 전엔 구명이 되지 않을 것이오. 그리고 구명을 할 사람도 조정엔 남아 있지 않소이다. 정승 자리도 그놈들이 다 차지했고 육조도 다 그 판이오. 만일 구명을 주장하는 자가 있다면 그 사람도 똑같이 당할 게 뻔하지 않소. 세상이 뒤집어지기 전엔 아무도 이 판국을 바꿀 수 없을 것이오. 빌어먹을 세상. 에이, 퉤퉤!"

전우치는 분에 못 이겨 눈 위에 가래침을 힘껏 내뱉었다. 그때까지도 전우치는 밖에 서 있는 채였다.

"남들이 다 듣겠네. 어서 안으로 들게나."

"이놈 열불이 터져 앉아 있을 수 없소. 세상이 다 알아야 할 일이오. 암, 알아야 되고말고요. 헌데 형님, 천기라도 보신 게요? 그때 현량과에 응하지 않은 것 말이오."

"보긴 뭘 보겠나. 그런 재주 없다네."

"그렇지 않고서야 어찌 천거를 마다할 수 있었겠소. 분명 앞을 내다봤을 게요. 그게 형님한테 묻고 싶었던 것이오. 그래서 죽지 않고 살아 있는 형님에게 절을 한 것이오. 천거에 응했다면 분명 목숨을 부지하지 못했을 것이오. 안 그렇소?"

"미물에 불과한 사람이 어떻게 천기를 알겠는가. 넘겨짚지 말게."

"아니, 분명히 형님은 알고 있었소. 허니, 거짓으로 대하지 말고 한 수 가르쳐주시오."

전우치는 짚신을 내팽개치듯 벗고 방으로 들어와 자리를 잡고 앉았다. 방바닥이 차가웠다. 전우치는 엉덩이를 들썩이며 물었다.

"불도 안 때는 방이오? 왜 이리 차갑소?"

"불을 지핀 지가 오래되어 그런 모양이네. 무슨 추위를 그리 타는가."

"화로도 없수?"

전우치는 방을 둘러보며 눈을 둥그렇게 떴다.

"화로를 방 안에 들여놓은 적이 없네."

"참으로 대단하시오. 형님은 신선이시오."

"신선이라니 당치 않은 말씀을 다 하시네."

"이런 냉방에서 기거할 수 있는 사람은 아무도 없을 것이오. 다른 사람 같으면 벌써 코에 고드름이 달렸을 것이오."

"아우님도 역을 공부했고 도를 닦고 있는 사람 아니신가. 춥고 더운 것쯤이야 능히 다스릴 수 있지 않은가."

전우치는 새삼스러운 눈빛으로 서경덕을 바라보았다.

떠돌이 신세로 도를 숭상하고 도를 닦는 것으로 울분을 삭이고, 한양을 들락거리며 뜻있는 사대부의 식객 노릇으로 세월을 낚고 있는 전우치였지만 서경덕을 대할 때마다 배움을 청하고 싶었다. 그래서 오늘은 마음을 다잡고 찾아온 것이었다.

"형님을 스승으로 모시겠소. 어떻게 해야 앞을 꿰뚫을 수 있는지 가르침을 주시오."

전우치는 정중히 무릎을 꿇더니 배움을 청했다. 목소리가 사뭇 진지했다.

"왜 이러시나. 난 아우님을 가르칠 것이 없네. 아우님 역시 학문을 두루 섭렵하지 않았던가. 자, 어서 편히 앉으시게."

"아니오. 이 우둔한 놈을 바르게 지도해주시오."

고삐 풀린 망아지처럼 날뛰던 전우치가 이렇듯 진지하고 숙연하게 머리를 조아리고 있으니 서경덕은 난감했다.

"이보게, 다음날 다시 생각해보기로 하고 오늘은 세상 돌아가는 이야기나 하기로 하세."

"그런 미적지근한 대답이 어디 있소. 제자로 받아주시겠다 아니다 하는 대답을 듣고 싶소. 세상 이야기는 그 다음이오."

"아우님하고 나하고는 나이 차이도 별반 없지 않은가. 그런 아우님이 형으로 대해주는 것만으로도 나는 과분하다고 생각하고 있네. 그런데 다시 스승으로 삼겠다니 난 받아들일 수가 없네. 그저 예전과 같이 좋은 사이로 지내세."

그렇게 오랫동안 줄다리기를 하였으나 전우치의 청이 워낙 간곡하여 차마 내칠 수가 없었다.

"그렇게 하겠네. 편한 대로 날을 택해 시작하기로 하세. 그러나 공부라는 것은 아우님도 알다시피 마음먹기에 달렸으니 각오를 단단히 해야 할 걸세."

배우겠다는 사람이면 어느 누구라도 마다하지 않는 서경덕이었기에 승낙은 했지만 전우치의 과격한 성품을 잘 알고 있는지라 은근히 걱정이 되었다.

서경덕과 전우치는 서책을 마주하고 긴 겨울을 함께 보냈다. 기초가 있고 머리 또한 영특한 전우치였기에 빠른 시간에 많은 것을 배웠다. 모자랐던 주역 공부도 터득하기에 이르렀고 천문과 지리를 보는 눈도 높은 수준에 이르렀다. 서경덕은 자신이 터득한 모든 것을 아낌없이 전우치에게 전해주었다.

서경덕은 마지막으로 『참전계경』을 알려주기로 작심했다. 비록 지금은 금서가 되어 있으나 결코 사장되어서는 안 될, 크고 넓은 뜻을 담고 있기 때문이었다.

"『참전계경』의 8강령인 '성신애제화복보응'은 주역의 팔괘와도 상관이 있는데 성은 천(天, ☰), 신은 택(澤, ☱), 애는 화(火, ☲), 제는 뢰(雷, ☳),

화는 풍(風,☴), 복은 수(水,☵), 보는 산(山,☶), 응은 지(地,☷)로, 팔괘의 의미를 부여하고 있다네."

"이제야 확실하게 알 수 있을 것 같소."

"무얼 말인가?"

"주역이 되놈들이 만든 게 아니라 본디 우리 것이라는 사실 말이오."

『참전계경』의 8강령을 주역의 팔괘와 연관지어 설명하니 전우치는 쉽게 그 뜻을 헤아렸다.

"성은 6체(體) 47용(用), 신은 5단(團) 35부(部), 애는 6범(範) 43위(圍), 제는 4규(規) 32모(模)로 구체화하여 상경을 이루고, 화는 6조(條) 42목(目), 복은 6문(門) 45호(戶), 보는 6계(階) 30급(及), 응은 6과(果) 39형(形)으로 구체화하여 하경이 되었다네."

두텁지는 않았지만 서책으로 만든 것이었으니 설명만 잘 들어도 되는 공부였다.

"크게 보면 상경은 인간을 둘러싼 모든 일에서 발생하는 문제점을 시작에서부터 완전하게 제거하는 원리로 구성되어 있으니 작용에 관한 내용이고, 하경은 모든 문제점을 끝에서 완전하게 제거하는 원리로 구성되어 있으니 결과에 관한 내용이라네. 이 원리는 인간을 둘러싼 모든 환경에서 시작과 끝이라는 시간이 없는 영원불변의 세계인 무극의 세계에 인간 스스로의 노력으로 도달할 수 있도록 하는 게지. 그러므로 『참전계경』을 바르게 읽고 노력하면 그 비밀을 꿰뚫을 수 있는 것이라네."

『참전계경』을 전하는 데는 오랜 시일이 필요치 않았다. 『참전계경』이 워낙 간략하면서도 인간사의 맥점을 정확히 짚고 있는 데다가 주역까지 웬만큼 터득한 전우치였기 때문이다.

그러나 서경덕은 특별히 하경의 화와 보에 역점을 두어 설명하였다. 그것은 전우치의 편벽된 심성을 염두에 둔 배려인 동시에 기묘사화의 인과를 밝히려는 것이었다.

제5강령의 화는 악의 결과를 불러들이는 것으로 6조 42목으로 구성되어 있다.

서경덕은 화를 제거하지 않으면 끝내 재앙이 됨을 설명하기 시작했다.

"상경의 성신애제에서 공부했듯이 정성이 쌓여 믿음이 되고, 믿음이 쌓여 사랑이 되고, 사랑이 쌓여 일(남에게 도움이 됨)로 구체화되지 않던가. 이러한 일련의 과정은 인간의 어떠한 일에도 생략됨 없이 진행되지. 허나 그 일의 성공 여부는 자신이 쌓은 정성과 믿음과 사랑과 일이 얼마나 선하고 깨끗하며 후덕(厚德)한지에 달려 있다네. 그 안에 악이나 더러움(濁)이나 박(薄)함이 아무리 작다 해도 그것은 반드시 화로 돌아온다는 말이지. 대부분 이러한 악과 탁과 박은 속임이나 숨김, 혼자만의 앎 등으로 위장되는데 그것이 아무리 작고 오래되었다 해도 반드시 화가 되어 돌아온다는 말일세. 더구나 가면 갈수록 커지고 커져서 나중에는 감당 못할 거대한 화가 되어 돌아온다네. 따라서 그러한 화를 미리 제거해주는 일이야말로 참된 진리가 아닐 수 없다네."

화의 여섯 가지 조는 속임(欺), 빼앗음(奪), 음란함(淫), 상처 입힘(傷), 몰래 꾀를 씀(陰), 거스름(逆)으로 구성되어 있었다. 이것은 사사로운 속임이 마침내 역적으로 자라난다는 가르침의 장이었다.

서경덕은 화의 여섯 개 조 가운데 첫 번째인 속임부터 설명하기 시작했다.

"사람의 허물과 죄는 속임에서 비롯되지 않는 것이 없으니 속임은 성품을 불태우는 화로이며 몸을 찍는 도끼라네. 속이는 것이 나쁜 줄 스스로 깨달으면 다시 하지 않게 되어 경계할 수는 있으나 이미 속인 일은 씻을 수 없다네."

전우치는 알아들었다는 듯이 고개를 주억거렸다.

속임은 열 개의 목으로 구성되어 있다.

익심(匿心, 마음을 감춤), 만천(慢天, 하늘을 업신여김), 신독(信獨, 남이 알지 못한다고 스스로 속임), 멸친(蔑親, 친족을 속임), 구운(驅殞, 남을 벼랑 끝으로 몰아붙임), 척경(踢傾, 남을 차서 쓰러뜨림), 가장(假章, 문장을 거짓으로 꾸며 속임), 무종(無終, 처음부터 끝맺음을 염두에 두지 않고 속임), 호은(怙恩, 은혜에 기대어 보은할 생각 없이 속임), 시총(恃寵, 총애에 힘입어 방자해져 속임) 등이다.

이와 같이 마음을 감추는 속임의 시작이 모든 사람을 떠나게 만드는 결과를 초래한다는 가르침이었다.

서경덕은 속임의 첫 번째 목인 익심을 설명했다.

"익은 감추는 것이지. 마음을 마음에 감추고, 마음을 마음으로 속이면 마음은 이미 빈 것이지. 멈추면 흙과 나무요, 움직이면 송장이니 흙과 나무가 일을 논할 수 있을 것이며 송장이 능히 사람을 따를 수 있겠는가."

이윽고 속임의 열 번째 목인 시총까지 설명하고 탈, 음, 상, 음을 거쳐 화의 마지막 조인 거스름에 이르렀다.

"역은 따르지 않음[不順]의 극치라네. 사람의 백 가지 행실은 따르는 데서 이루어지고 거스르는 데서 잃게 된다네. 거스르면서 큰 복과 큰 이로움을 구하는 것은 토끼가 한 굴속에서만 머무는 것과 같다네."

"참으로 옳은 말만 적혀 있소, 형님."

잠자코 경청하던 전우치가 모처럼 입을 뗐다.
"그렇고말고. 역조는 설신(褻神), 독례(瀆禮), 패리(敗理), 범상(犯上), 역구(逆詬)의 다섯 목으로 구성되어 있다네."
"다섯 목도 기대가 됩니다, 형님."
"잘 들어보시게."
서경덕은 역조의 다섯 목을 설명하였다.
"설신은 불경스런 말로 하늘을 더럽힌다는 말이라네. 하늘의 도를 아는 사람은 하늘을 능멸하지 않으며, 하늘의 이치를 아는 사람은 하늘을 원망하지 않는 법이지. 해서 하늘을 더럽히는 사람은 도도 모르고 이치도 모른다네.
독례는 예절을 행하는 것을 두들겨 없앤다는 말이네. 사람에게 예절은 몸의 손발이나 방의 문과 같은 것이지. 손발 없이 몸을 움직일 수 있는 사람도 없고, 문을 지나지 않고 방으로 들어갈 수 있는 사람도 없다네. 예절을 행하는 것을 두들겨 없애고 나쁜 풍속을 퍼뜨려 이루는 것은 이 부류에서 으뜸가는 거스름이라네.
패리는 하늘의 이치를 무너뜨려 어지럽게 한다는 말일세. 선한 것을 버리고 악한 짓을 하며 바른 것을 버리고 사특한 짓을 하는 것은 하늘의 이치를 어기는 짓이지. 악한 짓을 하면서 도리어 선을 치고 사특한 짓을 하면서 도리어 바른 것을 내치는 것은 하늘의 이치를 무너뜨리는 짓이라네.
범상은 위를 범하여 허물과 과실을 짓는다는 말이지. 자식이 효도를 하지 않고, 신하가 제 직분을 다하지 않고, 제자가 가르침에 반하며, 형제가 화목하지 않으며, 부부가 불화하는 것은 모두 위를 범하여 허물과 과실을 짓는 것이라네. 이것이 백 가지 화의 뿌리인 게야.

　마지막으로 역구는 이치에 거슬러 덕이 있는 관리와 나이 드신 어른을 꾸짖어 인륜을 해치고 차례를 바꾸는 것이니, 자식들이 나나니벌과 같은 역적이 된다는 뜻이라네. 나나니벌이 나비 애벌레의 몸속에 알을 까면 부화한 뒤 그 애벌레를 먹이로 삼아 큰다는 데서 나온 비유인 게지."

　"그것 참 좋은 말씀이외다. 그중 역구가 귀에 쏙 들어옵니다, 형님."

　"한 자도 버릴 수 없는 하늘의 말씀이니 어찌 귀를 거슬리겠는가."

　서경덕은 8강령의 일곱 번째인 보를 설명하기 시작했다.

　"보는 계와 급으로 나뉘어 있다네. 즉, 6계와 30급인데 쌓고〔積〕, 무겁고〔重〕, 선을 시작하고〔卌〕, 가득 차고〔盈〕, 큰 악을 짓고〔大〕, 작은 악을 짓는 것〔小〕으로 구성되어 있지. 이것은 산(山)의 모습을 인간사에 적용시키고 있는 것으로, 선을 쌓으면 복을 받고 악을 쌓으면 결국 화를 받음을 의미하지."

　"산? 산이라면 『주역』의 「설괘전」에 나오는 '종만물시만물자 막성호간(終萬物始萬物者 莫盛乎艮)'이 떠오릅니다."

　"맞네. 산은 곧 간(艮)이 아니던가. '만물을 끝맺고 시작하는 데 간보다 더 성대한 것은 없다'는 말이지. 많은 흙과 바위가 쌓여서 땅의 머리를 이루는 것처럼 흙이 쌓이면 산이 되고 산에서 흙이 무너져 내리면 평지가 되니 역시 땅의 시작과 끝이 되는 것이라네. 해서 이 이치가 인간사에 적용될 때 자신이 쌓은 만큼 선과 악의 보답이 이루어진다는 간단한 논리일세."

　"큰 악은 알겠는데 작은 악은 어떻게 다른지 알고 싶소, 형님."

　"허물이 지나친 것을 악이라 하지 않던가. 큰 허물과 큰 지나침은 어두운 지혜로부터 나오는 것이고 작은 악은 네 가지의 급으로 구성되어 있다네. 본 성품을 버리는 배성(背性)과 악을 끊으려 하다가 다시 잇는 단련(斷連), 그리고 불개(不改)와 권린(勸隣)이지.

배성은 교활하게 협기를 부리고 졸렬함을 벌이는 것으로 악을 시험해서 이익을 이루면 좋은 방법을 찾은 줄 알고 몸을 분주히 하여 날뛰는 악이니 그 화를 받는다는 것일세.

단련은 몰래 지은 악이 드러나자 두려워서 끊고자 하다가 남의 말이 잠잠해지면 다시 그 악을 꾀하는 것으로 요사스러운 악이니 그 또한 화를 받는다는 말이지.

불개는 악은 반드시 고쳐야 하는 것임을 알면서도 차마 고치지 못하는 것을 말한다네. 그것은 이익을 바라기 때문이지. 이는 어두운 악에 들떠 있는 것으로 가히 그 화를 받는다는 것일세.

끝으로 권린은 자기의 악이 고립될까 두려워하여 양순한 사람에게 자기를 따르도록 권하는 것이라네. 양순한 사람이 따르지 않으면 도리어 그를 모함하여 자기의 악이 불어나게 하니 굶주린 악(餓惡)이 되어 그 또한 화를 받는다는 말일세."

전우치의 공부는 여름까지 이어졌다. 초복을 지나 중복을 맞을 무렵에야 전우치는 이제 떠날 때가 되었다며 행장을 꾸렸다.

"이젠 스스로 공부하면서 모자란 부분을 경험으로 채워 넣어야 할 것일세. 반년이란 시간이 결코 짧지는 않았을 게야. 밤낮없이 아우님처럼 열심히 공부하는 사람도 드물 걸세. 지금까지의 배움은 앞으로 마음을 바르게 하고 옳은 일에만 사용하길 바라네. 절대 혹세무민하는 일은 없도록 해야 할 것이니 내 말 명심하시게."

"여부가 있겠소이까. 꼭 명심하여 도를 펼칠 것이오. 고맙소, 형님."

떠나는 전우치의 뒷모습을 보는 서경덕은 마음이 놓이지 않았다. 배움의 열정은 좋으나 언젠가는 배움을 앞세워 엉뚱한 짓거리를 할 수도 있는 위인임을 잘 알고 있기 때문이었다.

전우치는 욕심은 없으나 세상을 바라보는 눈이 온화하지 않았다. 불신과 불만이 가득 찬 그 심보는 화(禍)를 동반하고, 화는 화(火)로부터 발생하는 것이기에 화(火)를 다스리지 못하면 끝내 화(禍)를 당하고 마는 법, 그런 전우치의 명(命)을 꿰뚫고 있었기에 멀어져가는 그의 뒷모습이 저물어가는 땅거미처럼 어둡고 쓸쓸하게 보였다.

2

　말복을 넘어섰음에도 견디기 어려운 불볕더위가 계속 이어졌다. 송악산을 넘어오는 솔바람이 그나마 위안이었다.
　서경덕의 초가도 찌는 듯이 더웠다. 들창을 열어젖혀 맞바람을 기다려보지만 어림도 없었다. 송악산에서 바람이 일기 전엔 들창을 열든 닫든 별 차이가 없었다.
　그 무렵 민기가 다시 서경덕의 초가를 찾아왔다.
　"자네 민기가 아닌가."
　"예, 맞사옵니다."
　일 년 반 만에 다시 보는 민기는 더욱 성숙하여 건장한 청년이 되어 있었다. 의관을 갖추니 의젓한 선비의 모습 그대로였다.
　그렇지 않아도 김안국의 소식이 궁금하던 터라 그의 안부부터 살폈다.
　"김안국 대감은 지금 어디서 무얼 하고 계시는가?"

"지난 사화에 목숨은 구하셨으나 파직되시어 경기도 이천으로 내려가서 후진들을 가르치고 계십니다."

"오, 후학들을 가르치고 계시다니 그나마 다행이군."

서경덕은 한시름 놓았다. 더 큰 화가 미치지 않음이 다행이었다.

"모재 대감께서 스승님을 찾아뵙고 가르침을 받으라고 보내셔서 다시 오게 되었습니다."

당시의 학업 풍조는 기초만 가르치는 스승이 있는가 하면 중급부터 맡아서 가르치는 스승이 있었고 상급에 해당하는 문하생을 두는 스승도 있었다. 스승이 제자를 판단하여 더 나은 스승에게 배움의 길을 인도하는 경우도 있었고, 배우려는 자가 스스로 훌륭한 스승을 물어물어 찾아가는 경우도 있었다.

학문을 하는 선비로서 또는 후학을 지도하는 선생으로서 문하생을 소개받으면 기꺼이 응하는 것이 당시 관례였다.

그런 관례대로 김안국은 지금까지 문하에 두고 있던 민기를 서경덕에게 보낸 것이다. 민기 역시 지난해 정초 송도에 왔을 때부터 서경덕을 스승으로 모셨으면 하는 마음이 있었던 터라 단숨에 서경덕을 찾아온 것이다.

"신광한 대감의 소식은 들어보았는가?"

"지난 삼월에 삼척 부사로 좌천되셨사옵니다."

"기묘년의 화로 많은 분들이 고초를 겪고 계시는군. 참으로 안타까우이."

"그뿐 아니오라 현량과에 장원을 한 김식 영감께서도 지난 5월에 자결하셨다고 하옵니다."

"자결을?"

"예, 유배지에서 시를 남기고 자결하셨다 하옵니다."

"음……."

서경덕은 탄식을 토해냈다.

김식은 사헌부 장령으로 재직하고 있을 때 조광조의 천거로 장원을 하였고, 뛰어난 실력으로 사람들의 신뢰를 얻어 단기간에 부제학과 대사성 등으로 승차했다. 조광조와 더불어 도학 소장파를 이루었으며 왕도정치의 실현을 위해 미신타파와 향약실시, 정국공신 위훈삭제 등의 개혁정치를 폈던 사림의 선두주자였다.

그러다가 기묘사화의 해를 입어 처음에는 절도안치의 벌이 내려졌으나 영의정 정광필의 비호로 선산(善山)으로 유배되었다. 그 후 다시 절도로 이배된다는 소문이 있자 '군신천재의(君臣千載義)'란 시를 남기고 자결한 것이다. 나이 39세로 조광조와는 동갑이었다.

천거를 고사했던 서경덕이었기에 현량과에 장원급제를 한 김식의 유배와 자결 소식은 자신의 일과 다름없다고 생각하였다.

"어찌 그리하셨단 말인가. 뜻을 펼치지 못한 분함도 있겠으나 참고 견뎌 세월이 지나면 변한다는 것을 왜 모르셨단 말인가. 참으로 가슴을 치며 통탄할 일이로세, 통탄할 일이야."

서경덕은 크게 한탄하며 하늘을 쳐다보았다.

"……김식 영감이 먼저 가신 정암 선생과 같이 죽지 못한 부끄러움이 남아 있어 스스로 목숨을 버리셨구나. 현자를 두 분이나 버린 조정이 원망스럽네. 장차 선비들은 어디에 기대어 견딘단 말인가."

분위기가 침울해지자 민기가 화제를 바꾸었다.

"대군께서 왕세자로 책봉되셨습니다."

"그거 감축할 일이로세. 올해로 탄생 여섯 해가 되셨으니 왕세자 책봉도 빠른 편은 아니지."

서경덕이 깊은 관심을 내보이면서 화답했다.

한 왕조에 적자(嫡子)로서 왕위를 승계할 대군이 있다는 것은 나라의 안정을 위해 더없이 좋은 일이었다.

조선이 개국한 이래 중종 임금에 이를 때까지 대군이 없어 후궁의 몸에서 태어난 군(君)이 승계를 하거나 적자가 아닌 차자나 가까운 왕족에서 왕위를 승계한 예가 몇 차례 있었다. 그때마다 조정은 시끄러웠고 많은 선비들이 죽임을 당해야 했다.

단종의 예가 그러했다.

일찍이 세종의 첫째 아들로 태어난 문종은 서른일곱의 나이로 보위에 올라 2년 뒤 승하할 때까지 여복이 없었던 임금이었다. 세자 시절에는 두 번이나 세자빈이 폐출되는 쓰라린 아픔을 겪었으며 보위에 오를 때는 끝내 왕비 없이 홀로 옥좌에 올라야 했다.

문종의 첫 번째 부인 김씨는 질투와 시기심이 도가 지나치게 심했던 여인이었다. 세자가 좋아하는 궁녀의 신발을 몰래 훔쳐다 불에 태운 뒤 가루를 내어 세자에게 마시게 하는 등 타인을 저주하는 압승술(壓勝術) 쓰기를 서슴지 않았고, 세자의 환심을 사기 위해 뱀이 교접할 때 흘린 정액을 수건으로 닦아 허리에 두르는 등 사술을 쓰다가 발각되어 혼인한 지 두 해를 넘기지 못하고 폐빈이 되었다.

세종실록 11년(1429년) 7월 20일조(條)에 그 기록이 있다.

……부덕한 자가 받드는 제사는 조종의 신령이 흠향하지 않을 것이며, 왕궁 안에서 용납할 수 없으니 도리대로 마땅히 폐출시켜야 할 것이다. 내 어찌 그대로 두겠는가. 이미 선덕 4년 7월 20일 종묘에 고하고 김씨를 폐빈하여 서인을 삼았으며, 사가로 쫓아 보내 더 이상 우리네의 가법을 더럽히지 못하게 하였다. 또한 그의 비위를 맞춰 죄에 빠지게 한 시녀는 해당 관청에 넘겨 법과 형벌을 바르게 밝히도록 하였다.

두 번째 세자빈으로 간택된 여인은 봉씨였다. 봉씨는 첫 번째 세자빈 김씨보다 더 궁궐을 어지럽혔다.

폐빈될 당시의 죄목은 동성애였다. 구중궁궐 왕실의 지엄한 법도를 솔선하여 지켜나가야 할 세자빈으로서 시녀와 동성애를 하다 발각되어 폐빈이 된, 조선사에서 처음 있는 사건이었다.

봉씨를 세자빈으로 책봉한 세종은 세자가 하루빨리 자손을 생산하여 왕업의 대를 이어주기를 고대하고 있었다. 그러나 뜻대로 되지 않자 신하들과 의논 끝에 첩을 몇 사람 들이게 하였다.

그리하여 세 명의 첩을 두게 되었는데 지위는 승휘였다. 승휘는 세자궁에 소속된 궁인으로서 종4품에 해당했다. 그중에 권 승휘가 있었는데 그는 차후 단종을 생산하였고 사후에는 현덕왕후로 추존되기에 이른다.

세자빈 봉씨는 원래 시기심과 질투가 강한 여자로 세자의 사랑을 받지 못하매 앙심을 품게 되었고, 권 승휘가 임신을 하자 궁인들에게 원망하는 말을 거침없이 하고 다녔다.

봉씨는 또한 꾀를 내어 거짓으로 수태한 듯이 꾸며 궁궐 내에 퍼뜨렸다. 대전은 기쁨을 감추지 못했다. 세종은 어명을 내려 중궁전 가까이에 처소를 옮기고 편안하게 거처할 수 있도록 배려하였다. 그 후 달포가 지나자 낙태 소문을 퍼뜨려 화를 면해 갔다.

뿐만 아니었다. 시녀들의 뒷간 벽 틈으로 외간 남자들을 엿보거나 세자궁의 여종들에게 남자를 사모하는 노래를 부르게 하는 등 해괴망측한 일을 자행하였다. 그러다가 끝내 궁녀 소쌍과 동성애 행각을 벌이다 발각되어 폐출되기에 이른 것이다.

실록은 세자빈 봉씨의 사건을 세종 18년(1436년) 10월 26일조에 아래와 같이 적고 있다.

······그 후 봉씨를 빈으로 간택하였는데 뜻밖에도 부부가 금실이 좋지 못한 지가 몇 해나 되었다. 내가 중궁과 함께 가르치고 타일러서 그 후에는 대하는 모양이 다르게 되었지만 침실의 일까지야 어찌 가르칠 수 있겠는가.
······봉씨가 여종 소쌍을 몹시 사랑하여 잠시라도 그 곁을 떠나기만 하면 원망하고 화를 내면서 '나는 너를 사랑하나 너는 나를 그다지 사랑하지 않는구나' 하였다. 소쌍도 다른 사람에게 말하기를 '빈께서 나를 사랑하기를 보통보다 매우 다르게 하므로 나는 정말 무섭다'고 하였다. 소쌍이 권 승휘의 집안 노비인 단지와 좋아하며 함께 자기도 했는데, 봉씨가 집안 노비 석가이를 시켜 항상 그 뒤를 따라다니며 단지와 함께 놀지 못하게 하였다.
내가 중궁과 함께 소쌍을 불러 진상을 물으니 소쌍이 말하기를 '지난해 동짓날에 빈께서 저를 내전으로 부르시더니 같이 자기를 요구하였습니다. 저는 사양하였으나 빈께서 윽박지르시어 마지못해 옷을 반쯤 벗고 병풍 속에 들어갔습니다. 빈께서 나머지 옷을 빼앗고 강제로 바닥에 눕게 하여 남자와 교합하는 형태로 서로 희롱하였습니다'라고 말하였다.

……내가 듣건대 시녀와 종비들이 사사로이 좋아하여 동침하고 자리를 같이한다고 하였다. 내가 궁중에 금령을 엄하게 세워서 이 금령을 어기는 사람이 있을 시에는 곤장 70대를 집행하였고, 그래도 금지하지 못하는 자가 있으면 곤장 100대를 더 집행하게 하였다. 그런 다음에야 동성애 풍습이 조금 그치게 되었다. 내가 이러한 풍습을 미워하는 것은 하늘에서 내 마음을 인도하여 그리된 것이다. 어찌 세자빈이 이런 풍습을 본받아 음탕한 짓을 할 줄 생각이나 하였겠는가.

이와 같이 문종은 보위에 오르기도 전에 두 번에 걸쳐 세자빈을 폐출시키는 운명을 맞았고, 보위에 오르기 9년 전에는 권 승휘마저 단종을 낳은 다음 날 산후병으로 명을 달리하여 왕비 없이 보위에 오른 임금이 되고 말았던 것이다.

어찌 이것뿐인가. 세종의 둘째 아들 수양대군은 엄밀하게 따지자면 단종의 신분이 서자에 해당한다는 점을 들어 왕위를 찬탈하는 명분으로 삼았고, 그에 따라 많은 선비들이 죽임을 당하는 역사를 남기게 되었던 것이다.

결국 왕위를 계승할 대군이 있다는 것은 사직의 안정을 도모하는 매우 중대한 일이었다.

"세자께서 영리하시어 이미 세 살 때 글을 깨우치셨고 학문에 열중하시는 터라 머지않아 성균관에 입학해도 될 정도라는 소문이 자자합니다."

"그러셔야 되겠지. 한 나라를 다스려야 할 귀중하신 몸인데 남과 다른 모습을 보여주셔야 장차 보위에 오르시는 날에 여러 대소신료들이 성군으로 모시고 따를 것이 아니겠는가."

"세자의 학문도 일취월장이라고 들었사옵니다. 하나를 가르치면 둘을 알고 둘을 가르치면 넷을 아시는지라 공신들마저 놀라는 경우가 한두 번이 아니라고 합니다."

"부디 성군이 되시어 이 사직을 선비들과 더불어 중흥케 하셨으면 좋겠네."

"예, 분명 그리하실 것이옵니다. 스승님."

사제지간이 된 두 사람은 처음으로 속내를 드러내며 맘껏 이야기를 주고받았다.

민기는 다음 날 이른 새벽 잠자리에서 일어나자마자 마당을 쓸고 마루를 닦는 일부터 시작했다. 안방과 건넌방 사이에 있는 마루는 강의실이기도 했기 때문에 정성스럽게 쓸고 닦았다.

그리고 스승의 가난한 삶을 익히 알고 있는 터라 조반상을 보기 전에 저잣거리로 달려갔다.

이른 아침 송도의 저잣거리는 한양에 못지않은 활력이 넘쳐흘렀다. 민기는 저잣거리를 돌며 자신의 물품은 물론 곡식에 찬거리까지 덧보태 샀다. 사고 보니 한 짐이 넉넉하였다.

민기는 저잣거리 모퉁이에 몰려 있는 짐꾼 가운데 한 사람을 불렀다.

"나리, 짐이 어디에 있습니까?"

나이는 스물두엇은 되었음직했고 체구는 작으나 몸집이 당당했다.

"저쪽에 있네. 가세."

셈을 치른 곳마다 들러 지게에 실었다.

"삯은 넉넉하게 줄 것일세. 허나 다리품은 서둘러야 하네."

"염려 놓으십시오. 이래 봬도 이보다 더 무거운 짐을 지고도 높은 산을 족제비처럼 달리던 놈입니다."

짐꾼은 말을 마치자마자 횡하니 민기를 앞질러나갔다. 민기는 뒤따라가면서 큰 소리로 가는 길을 알려주었다.

"복재 선생 댁으로 가야 하네. 자네가 그 어른 댁을 아는가?"

"복재 선생 댁이요?"

짐꾼은 가던 길을 멈추고 민기를 향해 되물었다.

"그렇다네."

"복재 선생이시라면 송도는 물론 조선에서 제일로 치는 선비가 아니십니까. 이런 경사가……"

짐꾼의 얼굴이 활짝 밝아졌다.

"복재 선생 댁에 가는 게 무슨 경사란 말인가?"

짐꾼은 걸음을 재촉하며 말을 이었다.

"학문이 높고 천지를 꿰뚫는 분이라는 걸 송도 사람이라면 모르는 이가 없는데 도대체 밖으로 나오시지 않으니 뵙는 것만으로도 광영입지요."

"왜 바깥출입을 아니 하신다든가?"

"잘은 모르겠사오나 매일 서책과 씨름하고 천지를 살피는 일에 전력을 다하시는지라 한가로이 바깥출입을 할 겨를이 없으시다고 들었습니다. 그분을 뵙지 못한 지가 일 년은 족히 넘었다고들 합니다. 그런 어르신을 뵐 수 있으니 어찌 광영이 아니겠습니까. 품삯은 아니 받아도 됩니다, 나리."

'저잣거리 짐꾼에게조차 저리 흠모를 받는 분이라면……'

민기는 서경덕의 인품에 새삼 고개가 숙여졌다.

"나리께선 어쩐 일로 어르신을 찾아가십니까?"

"스승님일세. 나는 복재 선생의 가르침을 받고자 한양에서 온 민기라 하네."

"나리는 참으로 좋으시겠습니다. 저잣거리에선 소인을 황가라고 부릅지요."

어느덧 스승의 초가에 당도하였다. 황가가 지게를 세워놓고 보따리에 쌓인 물건들을 조심스레 바닥에 내려놓았다. 민기는 서경덕이 보지 않도록 황가의 손에 삯을 쥐어주었다. 황가는 받지 않으려고 버티었으나 민기가 그예 괴춤에 찔러 넣자 어쩔 수 없이 받아들였다.

짐꾼 황가는 서경덕을 보자 넙죽 큰절을 올렸다.

"소인 황가 문안드리옵니다. 이렇게 뵙게 되어 광영이옵니다. 만수무강하시옵소서."

"이 짐들은 무엇인가?"

서경덕이 황가에게 묻자 민기가 나서서 답하였다.

"공부하는 동안 잠시 사용할 문방구들입니다."

"방이 비좁으니 일단 부엌 옆에 딸린 광으로 옮겨놓으시게."

짐꾼 황가는 서경덕의 말이 떨어지기가 무섭게 광으로 물건을 날랐다. 민기가 황가의 손을 덜기 위해 보따리를 드는 시늉만 하여도 낚아채며 줄달음치듯 하면서 모두 광에다 옮겼다. 그리고 가지런히 정리까지 해놓고 밖으로 나왔다. 되돌아가야 할 사람이 자꾸 서성거리니 민기가 물었다.

"삯이 적은가?"

"아니옵니다. 어르신 모습을 잠시라도 더 뵙고 싶어서 그러하오니 허락해주십시오, 나리."

서경덕이 옆에서 그 이야기를 듣고는 껄껄 웃음을 터뜨렸다.

"이보시게. 사람이 사람 얼굴을 보는데 무슨 허락인가? 아무 때나 오고 싶으면 오시게. 내 기꺼이 얼굴을 보여줌세, 허허허."

"고맙습니다. 꼭 다시 찾아뵙겠습니다."

황가는 거듭 머리를 조아리며 초가를 나섰다. 서경덕은 그런 황가의 뒷모습을 보며 고개를 끄덕였다.

'신분이 낮다 하나 이마에 학문의 궁량이 든 얼굴이다. 게다가 표정에 성(誠)이 가득하니 그 열성이 언젠가 나를 다시 찾게 할 것이다.'

이름 없는 저잣거리 사람이라지만 배움을 청한다면 어찌 물리치랴. 서경덕은 흐뭇한 마음이 들었다. 배우는 데야 귀천이 없는 것이다.

3

　민기를 제자로 받아들이면서 서경덕의 일과가 달라졌다. 날마다 아침에 일어나면 송악산 자락까지 산책하는 것으로 하루를 시작하여 점심때까지 참선 같은 묵상으로 일관하였다. 오후에는 초가를 나와 3백여 보 거리에 있는 냇가에서 흐르는 물을 구경한 뒤 저녁이면 밤하늘을 관찰했다.
　하지만 산책을 할 때도, 묵상을 할 때도, 냇물이 흐르는 것을 묵묵히 볼 때도, 밤하늘의 별을 관찰할 때도 서경덕은 일체 말을 하지 않았다.
　그렇게 열흘이 지나자 민기는 조금씩 조바심이 나기 시작했다. 말 없는 스승, 서책은 한 자도 읽지 않고 자연만 구경시키는 스승의 의도를 알 수 없었다.
　민기에게는 두 가지 상반된 기쁨과 고통이 있었다.
　아침마다 산책하는 것은 즐거움으로 다가왔으나 묵상을 할 때면 쏟아지는 졸음을 참아내기가 여간 고통스러운 것이 아니었다.

묵상의 자세로 들어가면 일각도 안 되어 잠이 쏟아졌다. 정신을 차리려고 이를 악물어보았으나 그것도 잠시, 마치 무엇에 씌인 듯 나른한 졸음이 머리를 끌어내렸다. 지엄한 스승 앞에서 그런 고역이 없었다.

그렇게 열흘이 지나면서 민기는 스스로 방법을 찾아냈다. 그것은 수도승들처럼 화두를 갖는 것이었다. 말로만 듣던 참선이었는데 실제로 해보니 놀랍게도 효과가 있었다.

차츰 냇물을 보는 눈도 달라졌다. 바위를 스쳐 지나는 물길도 어제와 오늘이 달랐으며 물의 양도 달랐다. 흐르는 물소리도 조금씩 다르다는 것을 느낄 수 있었다. 밤하늘의 별들도 열흘이 지나자 위치를 달리하고 있다는 것과 그 밝기 또한 매일 달라짐을 감지할 수 있었다.

그렇게 보름이 지났다. 그때까지 일과가 변한 것은 없었다. 그러나 한편으론 마음이 가라앉고 안온함이 찾아드는 것을 느낄 수 있었다. 민기는 말 없는 스승의 의도를 조금은 이해할 수 있을 듯했다.

또다시 보름이 지난 아침나절이었다.

한 달 만에 서경덕의 입이 떨어졌다. 산책을 마치고 돌아와 늘 묵상을 하던 그곳에서였다.

"김안국 대감에게 어디까지 배웠는가?"

"사서까지 배웠습니다. 삼경은 아직 들어가지 못했습니다."

"배울 만큼 다 배웠으니 내가 가르칠 것이 크게 없겠네."

"대감께서 처음부터 다시 배우라고 하셨습니다."

"한번 배웠으면 터득하였을 것을 또다시 배운다는 것은 시간 낭비일세."

서경덕의 말에 민기는 머리를 조아렸다.

"아니옵니다. 제가 아직 어리기 때문에 처음부터 다시 가르침을 받으라는 하명이 있으셨습니다. 분명 스승님께서 배운 것을 또다시 가르치시지는 않을 것이라는 말씀도 있으셨습니다. 당돌하게 말씀드립니다. 처음부터 가르쳐주시길 간청하옵니다."

"……"

서경덕은 한동안 눈을 감고 있다가 입을 열었다. 다시 민기를 바라보는 서경덕의 눈빛은 깊고 그윽했다.

"내가 그동안 아무 말 없이 자연을 관찰케 한 것은 다른 의도가 있어서가 아니라네. 학문에 뜻을 둔 사람은 잘못하면 서책에 써 있는 자구(字句)에 얽매이게 되지. 자구에 숨어 있는 깊은 뜻을 이해하지 못하고 오로지 글자에만 매달려 그 뜻을 이해하려 하니 바르게 되지 않는다는 것일세. 하여 학문을 하는 사람은 모름지기 자연을 꿰뚫어보는 눈과 마음이 열려 있어야 하는 법, 그게 학문보다 우선이네."

민기는 무릎을 꿇은 채 스승을 올려다보았다. 서경덕이 그런 민기에게 물음을 던지기 시작했다.

"그동안 무엇을 느꼈는지 말해보게."

민기는 그동안 생각하고 느낀 것을 조심스럽게 늘어놓았다.

"송악산까지 산책을 할 때는 가는 길목과 돌아오는 길목의 녹음이 다름을 느꼈습니다. 묵상을 할 때는 제 나름대로 화두를 만들어 생각을 좇았습니다. 시냇가로 갔을 때는 물소리가 똑같지 않고 하루하루가 다름을 느꼈고, 끊임없이 이어지는 물줄기에 감탄하였습니다. 밤하늘을 보았을 때는 수많은 별들이 가만히 정지하지 않고 움직이고 있다는 것을 처음 알았습니다. 또한 별빛도 어제와 오늘이 다르다는 것을 알았습니다."

서경덕은 눈을 감고 민기의 말을 경청했다.

"녹음이 어떻게 달랐는가?"

"아침에는 짧은 그림자와 청초한 빛이 뚜렷하였으나 돌아올 때는 녹음이 짙고 넓은 그림자를 만들고 있었습니다."

"무엇을 느꼈는가?"

"깊어가는 여름을 느꼈습니다."

"시냇가로 갔을 때 물소리가 달랐다 했는데 어떻게 달랐는가?"

"물의 양이 많을 때는 바위를 굽돌아도 흐르는 물소리가 나지 않았는데 눈에 잘 보이지 않을 만큼 적은 양의 차이라도 있을 때는 졸졸졸 소리를 내며 흘렀습니다."

"끊임없이 이어지는 물줄기에 대해서는 무엇을 느꼈는가?"

"흐르는 물은 썩지 않는다고 했듯이 그 자리에 머무르는 물은 하나도 없었습니다. 끝없이 이어지는 물줄기처럼 학문과 역사도 그와 같지 않을까 생각했습니다."

"밤하늘의 별들이 움직이고 있다고 했는데 어떤 별들을 보았는가?"

"정수리 위에 밝게 빛나는 세 개의 별들이 처음에는 동편에서 서서히 하늘 한복판으로 자리를 옮겨감을 볼 수 있었습니다."

"지금까지 느낀 것의 결론으론 무엇을 얻었는가?"

"……?"

뜻밖의 하문이었다. 느낌은 있었으나 결론이란 생각지도 못한 것이었다.

"모름지기 무엇을 느꼈으면 그에 합당한 결론에 도달하여야 하는 법. 그리고 눈으로 보고 깊은 사유를 거쳐 나온 결론을 내 것으로 만들어야 하겠지. 그것이 격물치지로 얻어내는 보람일 것이네.

이를테면 산책의 길목에서 녹음이 다르고, 시냇가의 물소리가 다르고, 물이 머무르지 않고 흐름과 별들이 멈추지 않고 움직임을 알았다면 그것은 모두 변하고 있다는 것일세. 세상의 만물은 불변하는 듯하지만 실은 변하지 않는 것은 하나도 없음을 알 수 있어야 하지. 유심히 관찰하고 사유하는 것이 몸에 배면 그것이 학문에 많은 도움이 될 걸세.
  또한 변함을 알았다면 청초한 빛깔의 신록에서 젊음을, 짙어가는 녹음에서 늙음과 앞으로 다가올 가을과 겨울을 사유할 수 있어야 할 것이고, 물이 멈추지 않고 흐름에서 물의 근원과 유함과 대해로 향하는 험로를 유추할 수 있어야 할 것이며, 별들이 한곳에 머무르지 않고 위치가 변함에서 천지가 함께 움직이고 있음을 내다봐야 할 것이네. 이렇듯 변함을 관찰하고 사유하는 것이 학문을 할 때 자구에 얽매이지 않고 발전할 수 있는 근본이 되는 것일세. 또한 터득한 것을 현실에 접목시키는 것이 공부하는 자의 바른 자세라고 할 수 있다네. 이 점을 꼭 명심해야 하네."
  서경덕의 강의는 이렇게 시작되었다. 서경덕은 『소학』과 『대학』에 중심을 두어 가르치기 시작했다.
  『소학』은 일찍이 조광조의 스승인 김굉필이 학문의 기초로 가장 중요하게 여긴 것이었다. 따라서 조광조를 비롯한 사림들은 『소학』에 많은 공을 들였고 『소학』이 제시하는 생활규범을 실천하는 데 앞장섰다. 그들은 모두 소학동자라 불릴 만큼 『소학』을 껴안고 생활하였던 것이다.
  서경덕도 그들 못지않게 『소학』을 중시했다. 그만큼 『소학』은 학문의 초석일 뿐 아니라 품성을 연마하고 궁리하는 데 없어서는 안 될 것이었다.
  민기도 이미 오래 전에 배운 것이었지만 새로운 각오로 다시 접하니 확실히 전과 다르게 다가왔다. 한 자 한 자, 한 구절 한 구절을 격물치지

하며 공부하는 자세부터 전과 크게 달라졌다.

『소학』에 '자제된 자는 집에 들어가면 부모에게 효도하고 밖에 나가면 어른에게 공손하며, 근신하고 믿음이 있으며, 널리 뭇사람을 사랑하되 특히 어진 사람을 친애한다. 이런 일들을 실천하고도 남는 힘이 있으면 곧 글을 배워야 한다'는 대목에서도 그전에 느끼지 못했던 것을 다시 깨우칠 수 있었다.

앞서 공부할 때는 그저 착한 행실을 하고 나서 남는 힘이 있으면 글을 배우라는 정도로 알았다. 그러나 그런 뜻이 아니었다. 깊은 사유 후에 바른 인간성을 기르고 그 인간성을 토대로 지식을 쌓아야 한다는 뜻이었다. 학문은 무릇 범인(凡人)의 것이되, 바른 품성을 갖춘 사람만이 학문을 해야 한다. 그래야 그 학문이 바른 학문이 될 수 있으며 세상에 기여할 수 있다는 것을 깨달을 수 있었다. 만일 품성을 갖추지 못한 사람이 지식을 쌓는다면 도리어 세상에 해독을 끼치지 않겠는가. 그래서 『소학』은 지식을 추구하기에 앞서 인간도야(人間陶冶)에 힘써야 함을 가르친 것이다.

민기는 그렇게 『소학』을 다시 공부해나갔다. 한 장 한 장 새롭게 다가설 때마다 마치 선승이 화두에 묶여 있다가 어느 날 불현듯 대오각성을 하는 듯한 전율마저 느낄 수 있었다.

서경덕의 가르침은 학문에만 얽매이지 않았다. 민기와 동행하여 송도의 산천을 살피는 데에도 노력을 아끼지 않았다. 학문이란 스스로 하는 것이기에 민기가 이해하지 못하는 부분만 가르치고 그 외의 시간에는 자연 속에서 사물의 근본과 이치를 터득케 했다.

서경덕의 초가 근처에는 익모초가 많았다. 박장대소하듯 활짝 꽃을 피운 것도 있었고 앳된 처녀의 젖가슴을 감싼 듯한 꽃망울이 올망졸망 망울져 있는 것도 있었다.

"이 풀이름을 알고 있는가?"

"모르옵니다."

기와집 울안에서 나고 자란 민기로서는 자연을 접할 기회가 드물었다. 아는 풀이라고는 고작 개천가에 나는 강아지풀 정도였다.

"익모초라고 하네. 이름 그대로 '어미를 돕는 풀' 이지. 농민이나 하천한 백성들에겐 익숙하지만 사대부는 아는 사람도 없고 알려고 하는 사람도 없다네. 여자들이 한 달에 한 번씩 있는 달거리가 고르지 못하거나 신통치 않을 때, 고통을 이겨낼 수 없는 통증이나 산후출혈, 산후복통, 산후 산모가 허약할 때 효과가 있다네. 또 여자가 몸이 허약하여 임신이 잘 안 될 때에도 달여서 오래 복용하면 효과를 본다네. 뿐만 아닐세. 지금처럼 한여름 더위로 병이 났을 때 치료제로 쓰이고, 입맛을 잃었을 때 식욕을 돋우려고 달여 먹기도 한다네."

익모초는 사각형의 줄기에 희고 작은 털이 풀 전체를 덮고 있으며 가지가 많이 갈라지고 어린아이 키만큼 자라는 두해살이풀이었다. 조선 팔도의 들이나 밭, 사람이 사는 주변의 구릉지, 울타리 아래 등 습기가 많은 곳이면 어디라도 가리지 않고 흔히 자라니 가히 뭇 백성들의 풀이라 할 만했다.

"하오면 익모초는 어떻게 복용합니까, 스승님?"

"익모초는 7~8월경에 연붉은 자주색 꽃이 피네. 꽃이 피기 전 초여름쯤 부드러운 순과 잎을 찧어 먹으면 되네. 또 금방 사용할 게 아니면 줄기를 베어 그늘에 말려두었다가 고아 먹든가 환약으로 만들어 복용한다네. 그리고 가을이 되면 씨앗이 까맣게 익는데 그 씨앗을 충위자라고 부르지. 충위자는 눈을 밝게 만드는 약으로 쓰인다네."

"익모초가 그토록 좋은 풀인 줄 몰랐습니다."

"여자들에겐 익모초처럼 이로운 약도 없다네. 여자란 누구인가? 자네나 나를 낳아준 어머니가 아니던가. 그 어머니를 돕는 풀이라는 말이지. 잡풀에도 인간에게 유익한 것이 많으니 참으로 자연은 인간의 어미인 셈이야."

예로부터 전하는 익모초 전설이 있다.

옛날 마음씨 고운 처녀가 깊은 산속에 사는 총각에게 시집을 가서 아이를 가졌다. 어느 날 여인이 베틀에서 베를 짜고 있었는데 산양 한 마리가 뛰어들었다. 목에 화살이 박혀 있었다. 다행히 화살이 깊이 박히지 않아 목숨은 구할 수 있었다. 화살을 빼고 보니 산양의 배가 무척 불러 있었다. 새끼를 가졌던 것이다. 상처에 된장을 발라주자 산양은 고맙다는 듯 고개를 주억거리더니 이내 산속으로 사라졌다. 산양은 몇 번이나 뒤를 돌아보았다.

몇 달이 지나 여인이 아이를 낳게 되었다. 그러나 난산이었다. 남편이 애를 썼으나 소용이 없었다. 여인의 목숨이 경각에 달려 있을 때였다. 밖에서 무슨 소리가 났다. 여인이 소리 나는 곳을 쳐다보니 지난번 은혜를 입은 산양이 입에 웬 풀을 물고 서 있었다. 산양은 물고 온 풀을 여인 곁에 놓고는 산으로 되돌아갔다. 여인은 산양이 지난날의 은혜를 갚으러 온 것으로 여기고 그 풀을 남편에게 달여달라고 했다. 풀 달인 물을 먹은 여인은 곧 순산을 했다. 그런 일이 있고 난 후부터 남편은 그 풀을 뜯어다가 아내와 수많은 아낙네들의 병을 치료해주었다. 그리하여 그 풀이 어머니들을 이롭게 해주는 풀이라는 것을 알게 되었고, 이름도 익모초라 부르게 되었다.

사람과 더불어 교감하며 나고 지는 것이 어디 익모초뿐이겠는가. 민기는 구기자며, 기린초, 대극, 둥글레 등 산야에 우거진 여러 풀 이야기를 듣고 익혔다. 서경덕은 서책에만 능한 것이 아니라 자연에도 두루 막히는 것이 없었다.

한번은 오관산의 꽃골짜기를 오를 때였다. 앙상한 뼈대처럼 보이기도 하고 엉성한 투구 모양으로 보이기도 하는 하얀 꽃이 눈에 띄었다.

"이건 투골초(透骨草)라는 풀일세."

"투골초? 이름이 괴이합니다, 스승님."

"백성들은 파리풀이라고 부른다네."

다른 것도 그러했지만 파리풀도 처음 보는 풀이었다. 이름도 흥미로웠다.

"파리풀은 어디에 쓰이는 풀입니까?"

"투골초의 뿌리를 짓찧어 밥과 함께 섞어서 두면 파리가 먹고 죽는다네. 그래서 파리풀이란 이름이 붙었다네."

이렇듯 서경덕은 들을 지날 때는 들꽃 이야기를 들려주고, 산을 오를 때는 산나물이며 산에 피는 꽃과 나무 이야기를 해주었다. 땅 위에서 나는 것들 대부분이 그 자체로도 조화롭고 아름답지만 사람들에게 약도 되고 음식도 된다는 사실이 참으로 경이로웠다.

서경덕의 가르침은 산과 들만이 아니라 하늘에까지 미쳤다.

깊어가는 여름밤이었다.

두 사람은 마당 한가운데 멍석을 깔고 나란히 누웠다. 하늘에 별이 사금파리 조각을 뿌려놓은 듯 희고 푸르게 빛나고 있었다.

"전에 별의 움직임을 정수리에서 빛나는 별 세 개로 알았다고 했는데 그 별이 무엇 무엇인지 알아맞혀볼까?"

서경덕은 민기가 보았다는 세 개의 별을 맞추는 것부터 이야기를 풀어나갔다.

"저기 하늘의 중심인 천정 아래를 지나가는 미리내(은하수)가 보이지 않는가. 그 미리내 속에서 빛나는 큰 별 하나와 그 남쪽으로 흐르는 미리내 줄기 쪽에 또 다른 큰 별, 그리고 미리내를 건너 약간 서쪽으로 보면 아름답게 반짝이는 또 하나의 큰 별, 아마 자네가 보았다는 세 개의 별이 바로 저 별들일 걸세."

"예, 맞습니다. 바로 그 별들이었습니다."

수많은 별들 중에 자기가 생각했던 세 개의 별을 족집게처럼 정확하게 알아내는 스승의 혜안에 탄복하지 않을 수 없었다.

"지금부터 저렇게 큰 별을 으뜸별로 부르기로 하세."

"으뜸별……, 참으로 근사한 이름입니다."

"세 개의 별 중에 미리내 속에 파묻혀 있는 으뜸별을 꼬리별이라고 하네. 옛적부터 꼬리별이 속해 있는 성좌(星座)를 고니좌라고 불렀지. 별들이 옹기종기 모여 있는 모습이 마치 고니처럼 생겼다고 그렇게 불렀다네. 꼬리별은 고니의 꼬리에 해당하기에 그런 이름을 갖게 되었다네. 그리고 남쪽에 있는 으뜸별이 견우별이라네. 견우별이 속해 있는 성좌를 수리좌라 부르지. 마치 먹잇감을 향해 달려드는 수리의 모습이기에 그리

부르게 되었다네. 그리고 미리내를 건너서 있는 으뜸별이 바로 직녀별이라네. 직녀별이 속해 있는 성좌를 거문고좌라고 부르지. 베를 짜던 하늘나라 소녀가 잠시 쉬는 동안 거문고를 퉁기며 하늘에 아름다운 노랫소리를 들려주는 모습을 하고 있다고 하여 붙여진 이름이라네."

민기는 처음 듣는 이야기였지만 별 또한 자연의 이치에 놓이는 질서일 터, 귀를 세워 서경덕의 이야기를 들었다.

"이렇게 한여름철에 길게 늘어진 세모꼴을 하고 있는 으뜸별들이 가장 눈에 잘 뜨이기 때문에 여름 길잡이별이라고 하네."

"별자리 이름은 누가 지었습니까?"

"길을 잃은 사람들이 별을 보고 찾아갈 수 있게 먼 옛날부터 별에 이름을 지어준 것이라네. 또 가까이에 있는 별들을 모아 거기에도 이름을 붙여주었다네. 그것이 별무리의 이름, 즉 거문고좌니 수리좌니 하는 별자리 이름이 되었지."

그 순간 갑자기 하늘에서 무수한 별들이 쏟아졌다. 별똥별이었다. 가물가물한 밤하늘을 가로지르며 불티처럼 쏟아지는 별똥별의 아름다움을 그 무엇에 견주겠는가.

민기는 문득 혼담이 오가던 진랑이 보고 싶어졌다. 민기보다 두 살 아래로 부모님이 정해준 배필이었는데 한 번 본 얼굴이 잊혀지지 않았다.

다시 스승의 목소리가 들렸다.

"자네는 견우별과 직녀별 이야기를 들어본 적이 있는가?"

"이름은 들은 듯하나 자세히는 모르옵니다."

서경덕은 견우와 직녀 이야기를 하기 시작했다.

"옥황상제에게 예쁜 딸이 있었는데 그 이름이 직녀였다네. 직녀는 옷감을 짜는 선녀였지.

　어느 날 직녀가 베틀에 앉아 쉬고 있다가 미리내 사이로 누렁소와 흑염소 떼를 몰고 가는 잘생긴 목동을 보게 되었다네. 목동을 본 직녀는 첫눈에 사랑에 빠지고 말았다네. 결국 직녀는 상사병에 걸리게 되었고 마침내 아버지 옥황상제에게 목동과 혼인을 시켜달라고 애원했다네. 그 목동의 이름은 견우였지.

　마침내 옥황상제는 애지중지하던 딸 직녀의 청을 받아들여 혼인을 시켜주지 않았겠나. 음양이 교체하는 혼시(昏時)에 말일세.

　두 사람은 행복했지. 허나 행복에 빠진 두 사람은 일을 하지 않았다네. 옥황상제가 몇 차례나 주의를 주었으나 견우와 직녀는 사랑에서 헤어나지 못했다네.

　옥황상제는 이를 괘씸하게 여겨 그 둘을 떼어놓기로 결심했다네. 결국 견우와 직녀는 거대한 미리내를 사이에 두고 헤어져야만 했지. 옥황상제는 자신의 결정이 너무 가혹하다고 생각했는지 일 년에 한 번, 미리내 한복판에서 견우와 직녀가 만날 수 있게 해주었다네. 해마다 음력 7월 7일, 칠석날에. 허나 견우와 직녀가 만나려면 배가 있어야 하지 않겠나. 지금 보는 것처럼 미리내가 두 사람 사이에 떡하니 버티고 있으니 말일세. 가엾게 생각한 옥황상제께서 칠석선(七夕船)을 만들어주었지. 하지만 칠석선을 타고 거대한 미리내를 건넜다 하더라도 미리내 한복판에 세차게 흐르는 별무리 속에서야 어찌 서로 얼싸안을 수가 있겠는가. 별무리 사이에 다리가 필요했지. 그 이야기를 전해 들은 까막까치들이 수도 없이 모여들었다네. 까마귀는 견우 쪽의 다리를, 까치는 직녀 쪽의 다리를 만들었지. 그게 바로 오작교(烏鵲橋)라네.

그러나 비가 오는 날엔 까막까치들이 하늘나라로 올라갈 수 없었지. 오작교 없는 미리내가 될 수밖에. 견우와 직녀는 칠석선에서 서로 바라보고만 있어야 했다네. 그러다 해가 저물면 내년에는 칠석날에 비가 오지 않기를 바라며 눈물로 얼룩진 채 헤어져야만 했다는 이야기가 전해오고 있네."

민기는 서경덕의 별자리 이야기를 들으면서 문득 천문도 배우고 싶은 생각이 들었다.

"천문도 가르쳐주십시오, 스승님."

그러나 서경덕은 단호하게 말했다.

"천문은 배워서 어디다 쓰려나. 대과나 준비하게!"

자연과 벗하며 공부한 반년 세월이 어느덧 지나갔다. 지나고 보니 달리는 말에 몸을 실은 것처럼 빠르게 지나간 시간이었다.

서리가 하얗게 초가지붕을 덮은 초겨울 어느 날, 서경덕은 민기를 불렀다.

"이곳에서 겨울을 나기가 쉽지 않을 걸세. 공부도 그만하면 됐으니 한양으로 올라가 김안국 대감이 어디에 계시는지 알아보고 못 다한 공부를 더 하도록 하게. 그래서 백성들을 편안하게 하고 귀하게 여기는 어진 목민관이 되게. 또 한 가지, 틈틈이 자연을 공부하게. 스스로 그러한 것이 스승일세. 곧 자연(自然)이 스승이라는 말일세."

"예, 꼭 명심하겠습니다, 스승님."

민기는 더 오래 서경덕의 곁에 머물고 싶었으나 다시 한양으로 발길을 돌려야 했다.

떠나는 날 아침, 눈발이 날리고 있었다.

서경덕은 장차 올곧은 목민관이 될 민기의 앞날을 내다보고 있었다.

이제 그에게 주어진 소명 가운데 하나, 수십 인의 관인을 배출하여야 하는 운명인 출다관인(出多官人)의 뱃전에 첫 깃대를 세우고 있었던 것이다.

4

　민기를 떠나보낸 서경덕은 홀가분한 자세로 서책을 파고들었다. 공부와 사색이 그에게는 화두요, 세상의 전부였다. 읽고 또 읽어도 항상 새로운 맛이 있었다.
　세간에는 서경덕의 학문이 본명이 재(載)인 중국의 장횡거(張橫渠)나 소강절(邵康節)이라 불리는 소옹(邵雍)과 관계가 깊다는 이야기가 오르내리기도 했다. 심지어 장재파나 소옹파라고 비하하는 무리들도 있었다.
　그러나 서경덕은 진정 마음의 스승이 있었다. 바로 매월당 김시습(金時習)이었다. 서경덕은 김시습에 관한 서책이라면 결코 놓치지 않았다. 김시습을 꿰뚫어보면 장재나 소옹보다 나으면 나았지 모자라지 않았다. 학문뿐 아니라 천문과 지리, 의약, 주역, 음악, 음양, 술수에 이르기까지 통달치 않은 것이 없었다. 그런 점이 서경덕을 사로잡았다.
　그렇게 김시습의 학문을 되새기며 겨울이 지나고 봄이 왔을 때 전우치가 김안국의 서찰을 가지고 왔다.

"형님, 오랜만이오. 이천에 들렀다가 모재 공의 서찰을 가지고 왔소."

"대감께선 무고하시던가?"

"세상일 모두 덮고 촌구석에 푹 파묻혀 있습디다. 내가 형님 안부 잘 전하고 왔소."

"잘하셨네."

서찰에는 기묘사화로 파직된 후 일 년 반 동안 이천에서 칩거하며 제자들을 훈도하는 이야기로 가득했다.

"꼭 한번 이천을 다녀가시라는 말씀도 계셨소."

"이 서찰에도 쓰여 있네. 시간을 내봄세."

"가실 때 저도 같이 가십시다."

"여부가 있겠나. 가게 되면 기별을 줄 것일세."

서경덕은 이천을 다녀오리라는 생각은 하고 있었지만 쉽게 짬이 나지 않았다. 봄이 가고 여름이 오고 있었다.

그해 신사년(중종 16년, 1521년) 6월 4일, 송 비(宋妃)가 명을 달리하였다. 송 비는 단종 임금의 부인이었다.

서경덕은 그 소식을 나흘이 지난 뒤에 접하였다. 이번에도 한양을 다녀온 전우치가 전해주었다. 전우치는 한양에서 여러 선비들과 어울리며 식객 노릇을 하고 있었다.

"단종의 비이신 의덕대비(懿德大妃) 마마가 졸하였소. 그런데 대군의 예를 따라야 한다고 난리들이오. 대비가 어찌 대군과 같단 말이오. 말세요, 말세!"

전우치는 울분을 토했다.

"그만해도 다행일세. 사사 당시 폐서인이 된 단종 임금이 아니시던 가."

"육십 년도 넘은 일이오. 또 임금 자리를 빼앗긴 분이오. 아직까지 복위되지 못하고 있소. 도리가 뭔지 모를 뿐 아니라 죽은 사람에게조차 덕을 베풀지 못하는 소인배들이오."

"시간이 지나면 복위되지 않겠나. 참으시게."

수양대군은 어린 조카 단종을 폐하고 조선 제7대 임금으로 보위에 올랐다. 단종은 상왕이 되었고 송씨 부인은 의덕왕대비에 봉해졌다. 1455년 윤6월의 일이었다. 다음 해 6월 성삼문, 박팽년, 하위지, 이개, 유성원, 유응부 등 사육신이 단종의 복위를 꾀하다 실패하자 이듬해 6월 세조는 단종을 노산군(魯山君)으로 강등시켜 영월로 귀양 보냈다. 송 비 역시 송씨 부인으로 강등되어 동대문 밖으로 쫓겨났다. 열여덟에 과부가 된 송 비는 숭인동 동망봉(東望峰) 기슭의 초막집에서 시녀 셋과 함께 살며 그들의 동냥으로 끼니를 이었다. 사람들은 초막을 '정업원(淨業院)'이라고 불렀다.

옛날부터 동대문은 나라에 큰일이 있을 때마다 한쪽으로 기울었다가 바로 섰다는 말이 전해져오고 있었다.

그해 시월 스무나흘이었다. 밖에 나갔던 시녀가 정업원 안으로 급히 뛰어 들어왔다.

"마마! 소문을 들었사옵니다."

"무슨 소문인데 그러느냐?"

"동대문이 한쪽으로 기울어졌다 하옵니다."

"나라에 어려운 일이 있으면 동대문이 기울곤 했다는 말을 들은 적이 있다. 그래, 어느 쪽으로 기울었다고 하더냐?"

"동남쪽이라 하옵니다."

"동남쪽이면……, 영월?"

"그러하옵니다. 상감마마께서 계신 영월 쪽이옵니다."

송 비는 가슴이 철렁 내려앉았다.

동대문이 동남쪽으로 기울기 시작한 몇 시각 후 단종은 사약을 받았다. 사사된 시신은 동강에 버려졌다.

단종이 사사되었다는 전갈을 받은 송 비는 정업원에서 동쪽으로 솟아 있는 산봉우리에 올라 멀리 영월 쪽을 바라보며 통곡을 하였다. 송 비의 곡소리가 산 아랫마을까지 들리면 온 마을 여인네들도 땅과 가슴을 치며 동정곡(同情哭)을 하였다. 훗날 사람들은 그 봉우리를 동쪽을 향해 통곡했다는 뜻으로 '동망봉'이라 불렀다.

동정곡을 하던 동대문 밖의 아낙네들이 송 비의 어려운 형편을 도우려고 푸성귀를 머리에 이고 정업원 앞길로 모여들었다. 그렇게 시작된 것이 차츰 사람들이 늘면서 장으로 발전하게 되었다.

송 비는 정업원 앞마당에 솥을 걸고 옷감에 자줏물을 들여 생계를 유지하였고, 백성들은 그곳을 '자줏골'이라 부르기 시작했다.

세조가 송 비를 위해서 영빈정이란 집을 지어주었지만 송 비는 그 집에는 한 번도 들어가지 않은 채 정업원 초가에서 일생을 보냈고, 82세로 천수를 다했던 것이다.

열일곱 나이(1457년)에 폐서인의 몸으로 사사된 단종은 훗날 숙종 7년(1681년)에 노산대군으로 추봉되고, 숙종 24년(1698년)에 단종으로 복위

되었다. 더불어 송 비도 정순왕후(定順王后)로 봉해진다.

당시 단종의 복위를 꾀하다 새남터에서 참수당한 사육신의 시신을 거둔 사람이 바로 김시습이었다. 노량진 언덕의 '성씨지묘(성삼문), 유씨지묘(유응부), 이씨지묘(이개), 하씨지묘(하위지)'라는 네 개의 봉분과 포석이 그것이니 감히 아무도 수습할 수 없는 찢겨진 시신을 수습해 묻어준 것이었다. 박팽년은 다른 사람들이 처형당하기 전에 옥사하였고, 유성원은 잡혀가기 전에 자진하였기에 새남터에서 죽임을 당한 이는 넷이었다.

서경덕은 송 비를 생각하면 단종이 떠올랐고, 단종을 떠올리면 마음의 스승인 김시습의 언행이 저절로 떠올랐다.

전우치는 송 비의 죽음을 서경덕에게 전해주고는 비분강개하다가 어디론가 훌쩍 떠났다.

그해 시월 하순, 조정에는 또 한 차례 피바람이 휘몰아쳤다.

신사무옥(辛巳誣獄)이 일어난 것이다. 우의정 안당의 아들로 기묘년에 있었던 현량과에 급제한 세 아들 가운데 안처겸, 안처근 형제와 아버지가 함께 처형당한 사건이었다.

안처겸의 모친상에 참석했던 송사련(宋祀連)이 남곤과 심정에게 그 자리에서 세상을 비판하는 언사가 있었다고 무고함으로써 벌어진 일이었다. 그와 관련하여 같이 담론했던 이정숙(李正叔)과 권전, 최수성 등 10여 명이 처형당했다. 또한 한충은 투옥 중에 자객에게 피살당했으니 모두 삼십 대의 젊은 선비들이었다.

여전히 칼자루는 훈구세력이 쥐고 있었다. 중종 임금이 들어선 후 16년 동안 학문에 뜻을 두고 기개를 키우던 젊은 선비들의 씨를 말리는 소용돌이 정국이 계속되었다.

기묘사화 이후 신사무옥까지 화를 당한 사람들을 생각하느라 서경덕은 잠을 이루지 못하고 뒤척였다. 송도 나성에서 새벽을 알리는 파루(罷漏)의 종이 서른세 번을 울리고 나서야 간신히 잠을 청할 수 있었다.

송도는 한양보다는 협소한 분지 형태의 땅으로 풍수로 보면 장풍국(藏風局)의 지세였다. 장풍국이란 사방이 산으로 둘러싸인 지세를 말한다. 이에 비해 한양이나 평양처럼 한쪽 면이나 양면이 큰 강을 접하고 있는 경우를 득수국(得水局)이라 했다. 송도에는 큰 강은 없고 산이 많았다.

송도의 형세를 보면 좌청룡은 부흥산과 덕암봉 연맥이 되며 우백호는 제비산(지네산이라 불리는 오공산)과 야미산 줄기가 되었다. 송도 한복판에 있는 자남산과 그 남쪽에 자리한 용수산과 진봉산, 덕적산 줄기는 남주작과 안산(案山)과 조산이 되어 완벽한 장풍국을 이루었던 것이다.

이처럼 산으로 둘러싸인 송도는 분지답게 다른 지역보다 따뜻했다. 하지만 한겨울 산골짜기에서 불어오는 골바람은 여느 바람보다 차갑고 매서웠다.

스스로 그러한 자연이 사신사(四神砂)를 만들고 있었다. 누가 만들어달라 하여 만들어진 것도 아니었다. 단지 만들어진 곳에 사람들이 보금자리를 마련한 것뿐이었다. 그러나 사람들은 스스로 그러한 것에 인위적으로 더 첨부하여 복을 비는 특성을 가지고 있었다. 그래서 덧붙인 것들이 많았다.

사신사를 두른 가운데 어머니 자궁 같은 자리를 명당이라 했다. 송도에서 첫손 꼽히는 명당은 만월대였다.

만월대에서 내려다보면 남동쪽으로 송도 도성 가운데 자남산(子南山)이 있다. 자남산은 한양의 남산과 같은 구실을 하는 산이다. 그런데 이 자남산이 문제였다. 만월대의 풍수형국은 노서하전형(老鼠下田形), 즉 늙은 쥐가 밭으로 내려온 형세였다. 쥐(鼠)는 열두 간지의 쥐(子)와 같은 것이고, 자(子)는 아들의 뜻이었다. 그러므로 자남산은 늙은 쥐의 아들에 해당되었다.

부모의 마음은 어린 자식을 품 안에 두려고 한다. 자식이 어디론가 떠나는 것을 편안하게 생각할 부모는 없다. 그래서 방책을 세웠다. 방책을 풍수에서는 비보책(裨補策)이라 하였다. 우선 자남산 앞에 고양이를 세워 쥐를 움직이지 못하게 했다. 고양이를 보는 아들 쥐가 무서워할까 봐 고양이를 견제하는 개를 세웠다. 또한 개를 제압할 수 있는 호랑이를 세우고, 호랑이가 함부로 날뛰지 못하게끔 코끼리를 세우게 되었다. 그런데 코끼리는 쥐를 무서워하니 다섯 짐승이 서로 견제함으로써 모두 안정을 취하고 궁극적으로는 자남산을 안정시키는 역할을 하게 되는 것이 풍수에서 말하는 오수부동격(五獸不動格) 비보책이었던 것이다.

이 때문에 송도에는 묘정(猫井, 고양이우물), 구암(狗岩, 개바위), 호천(虎泉, 호랑이샘), 상암(象岩, 코끼리바위), 자산(子山, 자남산) 등의 이름을 가진 곳이 많았다.

섣달이었다. 송도 추위가 덜하다고는 하지만 섣달 추위가 매섭기는 어디나 매한가지였다. 손을 꺼내면 손이 얼었고, 귀를 가리지 않으면 귀가 얼었다. 코끼리바위 부근에 사는 황가가 서경덕을 찾아왔다.

"선생님, 무탈하셨는지요?"

"자네, 황가가 아닌가."

"예, 상암에 사는 황가이옵니다. 일전에 들렀습죠."

"알고 있네. 짐을 지고 왔었지."

지난 첫 대면에서 언젠가 다시 찾아올 것임을 예견했던 터라 서경덕은 황원손의 얼굴을 잊지 않고 있었다. 열성이 깃든 표정도 여전했다.

"소인, 염치 불고하고 배움을 청하러 왔습니다, 선생님."

"공부를 하겠단 말인가?"

"예."

"날이 춥네. 일단 안으로 드시게."

서경덕은 긴 겨울 동안 할 일이 있었다. 머리도 식힐 겸 명산을 두루 돌고 이천의 김안국을 만날 준비를 하는 것이었다. 명년 봄이 되면 떠나기로 작정하고 있던 터였다. 그러자면 몇 가지 준비를 해야 했다. 그런데 황원손이 찾아와서 배움을 청하는 것이다.

"배우는 게 나쁠 리 없네만 나중에 후회할 일이 많을 터인데……."

공부를 해도 과거는 볼 수 없음을 넌지시 일러주자 황가는 다 알고 있다는 듯 말을 받았다.

"소인도 아옵니다. 천민이라 과거에 응할 수 없습죠. 그런 생각은 추호도 품어보지 않았습니다. 어려서부터 어깨너머 글을 깨우치고 나서는 책을 손에서 떼어놓은 적이 없었습니다. 그러나 깊이 들어갈수록 난해한 것이 많아 선생님께 배움을 청하는 것입니다. 언감생심인 것은 소인도 잘 알고 있습니다. 부디 소인의 청을 물리치지 마십시오. 그리고 말씀을 낮춰서 대해주십시오. 하게로 대하시니 소인 몸 둘 바를 모르겠습니다."

"자네나 나나 똑같은 조선의 백성일세. 귀천은 중요하지 않네. 그래,

공부는 어디까지 했나?"

"소인 나름대로 사서까지는 읽어보았습니다. 하오나 혼자 깨우치기에는 너무 힘이 들었습니다. 처음부터 다시 배워야 할 듯하옵니다."

"가르치는 것은 문제가 아닐세. 허나 생활은 어떻게 할 겐가?"

"시간이 나는 대로 짬을 내어 선생님을 찾아뵐까 합니다."

"그럼, 그렇게 하세."

"감사합니다, 선생님. 정말 감사합니다."

황가는 황송해서 어쩔 줄 몰라 하며 큰절을 세 번이나 하였다.

서경덕은 황가에게 물었다.

"자네는 이름이 없는가?"

"원손입니다. 저잣거리에서는 황가라 부릅니다. 선생님께서도 황가라고 불러주십시오."

"아닐세. 부모님께서 지어준 이름이 있는데 성만 불러서야 되는가. 다른 사람은 그렇게 부르더라도 나는 자네 이름을 부르겠네."

"황송합니다, 선생님. 소인 원손이라 불립니다."

"요즘에도 저잣거리에서 짐 지는 일을 하고 있는가?"

"그만두었습니다. 짐 부리는 사람도 없어서요. 저잣거리 시전 한 모퉁이에 손바닥만 한 자리를 얻어서 자잘한 살림살이를 만들어 내다 팔고 있습니다."

"살림살이라면 어떤 것을 말하는가?"

"짚과 띠로 만들 수 있는 건 다 만듭니다. 짚신, 멍석, 맷방석, 봉세기, 조루막, 짚항아리, 삼태기, 띠자리, 도롱이 등속이지요. 그리고 나무로는 빨래방망이, 다듬이방망이, 홍두깨, 나무주걱, 나무절구, 맷돌 손잡이 등을 만듭니다."

"원손이 손재주가 좋은 모양일세."

"조금 있는 것 같습니다."

황원손이 계면쩍어하며 히쭉 웃었다.

짚으로 만드는 봉세기는 씨앗을 담아 운반하는 것이었고, 조루막은 오늘날의 배낭과 같은 것이었으며, 도롱이는 우비였다. 또한 띠자리는 띠풀〔茅, 茅草〕로 만든 자리였다.

띠는 논두렁이나 밭에서 자라는데 새띠와 곱띠 두 가지가 있었다. 새띠는 키가 석 자 안팎으로 길게 쭉쭉 뻗어 띠자리를 매기에 좋았고, 곱띠는 키가 두 자밖에 되지 않고 조금 자라면 보글보글 꼬부라지는 성질이 있어서 도롱이를 엮는 데 썼다. 비가 오면 꼬부라진 띠가 펴지며 몸에 착 달라붙어 비가 새지 않기 때문에 훈훈했다.

새띠로 만든 띠자리가 널리 쓰인 까닭은 실용성보다 상징적인 의미가 더 컸다. 띠는 일단 뿌리를 내리기만 하면 척박한 땅에서도 무성하게 자라는 식물이었다. 띠의 이런 성정은 곧 기복(祈福)으로 이어져 조선시대 초부터 제사 때면 띠자리를 제석(祭席)으로 사용해 자손의 번영과 무병장수를 기원해왔던 것이다. 그리고 석고대죄(席藁待罪)를 청할 때 바닥에 깔기도 했다.

황원손이 말을 이었다.

"소인과 같은 처지인 친구가 있습니다. 이름은 이균이라 합니다. 다리품을 파는 보상(褓商)이옵지요. 원래 그 친구와 동행하려 했는데 집에 일이 있어서 못 왔습니다. 그 친구도 소인처럼 사서까지는 읽었습니다. 그 친구도 같이 공부할 수 있도록 허락해주십시오, 선생님."

"그렇게 하세. 같이 공부할 수 있는 친구가 있다니 서로 도움이 될 게 아닌가. 다행일세."

화담은 흔쾌히 허락을 했다. 학문을 하는데 어찌 반상의 구분을 지을 것이며 남녀의 구분을 두겠는가. 예(禮)와 문리(文理)와 실천(實踐)이 학문에서 나온다면 오히려 공부는 저잣거리 백성들에게 더 필요할 것이었다. 문을 나서자마자 길이 천 갈래 만 갈래니 만일 자신을 다스릴 수 있는 힘과 궁량이 없다면 어떻게 올바른 길을 찾아갈 수 있겠는가.

"정말 감사합니다, 선생님."

황원손이 또다시 삼배를 올렸다.

"무슨 절을 자꾸 하는가. 그만 하게."

"지금 올리는 절은 이균의 몫을 대신하는 것입니다."

절을 마친 황원손은 다음 날 오기로 하고 서경덕의 집을 나섰다.

서경덕은 계획했던 일들을 틈틈이 준비했다. 잘 말려서 보관해두었던 쑥과 갈근(葛根), 쥐이파리, 거머리, 부평초(浮萍草, 개구리밥), 모과(木瓜), 살구씨, 수세미덩굴 밑동 등을 하나씩 꺼내서 정리했다.

거머리와 부평초는 논으로 직접 들어가서 피를 빨리며 건져낸 것이었다. 부평초는 논이나 늪의 물에 떠서 사는 식물로 음력 5월에 건져서 응달에 말렸다. 수세미덩굴 밑동은 길이를 서너 자 되게 자른 것이고, 모과는 철기를 일체 대지 않고 구리칼로 껍질과 씨를 없애고 얇게 저며서 볕에 말렸다.

먼저 말린 갈근을 작두로 자잘하게 썰거나 빻아서 곱게 가루를 내었다. 수세미덩굴 밑동은 재로 만들어 기름종이에 싸두었고 살구씨는 껍질을 까서 따로 싸놓았다.

한편 서경덕의 집을 나온 황원손은 이균을 찾아갔다. 이균은 호랑이 샘 근처에 살고 있었다. 황원손에게 소식을 전해 들은 이균도 거듭 감읍해했다.

"참말로 고마운 선생님이시네. 우리같이 천한 백성을 가르쳐주신다는 것이 그리 쉬운 겐가."

이균은 효성이 남달랐다. 성격도 온순하고 말에 항상 조심성이 있었으며 거짓이 없는 사람이었다.

"어머니께서 편찮으시다더니 어떠신가?"

"위독하시다네. 그래서 오늘은 어머니의 변(糞)을 맛보았네."

이균은 어머니의 병세를 알아보느라 어머니의 똥까지 맛본 것이다.

"그래 어땠나?"

"쓰고 시금털털한 맛이었네. 오래 사시지는 못할 것 같다는 생각이 드네. 사람을 제대로 알아보시지도 못하니……."

"의원은 다녀갔고?"

"매일 왕진을 오지만 별도리가 없다고 하네."

"참으로 안타까운 일일세. 자식 된 도리를 다하는 수밖에."

이균의 지극한 효성에 얽힌 일화가 있었다.

두 해 전, 모친의 환갑을 앞둔 어느 날이었다. 어머니가 갑자기 병에 걸려 자리에 눕고 말았다. 병석에 누운 어머니는 개고기가 먹고 싶다고 하였다. 이균은 가난한 살림인지라 개고기를 살 형편이 못 되었다. 그렇다고 그냥 있을 수는 없어서 개바위 너머에 삽살개 몇 마리를 기르는 집이 있다는 소문을 듣고 찾아갔다. 통사정을 했으나 주인은 뒤도 돌아보지 않고 대문을 닫았다. 낙담을 하고 다시 고갯길을 넘을 때는 이미 날이 깜깜해진 뒤였다. 갑자기 앞에서 번쩍거리는 불빛이 보였다. 이균이 걸음을 멈추고 자세히 보니 호랑이 눈에서 쏟아지는 불빛이었다. 호랑이는 웅크린 채 무엇인가를 끌어안고 있다가 이균을 보자 다시 냉큼 입에 물고 일어섰다. 그것은 목덜미를 물린 개였다. 이균은 도망갈 생각도 하지 않고 그 앞에 털퍼덕 꿇어앉았다.

"산신령님, 저희 어머니가 개고기를 드셔야 살 수 있습니다. 제 몸을 드시고 그 개는 저에게 주십시오."

그러자 호랑이는 마치 이균의 말을 알아듣기라도 한 것처럼 개를 그 자리에다 놓고 숲 속으로 사라졌다. 이균은 돌아서는 호랑이를 향해 수십 차례 절을 하였다. 그리고 개를 끌어안고 단숨에 집으로 돌아왔다. 남편이 개를 구해온 것을 보자 이균의 아내는 펄쩍펄쩍 뛰며 반겼다. 나중에 이균에게 자초지종을 들은 아내는 눈물을 흘리며 말했다.

"산신령님이 고맙게도 어머니를 살려주시는군요. 지성이면 감천이라고 모두 당신의 지극한 효성 덕분입니다. 하지만 놀라실지 모르니 어머님께는 말씀드리지 마십시다."

병자가 먹고 싶은 것을 먹으면 기운을 차리는 법, 마침내 이균의 어머니는 자리를 털고 일어날 수 있었다.

며칠이 지났다. 이균이 황원손의 집으로 찾아왔다. 황원손은 자리틀에 띠를 얹고 무명실이 매달린 고드랫돌을 뒤로 앞으로 넘기며 띠자리를 매고 있었다. 띠자리를 매는 황원손의 의복과 자세는 마치 임금이라도 알현하는 듯했다.

"일하는 사람의 차림치곤 아주 근사하네. 어딜 출행하려던 참인가?"
이균이 황원손의 모습을 보고 물었다.
"지팡이가 반듯해야 그림자도 반듯하다고 하지 않던가. 의복을 정제하고 곧은 마음을 가져야 띠자리가 제대로 매어진다네."
황원손은 정성을 다해 띠자리를 매고 있었던 것이다.
"자네 어머니께선 차도가 좀 있으신가? 출행을 다 하고."
황원손이 불쑥 찾아온 이균에게 물었다.
"많이 좋아지셨네. 내일부터 복재 선생님을 찾아뵙기로 하세."
"그거 듣던 중 반가운 소릴세. 그럼 내일 진시 말에 복재 선생님 댁 앞에서 만나기로 하세."

두 사람은 서경덕에게 가르침을 받기 시작했다. 그렇게 일손을 놓은 두 제자들을 가르치는 사이 겨울이 지나고 해가 바뀌어 입춘이 되었다.
사방에서 봄기운이 느껴질 무렵 김안국에게서 서찰이 왔다. 서경덕은 반가운 나머지 황원손과 이균을 가르치다 말고 서찰을 뜯어보았다. 서찰에는 이천에서 후학들을 가르치며 잘 지내고 있다는 것, 동생 김정국은 기묘사화 후 삭직되어 고양(高陽)으로 내려가 그 역시 학문에 전력을 기울이고 있다는 것과 봄나들이 겸 이천에 꼭 한번 들러달라는 당부가 적혀 있었다. 또한 어버이를 일찍 여읜 것이 지금에 와서 가슴이 더 아프고 사무친다는 내용도 있었다.
서찰을 접고 서경덕은 두 제자에게 김안국의 효심과 가훈에 대해 이야기하기 시작했다.
"기묘년에 화를 당하신 모재 공이란 분께서 보내신 서찰이라네. 공은 열일곱에 양친을 다 잃으셨지. 너무 슬퍼하여 기력이 다할 지경이었다네. 몸이 쇠약해졌지. 그러면서도 출입을 할 때마다 한 번도 거르지 않고 매일같이 제를 올렸다네. 그렇듯 사모하면서 효를 다하지 못함을 늘 죄스럽게 생각했지. 그래서 오늘의 서찰에도 제자들에게 효를 잊지 말라 하고 있다 하였네. 자네들도 효성이 지극하다는 걸 내 익히 알고 있네. 김안국 대감께서 가훈을 지어 동생들에게 지키도록 한 것이 있으니 참고 삼아 들어보게."

서경덕은 김안국이 그의 동생과 자식들에게 가훈을 만들어 실천하게 한 이야기를 들려주었다.

김안국이 직접 지은 가훈은 이러했다.

'착한 성품을 갖도록 하라. 윤리를 분명히 하라. 사람으로서 마땅히 지켜야 할 덕망을 갖추어라. 자기의 이름을 세상에 크게 떨쳐라. 임금에게 충성을 다하라. 부모님에게 효성을 다하라. 형제자매는 서로 사랑하고 위하라. 일가친척들과 서로 화목하게 지내라. 마을 사람들을 잘 대접하고 벗을 잘 사귀어라. 말과 행동을 삼가라.'

서경덕은 말을 계속 이어나갔다.

"이와 같이 김안국 대감의 가훈은 우리가 다 잘 아는 말이고 늘 마음속에 품고 있는 것들이네. 허나 알면서도 지키지 못하는 게 사람이기에 가훈으로 만들어 실천하도록 한 것이라고 보네. 쉬운 것은 등한히 하기 쉬우나 오히려 쉬운 것일수록 잊지 말고 지켜나가야 한다는 말일세."

"예, 선생님."

이번에는 예부터 내려오는 이야기를 들려주었다.

"옛날 정 효자라는 사람이 있었지. 근동은 물론 멀리까지 소문이 자자

했어. 어떤 사람이 그 집엘 찾아갔네. 그 손님을 접대하고 있는 사이에 정 효자 안사람이 어머니께서 대청에서 내려왔다는 말을 전하였다네. 정 효자는 곧바로 어머니에게 달려갔지. 어머니는 조그마한 항아리를 들고 채마밭으로 가지 않았겠나. 정 효자는 어린아이처럼 정성껏 어머니의 행동을 거들고 있었다네.

정 효자가 돌아오자 손님이 물었지.

'제가 백 리 길을 달려 선생을 찾아온 것은 선생의 덕행을 사모한 까닭입니다. 선생께서는 저에게 어떤 가르침을 주시겠습니까?'

정 효자는 이렇게 대답하였다네.

'배운 게 보잘것없는 저를 찾아오신 분께 보여드릴 것이 없어 죄송합니다.'

그러자 손님이 다시 물었다네.

'노부인께서 항아리를 들고 채마밭에 뿌리자 선생께서 공손히 거들어 드렸습니다. 제가 늙으신 어머니를 섬기는 방법으로 알고 있는 것은 가볍고 따뜻한 옷과 입에 맞는 음식을 갖추어 올리며 곁에 부리는 사람이 늘 있어 대청 아래로 내려오시지 않게 하는 것입니다. 그런데 선생께서는 그러지 않았습니다. 그런 것도 효의 예라 할 수 있는지요?'

손님의 물음에 정 효자가 말했네.

'구차한 형편으로 어찌 예를 다 따지겠습니까. 저는 시골 사람이라 아는 것이 적어 예를 차려 어머니를 모시지 못합니다. 어머니께서는 연세가 많으셔서 맑은 정신이 없습니다. 조금 전에 채마밭에 뿌린 것은 사실 참기름이었습니다.'

손님이 깜짝 놀라며 말했지.

'그러면 선생께서 어머니를 거들어드린 것은 무엇 때문입니까?'

정 효자가 이렇게 답하였지.

'어머니께서는 연세가 드셔서 정신이 흐리니 정신이 맑아지면 반드시 후회하고 한탄하실 것입니다. 차마 후회하고 한탄스러워하는 마음을 가지실까 싶어 거들어드린 것입니다.'

정 효자의 말을 들은 손님이 '깨달은 바가 있습니다' 하고는 큰절을 올렸다는 이야길세. 이것이 바로 효의 근본이 아니고 무엇이겠는가."

그렇게 황원손과 이균은 겨울을 지나 봄이 되도록 서경덕에게 많은 것을 배웠다. 두 사람 모두 배움에 대한 정성이 지극했던 터라 공부가 눈에 띄게 깊어졌다.

화창한 봄의 절기 청명(淸明)이 지나자 두 사람은 다시 생업으로 돌아갔다.

서경덕은 만물이 봄비를 맞고 성장한다는 곡우(穀雨)를 지나면서 그동안 계획했던 일을 실행에 옮기기로 하고 전우치에게 연락을 취했다. 마침 전우치는 송도에 와 있었다.

제2장 산천을 주유하다

멋대로 시 읊으며 지팡이 날려 겹겹 산봉우리 올라가
사방을 둘러보니 망망하여 생각도 아득해지네
만이랑 푸른 들은 평평히 깎아놓은 땅 같고
넓고 푸른 바다는 아득히 하늘과 맞닿았네
안개 낀 시냇물과 구름 두른 봉우리는 맑고 빼어나며
달빛 어린 정자와 바람 부는 바위는 더욱 산뜻하네
담박한 이 유람에 마음 편히 두고 있으니
굳이 봉래산 신선 찾을 일 있으리

1

 서경덕은 그동안 준비했던 것들을 갈무리하여 필요한 여장을 갖추었다. 세상 그 무엇보다도 학문을 즐기는 그였지만 늘 반복되는 생활이 따분하고 답답하게 느껴지는 때도 있었다. 때로는 변화가 필요했다.
 기묘사화에 이어 지난 가을에 있었던 안처겸의 역모사건으로 또다시 사람들이 여럿 죽었다. 기묘사화로 죽거나 유배 간 사람들의 원통함이 아직 온 누리에 가득한 때에 안처겸의 사건은 뜻있는 사람들의 마음을 아프게 하고 있었다. 조정에 조금이라도 관심이 있는 사람은 결코 마음이 편할 수 없는 세상이었다.
 서경덕도 마찬가지였다. 조용히 은둔해서 중용을 지키며 살았으나 그릇된 정치에 대해서는 근심이 컸다.
 이태 전부터 이천에 있는 김안국의 전갈도 있었지만 답답한 마음을 달랠 길 없어 긴 원행을 자청한 것이었다. 원행은 삶의 안목을 넓혀주는 인생공부이기도 했다.

행장을 갖춘 전우치가 아침 햇살을 받으며 서경덕의 집으로 들어섰다.

"형님 괴나리봇짐이 묵직해 보입니다."

전우치가 서경덕의 행장을 보고 말했다.

"묵직해 보일 따름이지 실은 푸성귀라서 가볍네."

"그까짓 풀잎은 온 사방에 널려 있지 않수. 그때그때 주우면 되는 걸 무겁게시리 잔뜩 끼고 갑니까?"

"말린 걸세. 다 요긴하게 쓰일 것이네."

"이천에 들렀다가 속리산으로 가는 거 맞지요?"

"속리산뿐인가. 변산으로 해서 지리산을 둘러 이참에는 꼭 금강산을 다녀올 생각이네. 십삼 년 전 원행에 나섰을 때 금강산에는 들르지 못했잖은가. 그땐 사정이 그래서 어쩔 수 없었지만 이번만큼은 꼭 둘러볼 참이네. 아우님도 마음 단단히 자시게."

"걱정 마슈, 형님. 이놈도 꼭 금강산을 가볼 생각이오."

모처럼의 나들이였다. 산은 말이 없다. 그러나 때로는 무한한 지혜를 깨닫게 하는 스승이었다. 누구나 산에 오르면 본래의 착한 마음을 찾을 수 있었다. 더구나 높고 깊은 산은 힘차게 소리치며 흐르되 맑기 그지없는 계곡의 물도 함께 간직하고 사람들을 반긴다. 하여 산은 가장 편하고 즐거운 마음을 되찾는 곳이었다.

서경덕의 나이 서른 넷, 삼십 대 중반으로 치닫고 있었다. 임오년(중종 17년, 1522년) 4월 하순이었다.

송도를 벗어난 두 사람은 단숨에 장단, 문산, 줄비골을 지나 고양에서 하룻밤을 묵었다. 한양까지 갈 수도 있었으나 말썽 많고 어수선한 한양은 발걸음조차 하고 싶지 않았다.

저녁을 먹고 잠자리에 들 때쯤 전우치가 물었다.

"봇짐에 뭐가 들었소, 형님?"

"쑥과 칡뿌리, 칡이파리, 거머리, 개구리밥, 모과, 살구씨, 복숭아씨, 수세미덩굴 밑동 그런 것들일세."

"그걸 어디에다 쓸 거요?"

"약일세. 문전걸식하다 보면 요긴하게 쓰일 수 있을 걸세. 책력(冊曆)도 가져왔지. 그래야 때로는 택일도 해주고 궁합도 봐줄 수 있잖겠는가. 뿐만 아니라 사주나 관상, 풍수도 봐줘야 배곯고 한뎃잠을 자는 풍찬노숙(風餐露宿)을 피할 수 있을 것일세."

"형님, 난 거기까진 생각 못 했수. 하여튼 형님은 생각이 참으로 깊소."

다음 날은 한양성 외곽으로 돌아 안양, 기흥으로 길을 잡았다. 용인을 거쳐 이천에 도착했을 때는 벌써 해가 떨어지고 있었다.

이천은 크고 작은 산줄기들과 하천을 경계로 하여 동으로는 여주, 서로는 용인, 북으로는 광주, 서남으로는 안성, 남으로는 음성과 경계를 이룬다. 중심부에는 복하천이 가로질러 흐르며 남으로는 청미천이 충청도와 경계를 이루며 가로놓여 있다.

하천 유역을 중심으로 넓고 비옥한 평야와 구릉지대가 발달해 있어 농경에 적합한 지역이었다. 또한 물이 맑고 땅이 기름져서 품질 좋은 쌀을 생산하는 고장으로 호남 다음가는 조선의 곡창이었다.

이천 땅으로 들어선 두 사람은 두미리를 지나 용면리로 향했다. 구릉 지역에는 과수원이 많았다. 이천 쌀처럼 이천 배 역시 맛있기로 이름이 나 있었다. 하얀 배꽃이 목화처럼 흐드러지게 피어 구릉을 덮고 있었다.

서북쪽에 자리 잡은 지석리와 용면리 일대는 도예촌의 중심이었다. 고령토 등 도자기의 원료가 되는 흙이 많은 데다 한양과 지방을 연결하는 길목이어서 도자기 마을이 형성되기 안성맞춤이었다.

김안국은 도공들의 가마가 즐비한 용면리에 은둔하고 있었다. 김안국은 두 사람을 반갑게 맞았다.

"먼 길을 오시느라 노고가 많으셨겠습니다. 참으로 오랜만이시오, 복재 선생."

"반갑습니다. 모재 공께서도 은둔하시느라 고생이 많으시겠습니다."

"목숨을 유지하는 것만으로도 감지덕지하고 있습니다. 정암 선생을 비롯해 기묘명현에겐 송구할 따름입니다. 구차한 목숨에 연연하는 제 모습이 부끄럽습니다."

"기묘명현들은 임금의 명을 따른 분들입니다. 죽으려고 개혁을 한 것은 아니잖습니까. 모두 훈구파의 농간인 걸 모르는 백성들은 없을 것입니다. 부디 건강을 돌보시고 다시 일어서셔야지요. 반드시 조정에서 부르실 것입니다. 지금은 훈구파들 세상이지만 오래가지는 못할 것입니다. 그게 자연의 이치 아니겠습니까."

"하지만 쓸 만한 인재들을 자꾸 죽이려고만 드니 그것이 문제지요. 안처겸의 일만 해도 그게 어디 죽일 일입니까. 무고인 줄 뻔히 알면서도 기묘년에 제거하지 못한 사람을 마저 정리하자는 게지요. 천거에 불응하시길 참으로 잘하셨습니다. 나중에서야 복재 선생의 혜안과 깊은 뜻을 깨닫게 되었습니다. 이참에 지난번 천거한 것에 대해 재차 사과드립니다, 복재 선생."

"사과라니요. 어렵게 추천해주신 모재 공의 뜻을 따르지 못한 제가 오히려 송구스럽지요."
 어찌 보면 두 사람 모두 기묘년에 죽었어야 할 사람이었다. 서경덕이 천거에 응했더라면 김안국도 살아남기 어려웠을 터였다.
 서경덕은 눈을 들어 벽에 걸린 족자(簇子)를 보았다. 김안국이 친필로 쓴 것으로 글자마다 강한 힘이 솟아나고 있었다.
 제명은 '벼슬하는 사람으로서 온갖 삼갈 일'이었다.

 말을 삼가라. 자기의 장점을 자랑하거나 남의 단점을 이야기하지 말라. 남의 잘못한 일이나 은밀한 일을 이야기하지 말라. 국가와 조정에서 내놓은 정령(政令)의 좋고 나쁜 점을 이야기하지 말고, 고을의 수령이나 나라의 재상이나 관리들의 잘하고 잘못하는 점을 말하지 말라. 음란하고 추악한 말을 골라서 즐겨 이야기하지 말고, 남의 착한 점을 들으면 기뻐하라.

 비록 파직되었으나 목민관으로서 스스로를 다지고 있는 문구들이었다.
 사람에게는 사람임을 느끼게 하는 향기가 있다. 그 향기는 거리에 구애됨이 없으니 멀리 있어도 그리운 사람의 체취는 늘 느낄 수 있다.
 서경덕과 김안국의 사이가 그랬다. 두 사람이 마주 보고 있으니 은은한 향기가 방 안을 가득 채우는 듯했다.
 "윤 서방!"
 기다려도 주안상이 들어오지 않자 김안국이 문밖에 대고 노복을 불렀다. 그는 허름한 초가에서 나이가 지긋한 노비 부부와 함께 지내고 있었다. 식구들은 한양에 두고 혼자 있는 것이다.
 "예, 곧 들어갑니다요."

윤 서방이 상을 들고 그 처가 방문을 열었다.

"약술을 청자 호리병에 넣어 오느라 지체되었사옵니다, 대감마님."

비색이 은은한 청자 호리병이었다. 달빛을 받은 비색이 어찌나 고운지 보는 것만으로도 술맛이 느껴지는 듯했다.

"한 잔 받으시지요, 복재 선생."

김안국이 내미는 술잔에도 비색이 감돌았다.

"이 술은 이태 동안 땅속에 묻어두었던 것입니다. 아주 맛이 좋을 겝니다. 오늘 처음 술독을 열었지요. 복재 선생을 기다리면서 깊은 겨울잠을 잔 동면주(冬眠酒)입니다, 허허허."

"아니, 이런 귀한 술을……. 감사합니다, 모재 공."

서경덕이 손을 받쳐 잔을 들었다. 그리고 천천히 맛을 음미하며 마셨다.

"맛이 달면서 진합니다. 무슨 술입니까?"

"감로주(甘露酒)입니다. 소주에 용안육과 대추, 포도, 살구씨, 두충, 숙지황 등속을 넣고 우린 것이지요."

"맛이 일품입니다, 허허허."

술이 몇 순배 돌자 이야기가 신광한에게 옮겨갔다.

"기재께서는 삼척으로 좌천되셨다는 말을 들었습니다. 그 후로는 통 안부를 듣지 못했는데 소식이 있습니까?"

서경덕이 신광한의 거취를 물었다.

"그랬지요. 불행 중 다행으로 기묘년에 화를 면하고 삼척 부사로 좌천되었지요. 그때가 기묘년 이듬해 춘삼월이었습니다. 부임하여 삼척포진성을 석축으로 쌓았답니다. 둘레가 900척, 높이 8척인데 죽관도(竹串島)에 있다는 말을 들었지요. 그리고 응벽헌(凝壁軒)에 대한 시를 지었다고 하는데 제명이 '사시사(四時詞)'였답니다. 춘하추동을 읊은 명작이라더군요. 그러고 나서 그 이듬해니까 작년이군요. 신사년 칠월에 전출되었다가 파직당하였다는 소문을 들었습니다. 풍문에는 여주로 온다고도 하는데 아직 기별이 없어 저도 잘 모르겠습니다."

"정암 선생과 뜻을 같이한 조정신료들은 남김없이 씨를 뽑는군요. 참으로 안타까운 앞날입니다."

"그렇습니다. 밤길을 걷는 것처럼 어둡기만 합니다."

이야기가 정치판으로 옮겨가자 옆에 있던 전우치가 벌컥벌컥 술을 들이켰다. 그러고는 이야기를 다른 곳으로 돌렸다. 전우치는 조정 이야기만 들으면 울화가 치밀었다.

"요즘 대감께선 도를 닦는 중이시랍니다."

"도를?"

서경덕이 김안국을 힐끗 쳐다보며 전우치에게 물었다.

"이천하면 도자기 아니오. 청자를 빚으시겠다고 가마하고 싸운 지 일년이 넘었답니다. 아마 곧 명품이 탄생할 것이오. 조금만 기다려보시오, 형님."

"구십자(口+子)가 별소릴 다하는군."

김안국이 무안해하며 전우치에게 말했다.

"구십자라니?"

서경덕이 전우치를 보며 묻자 김안국이 껄껄 웃으며 대답을 대신했다.

"밭 전(田) 자를 파하면 입 구(口)와 열 십(十)이고, 모르는 게 없으니 성인들처럼 자(子)를 붙여주었습니다."

"허허허, 구십자? 마침한 이름일세, 허허허."

서경덕이 한동안 너털웃음을 웃었다. 그동안 전우치는 남들은 다 가지고 있는 자나 호가 없었다. 이름을 부르기엔 맘이 편치 않았던 김안국이 지난해에 지어준 호였다.

"내 별호가 구십자요, 형님."

전우치가 계면쩍은 표정을 지으며 서경덕에게 말했다.

"알았네. 다음부터는 구십자로 부르겠네, 아우님. 허허허."

한동안 호탕하게 웃던 서경덕이 김안국에게 청자에 대해 물었다.

"망국(亡國)의 청자는 뭣에 쓰시려고 공을 들이십니까?"

"맥을 잇는 것은 후세들의 도리라고 봅니다. 비록 망국이지만 지금처럼 백자에만 매달리다가는 은은한 청자의 멋은 끊기고 맙니다. 백자와 청자를 비교하면 청자가 훨씬 훌륭하다는 생각이 듭니다. 기법을 습득하면 전통을 보존할 수 있는 도공에게 전수할 생각입니다."

할 일 많은 관찰사로 있으면서도 백성을 위한 『이륜행실도』와 『여씨향약언해』, 『정속언해』 등을 간행했던 김안국이었다. 도공들이 백자만 고집하는 것이 전통의 맥을 끊는 것으로 생각하여 사라져가는 고려청자를 다시 복원하는 노력을 틈틈이 하고 있었던 것이다.

"무척 어려운 일을 시도하십니다. 도공들도 마다하는 청자가 아닙니까."

"복재 선생께서도 어려운 공부를 마치신 분이 아닙니까. 저도 어려운 공부를 시작한 셈입니다. 조선이 들어서고 일백삼십 년 만에 전통의 맥이 끊긴다는 것을 생각하면 잠이 오지 않습니다. 지금은 흔한 청자지만 세월이 흐르면 귀하게 되지 않겠습니까. 끊긴 뒤 다시 시작하려면 그처럼 어려운 게 없지요."

"그야 백번 옳으신 말씀이오나 행여 조정에서 흠을 잡을까 그게 두렵습니다."

"그래도 해야지요. 몸은 하루가 다르게 늙어가는데 해놓은 것이 적습니다. 청자만 해도 지금 기틀을 잡아놓지 않으면 안 되겠기에 하늘에서도 제 명을 늘여준 것이라고 생각합니다. 저도 이젠 많은 것을 알게 되었지요."

김안국은 청자에 대해 꽤 많은 연구를 한 듯싶었다.

"처음 이곳에 와서 딱히 할 일이 없었는데 눈에 띄는 것은 온통 가마뿐이었지요. 가만히 들여다보니 이게 예삿일이 아닌 데다 사람이 태어나서 사람다운 사람으로 거듭나는 것과 흡사합디다. 그래서 빠져들게 되었지요. 가까운 여주 오금실에 자기 원료가 풍부하고, 근처 싸리산 점토가 백자를 만드는 최고의 흙이란 것도 나중에 알았지요.

흙을 빚어서 초벌구이를 하고 유약을 입혀서 재벌구이를 하는 도공들의 정성이 마치 도를 닦는 사람처럼 느껴졌습니다. 좀 더 깊숙이 파고들었지요. 그러다가 청자를 굽는 도공이 없다는 걸 알았습니다.

점력이 좋은 흙으로 모양을 빚고 그 흙에 느릅재를 섞어 유약을 제조해 바르면 아주 훌륭한 도자기로 탄생하더군요. 도자기를 만드는 흙 종류가 그렇게 많은 줄 처음 알았습니다. 고령토를 비롯해서 목절토, 귀목토 등 이름만 수십 가지였지요. 그 흙으로 도자기를 빚고 나면 무늬를 그려 넣거나 흑백 상감을 하더군요.

도자기 기술 중에 가장 어려운 것이 유약을 칠하는 것인데 유약 제조에 나무를 태운 재를 사용하고 그 재에서 청자의 비취색이 나온다는 도공들의 말을 듣고는 매우 놀랐습니다. 같은 유약이라도 기법에 따라 분청도 되고, 청자도 되고, 백고려나 회고려도 되고, 백자도 된다고 하더군요. 그러니 칠하는 것보다 유약을 제조하는 것이 더 중요하다고 할 수 있지요.

유약에는 돌가루, 흙가루, 나뭇재 등 모두 열한 가지의 원료가 들어간다고 합니다. 그중에서 적당하게 몇 가지씩 뽑아서 만들지요.

그런데 더욱 중요한 것은 화목(火木)을 다루는 것입니다. 화목으로 불을 지펴서 열을 올리는 게 진정한 기술이지요. 흙을 빚고 유약을 바른 뒤에 화목을 택해야 하는데 화목 중에도 수상목(水相木)의 송목(松木)이라야 되지요. 그 송목을 뗏목이라고도 하는데 물속에 오래 있던 것이 좋답니다. 기름기가 없기 때문이지요. 그래야 그을음이 없고 맑은 불이 올라오기 때문에 도기가 투명하고 깨끗해진답니다. 수상목도 껍질이 있으면 좋지 않은 것이지요. 화목은 재가 가벼워서 타는 대로 날아가지만 껍질은 무거워서 타는 대로 숯이 되어 그대로 쌓이기 때문입니다. 마지막으로 굽는 정성도 중요합니다. 열도를 올려가며 도기들을 넣은 칸에 알맞게 불을 지피는 것이 도공들의 성공 여부를 판가름하는 것이지요. 그러니 도인이 되지 않고서야 어찌 훌륭한 작품이 생산될 수 있겠습니까."

김안국의 이야기는 끊일 줄 몰랐다.

고려시대의 청자는 신라의 자기를 모방 또는 개량하여 만들기 시작했으며 고려 성종(6대, 981년 즉위) 때 처음으로 제작되었다. 그 당시에는 백고려와 회고려가 주였는데 백고려는 대부분 황해도 송화, 회고려는 충청도 대전에서 만들었으며 청자는 11세기부터 대량으로 생산되었다.

고려청자는 어느 도자기도 따라올 수 없을 만큼 미려한 선, 우아한 색채, 은은한 광채, 푸른 비색이 단연 돋보이는 예술품이었다. 그래서 당시 송나라 사람들이 하늘 아래 첫 번째라고 경탄하였고, 다투어 수입하였던 것이다.

서경덕과 전우치는 이천에서 나흘 동안 머물렀다. 김안국이 소매를 잡았으나 여기저기 들를 곳이 많은 터라 더 지체할 수 없었다.

김안국은 아랫마을 안흥리까지 내려와서 배웅을 했다.

"이곳 안흥리 논에서는 더운 물이 나오지요. 그래서 온천배미라고 불린답니다. 눈병 난 사람들이 이 논물로 씻으면 사그라지지요. 복재 선생처럼 책을 많이 보는 사람은 눈병을 얻기 쉬운 법이니 눈병이 나면 얼른 저에게 오십시오. 감쪽같이 낫게 해드릴 테니까요, 허허허."

"고마운 말씀입니다. 아무쪼록 건강에 유념하시기 바랍니다. 신세 많이 지고 갑니다, 모재 공."

보내는 사람이나 떠나는 사람 모두 서운해하였다. 김안국은 두 사람의 모습이 사라질 때까지 서 있었다.

산모퉁이를 돌아서자 전우치가 뒤를 돌아보며 혀를 찼다.

"종2품 영감이 되면 뭣하겠수, 끈 떨어진 갓 신세인데. 허무할 겁니다."

"모재 공이나 기재께서 때를 잘못 만난 게지. 허나 늦게라도 운기(運氣)가 도래하니 불꽃을 피울 게야."

"다 늘그막에 꽃을 피운들 무슨 소용 있겠수. 그래서 내가 죽으면 죽었지 관록(官祿)을 먹는 일은 안 하겠다는 것이오. 좋은 세상을 만들려면 콱 엎어버려야 되는 거요. 내 가만있지 않을 거요."

"남들이 들으면 오해하겠네. 말조심하시게."

"혹시 옳은 귀를 가진 사람이 듣고 동참할지 누가 아우. 차라리 그런 사람이라도 많이 나타났으면 좋겠수. 그게 이놈의 솔직한 심정이오."

"몸을 낮추시게. 뜻을 굽히고 때를 기다릴 줄 알아야지."

"그놈의 때는 언제요? 그러다 힘도 못 쓰고 늙어 죽는다니까요."

"다스려야 하는 것이 어디 욕심뿐이겠는가. 비분강개하는 마음도 그러하네."

이천에서 장호원까지 내려가는 동안 구릉마다 가마들이 즐비했다. 장호원을 지나자 이제는 충청도 길이었다.

충청도로 접어들자 비로소 산을 찾는 흥취가 살아나기 시작했다. 만날 사람도 없고 기다리는 사람도 없다. 홀가분한 마음이 되자 시가 절로 나왔다.

    초연히 흥취를 찾아 나선 객
    가고 머무름에 얽매임이 없어라
    좋은 경치 만나면 읊으며 쉬고
    날이 맑으면 즐거이 길을 떠나네
    강산은 온갖 모양으로 아름답고
    풍월은 한결같이 맑기만 해라
    세상 밖의 이 한가한 소식
    제대로 아는 이 없어라

      超然探興客　動止不羈情
      境勝吟仍坐　天晴樂便行
      江山千樣好　風月一般淸
      物外閒消息　無人識得精

서경덕이 시를 읊는 동안 허공을 맴돌던 새 한 마리가 숨을 멈춘 듯 공중에 가만히 떠 있었다. 전우치가 새를 가리키며 말했다.

"형님, 저기 좀 보시오. 새매 한 마리가 잡아먹을 듯이 우릴 노려보고 있소."

"저 새는 새매가 아닐세. 황조롱이라고 하지."

"황조롱이요?"

"그렇다네. 새매는 저렇게 허공에서 오랫동안 머물지 못한다네. 저건 오로지 황조롱이만 할 수 있는 재주일세."

"새매하고 황조롱이하곤 어떻게 다르오?"

"새매는 유조(留鳥) 또는 표조(漂鳥)라고 하지. 빛이 회색이고, 수컷은 난추니, 암컷은 익더귀라 부른다네. 황조롱이도 매의 한 종류지. 날개 길이가 새매보다 조금 더 길고, 등쪽은 적갈색에 흑점이 있고, 머리와 허리, 꽁지는 회청색이지. 새매는 공중에 오랫동안 떠 있을 수 없지만 황조롱이는 때때로 공중에 가만히 머무르기도 하는 여유를 지닌 새라네."

"그럼, 송골매하곤 또 뭐가 다르오?"

"송골매는 으뜸 맹조(猛鳥)지. 수리보다 작고 부리가 짧으며 발과 발가락이 가늘고, 날개와 꽁지는 비교적 폭이 좁으나 수리보다 빠르게 날 수 있지. 눈 주위와 목 양쪽이 검고, 하면은 황백색이라네. 촌가 부근을 날다가 급강하하여 작은 새라든가 병아리 따위를 잡아먹지. 사람들이 사냥용으로 기르기도 하는데 송골 또는 골매라고 부르지. 특히 해동청(海東靑)이라고도 한다네. 해동이 어딘가? 바로 조선이 아닌가. 그러니 조선의 매라는 말이지."

"수리는 또 어떻게 다른 거요?"

"수리? 그렇지, 수리가 있지. 수리는 같은 매과에 속하지만 몸체가 씨암탉보다 크고 부리도 크다네. 부리 끝은 꼬부라진 낫처럼 굽었으며 날카롭고 굵은 발톱을 가졌지. 매와는 달리 수리부엉이나 올빼미처럼 작은 새보다는 들쥐나 토끼 같은 자그마한 들짐승을 아주 좋아하는 녀석일세. 단지 부엉이나 올빼미는 밤을 틈타지만 수리는 낮에 활동하는 맹금(猛禽)이라네."

"형님은 참으로 아는 것도 많으시우. 도대체 모르는 게 있기나 한 거유?"

두 사람은 금왕, 음성을 지나 괴산에 도착하여 하루를 묵게 되었다.

2

 괴산으로 들어서는 입구에는 세월을 머금은 장승이 소나무 숲 길목에 버티고 서 있었다. 호랑이 눈깔 같은 두 눈을 부릅뜬 두 장승 뒤로 저녁 어스름이 깔리고 있었다.
 장승을 지나자 기와집 한 채가 나왔다. 담이 높게 둘러싸여 있고, 대문도 그럴듯하고 앞마당도 널찍한 집이었다. 그러나 풍기는 기운은 괴괴하여 귀기(鬼氣)마저 감돌았다.
 전우치가 다가가 대문을 흔들었다.
 "이리 오너라!"
 안에서 대문 빗장 따는 소리가 났다. 이마에 무명 수건을 질끈 동여맨 하인인 듯한 젊은이가 대문을 빠끔히 열고 두 사람을 훑어보았다.
 "지나가는 과객이오. 하룻밤 신세를 지려 하오."
 "빈방이 없소. 다른 집을 알아보시오."

젊은 하인이 대문을 닫으려고 했다. 순간 전우치가 대문을 활짝 밀치면서 안으로 들어갔다. 젊은 하인은 장승처럼 눈을 치켜뜨고는 전우치를 떠다밀면서 큰 소리를 쳤다.

"빈방이 없다고 하지 않았소. 어서 나가시오!"

"네놈이 귀인(貴人)을 어찌 알아보겠느냐? 내가 안으로 들어가서 주인장을 직접 만나볼 것인즉 성큼 물렀거라."

전우치가 하인을 밀치고 성큼성큼 안으로 들어가자 하인이 달려와 전우치의 목덜미를 잡아채며 돌려세웠다.

"어디서 굴러먹던 왈짠지는 모르겠다만 초면에 함부로 이놈 저놈 하는 네놈을 그냥 둘 수 없다."

"네놈하곤 대거리를 하고 싶지 않으니 주인장을 불러라."

"그래도 자꾸 이놈 저놈 할 거냐! 어디서 굴러먹다 온 양반 나부랭이인지는 몰라도 네놈 말버릇부터 고쳐줘야겠다."

젊은 하인이 전우치의 멱살을 잡아채며 힘을 쓰려고 할 때였다. 의관을 차린 중늙은이가 안마당으로 걸어 나왔다.

"무슨 일이냐?"

주인인 듯한 선비가 하인에게 물었다.

"이 왈짜 같은 놈이 주인마님을 뵙겠다고 무턱대고 안으로 들어오지 않겠습니까?"

"내가 주인이오. 무슨 일로 나를 보자 하였소?"

전우치는 옷을 툴툴 털어내고 자초지종을 얘기하였다. 전우치의 말을 다 들은 주인이 말했다.

"어떤 귀인인지는 모르겠으나 가내에 복잡한 일이 있어 선처할 수 없음을 이해하기 바라오."

 보기에도 수심이 가득한 얼굴이었다. 주인은 말을 마치자 대답을 들을 것도 없이 등을 돌렸다.

 전우치는 잰걸음으로 주인보다 앞질러 문기둥이 있는 곳으로 갔다. 문기둥에는 복을 비는 문구의 주련(柱聯)이 붙어 있었다. 전우치는 손을 들어 기둥에 붙어 있는 주련을 뜯어낸 다음 갈기갈기 찢어서 손에 꼭 쥐었다.

 "점잖은 선비가 이 무슨 행패요!"

 눈을 부릅뜬 주인의 일갈이 끝남과 동시에 전우치가 찢은 주련을 앞마당에 확 뿌렸다. 순간 하얀 복사꽃잎이 우수수 떨어졌다. 주련에 써 있던 글자는 금세 까만 벌레가 되어 굼실거리며 안마당을 기어 다녔다. 주인과 하인이 기겁을 하며 뒤로 물러섰다.

 "장난이 심하네."

 어느새 서경덕이 안마당으로 들어와 꽃잎을 발로 한 번 쓱 문지르자 다시 찢어진 종잇조각으로 변하였다.

 "가세. 다른 집을 찾아보세."

 서경덕이 전우치의 손을 끌었다. 그러자 주인이 달려와 두 사람 앞을 가로막았다.

 "제가 눈이 멀어 귀인을 미처 알아보지 못했습니다. 노여움을 푸십시오."

 주인이 허리를 굽혀 예를 갖춘 다음 하인에게 일렀다.

 "천돌이는 귀인을 정중하게 안으로 모셔라."

 "예, 주인마님. 어르신들, 이놈을 따르시죠."

산천을 주유하다 83

단번에 기가 꺾인 하인이 허리를 착 구부리고 앞장을 섰다. 서경덕과 전우치는 천돌이를 따라 사랑채로 들어섰다. 사랑채는 보기보다 안이 넓었다. 객의 발길이 뜸했는지 훈기가 식어 있었다. 저녁상을 물리고 나자 주인이 천돌이에게 탁배기를 얹은 소반을 들려 들어왔다.

"수고했다. 너는 밖으로 나가서 문단속이나 잘 해라."

천돌이가 밖으로 나가자 주인이 탁배기 소반을 번쩍 치켜들고 무릎걸음으로 두 사람 곁으로 다가왔다. 세 사람은 소반을 가운데 놓고 원을 그리듯 빙 둘러앉았다.

주인이 두 사람에게 공손히 술을 따랐다.

"집에 우환이 있어 손님 대접이 소홀하였습니다. 여행길이 험할 것이고 여독도 있을 터이니 탁배기 한잔 쭉 들이키시지요. 피곤이 한결 가실 겝니다."

"초면에 실례가 많습니다."

서경덕이 나서서 주인의 말을 받았다.

"실례라니요. 그런 말씀 거두십시오. 전엔 손들의 발길이 끊이지 않았던 집입니다. 헌데 제 안사람이 담(膽)을 상하고부터는 사랑채가 비기 시작했습니다. 그러더니 근래에 와서는 과년한 딸자식마저 마마기가 돌아 객의 발길이 뚝 끊겼답니다."

"쯧쯧, 듣고 보니 딱합니다. 어쩌다 안주인이 담을 상하셨습니까?"

"금년 초쯤이었지요. 야음을 틈타 어느 놈이 월담을 하였습니다. 조금 전에 보신 천돌이 놈 말고 계집종이 둘 있었는데 그중 얼굴이 반반한 년을 사모한 놈이었지요. 눈이 뒤집힌 그놈이 한바탕 난동을 피우고 종년을 훔쳐 업고 달음질을 놓았답니다. 그때 제 안사람이 뒷간에서 나오다 그만 그놈과 맞닥뜨리게 되었지요. 놈이 워낙 선바위같이 덩치도 크고 우락부락하게 생긴지라 제 안사람이 너무 놀라 그만 혼절을 하고 말았답니다."

주인은 방바닥이 꺼져라 한숨을 쉬곤 술잔을 쭉 들이켰다.

"그렇게 놀라고 난 후부터는 조그마한 소리에도 놀라 까무러쳐서 인사불성이 되곤 한답니다. 여러 의원을 불러들이고 좋다는 약은 다 써보았지만 효험이 없었지요."

"다른 지병이 있었던 건 아닙니까?"

전우치가 주인에게 물었다.

"그 일이 있기 전에는 아주 멀쩡한 사람이었지요. 총기도 있고 야무진 사람이었는데 지금은 사람을 피하고 정신도 오락가락합니다."

"의원이 담만 상했다고 합디까? 다른 장부는 괜찮고?"

전우치가 꼬치꼬치 물었다.

"그 당시에는 담만 상하였습지요. 그러나 지금은 심장도 상한 것 같고 위장도 약해졌는지 조석(朝夕) 가운데 한 끼는 거른답니다."

"밤에 잠은 잘 주무시오?"

"잠을 못 자서 점점 야위어가고 있습니다."

"병 수발은 누가 듭니까?"

"그나마 하나 남아 있던 종년도 딸자식이 마마 기운으로 열꽃이 피는 걸 보곤 줄행랑을 놓았답니다. 해서 제가 두 사람의 병구완을 하고 있습니다."

"그런데 초저녁에 의관을 정제하고 어딜 가시려던 차입니까?"

병 수발을 든다는 주인이 말끔히 의관을 정제하고 있던 모습이 기이

하여 서경덕이 물었다.

"오늘 낮에는 병자들이 그만하기에 바깥바람 좀 쐬러 나가려던 길이었습니다."

"불청객 때문에 모처럼 바깥나들이를 파하여 기분이 많이 상하셨겠습니다. 사과드립니다."

"아닙니다. 이렇게 귀인을 만났으니 오히려 잘된 일이지요."

"따님께선 마마를 앓은 지 얼마나 됐습니까?"

전우치가 의원인 양 계속해서 물었다.

"한 닷새 되었습니다."

"농(膿)이 생겼습니까?"

"곪고 있는 것 같습니다."

"그럼 지금 당장 시체탕(柿蔕蕩)을 먹이시오."

"시체탕이라니요? 죽은 사람을 말하는 겁니까?"

"허허, 그런 시체가 아니라 감꼭지를 말하는 것이오. 얼른 감꼭지를 진하게 달여 먹이도록 하시오."

"감꼭지를요? 참말로 감꼭지를 달여 먹이면 마마가 낫습니까?"

"농포(膿疱, 고름 주머니)며 출혈의 흑함(黑陷, 검은 딱지) 증세도 사그라지는 걸 보았소. 한번 해보시오."

전우치는 한양에서 식객으로 떠돌면서 보고 들은 것이 많았다.

"그나저나 이를 어쩐다. 철이 아니라 감꼭지가 없으니……."

"혹시 지난겨울에 준비해놓은 건시(乾柿)라도 없소?"

"찾아보면 혹 있을지도 모릅니다. 천돌이 밖에 있느냐?"

주인이 젊은 하인을 불렀다. 하지만 첫잠이 들었는지 대답이 없었다.

"잠깐 나갔다 들어오겠습니다."

양해를 구한 주인이 나갔다가 잠시 후에 다시 들어왔다.

"천돌이 놈을 시켰습니다. 시체탕을 먹고 깨끗하게 낫기만 한다면 오죽 좋겠습니까. 그간 벙어리 냉가슴만 앓고 있었습니다. 행여 돌림병이라는 소문이라도 날까 봐 쉬쉬하느라 의원한테는 열꽃이 핀다는 말도 꺼내지 못했습니다. 그저 얼굴에 열이 심하게 난다고 했습죠."

"반드시 효험을 볼 것입니다. 천돌이가 건시를 찾든 못 찾든 날이 새는 대로 저잣거리를 뒤져 감꼭지를 찾아보시지요."

전우치가 주인을 안심시켰다. 술 한 잔을 털어 넣고 있을 때 밖에서 천돌이가 곶감 소쿠리를 들고 들어왔다.

"주인마님, 곶감 대령이오."

"곶감의 씨를 빼도록 하시지요."

전우치가 주인에게 말했다.

"씨를?"

"그렇습니다. 씨만 발라내시지요."

주인은 전우치의 주문대로 젊은 하인에게 지시했다.

"씨를 빼내거라."

"곶감을 자시면 씨는 절로 나오는뎁쇼."

"빼라면 뺄 것이지 잔말이 많구나!"

주인이 천돌이를 쥐어박을 듯하며 말했다.

"예에, 알겠구먼요."

천돌이는 고개를 갸웃하며 곶감을 까발렸다. 그가 소쿠리에 담긴 곶감의 절반가량을 발라내자 전우치가 그만 해도 된다면서 약탕기를 가져오라고 했다. 천돌이가 약탕기를 가지고 들어오자 전우치는 씨를 한 움큼 쥐고 흔들더니 방바닥에 휙 던졌다. 순간 씨가 감꼭지로 변하며 바닥에 나뒹굴었다.

"빨리 줍지 않고 뭘 하느냐!"

주인이 천돌이에게 호통을 쳤다. 천돌이는 두 손으로 쓸어 모은 감꼭지를 약탕기에 넣었다.

"봉하시지요."

전우치의 말에 주인은 얼른 한지로 약탕기 아가리를 막고는 천돌이에게 주면서 말했다.

"지금 당장 불을 지피고 푹 고아라!"

주인은 전우치에게 고맙다는 말을 잊지 않았다.

"한 탕 거리밖에 안 됩니다. 날이 새면 감꼭지를 구해보시지요."

"여부가 있겠습니까. 감사합니다, 귀인."

주인이 나가자 서경덕이 전우치를 나무랐다.

"우치 아우, 장난이 너무 심한 게 아닌가?"

"잠시 위안을 하느라 방편을 썼을 따름이오, 형님."

"눈속임이 잦다가는 언젠가 그 빚을 치르게 되네."

"형님도 느끼셨잖습니까. 귀기가 도는 것을 말입니다."

"그렇긴 하네만……."

"내일은 안주인의 병을 고쳐주시지요. 그까짓 담이 상한 것이라는데, 형님은 방도를 알 게 아니오."

"의원도 아닌 내가 어떻게 고칠 수 있겠나."

"한번 방도를 궁리하여 보십시다. 형님만 믿소."

"오늘은 늦었네. 자고 나서 보도록 하세."

다음 날 아침 주인은 두 사람에게 아침 문안을 드리면서 말했다.

"조반상을 일러놓았습니다. 저는 일찍 저잣거리를 다녀올 생각입니다. 두 귀인께서는 편히 쉬고 계십시오."

"말씀은 고맙습니다. 허나 갈 길이 멀어서……."

전우치가 괜히 말을 늘어뜨리고 있었다.

"제가 워낙 경황이 없어서 두 귀인께서 어디로 행보하시는지조차 여쭙지 못했습니다. 어딜 가시는 길이신지요?"

"속리산에 잠시 들렀다가 서해안 변산 쪽으로 가려고 합니다."

"멀리까지 가시는군요. 화급한 일이 아니시면 좀 더 쉬셨다가 떠나시길 부탁드립니다."

"일단 볼일부터 먼저 보시지오. 출행 여부는 돌아오시는 대로 결정하겠습니다."

전우치가 서경덕이 대답하기 전에 서둘러 말하였다.

주인은 한 시진도 채 걸리지 않아 돌아왔다. 그는 안으로 들어가기 전에 먼저 사랑방부터 들렀다. 보자기를 손에 든 모양새로 미루어 감꼭지를 사 온 것 같았다.

"귀인, 시체의 양을 얼마나 하면 되겠습니까?"

"약탕기에 가득 채우시오. 많은 듯해도 거푸집 같아서 물을 먹으면 얼마 안 되오. 물은 팔 푼으로 하여 세 푼이 될 때까지 푹 달이면 됩니다."

전우치는 마치 의원이나 되는 듯 능수능란하였다.

"하나 더 여쭙겠습니다. 재탕을 합니까, 아니면……."

"한 번이면 시체의 기운이 고갈됩니다. 허니 재탕을 해봐야 허깨비인 게지요. 아끼지 마시고 매 탕마다 새 것을 쓰도록 하십시오."

언변이 좋은 전우치인지라 말이 청산유수처럼 흘러나왔다.

주인은 보자기를 들고 안으로 갔다. 잠시 후 다시 사랑채로 건너와서 고개를 조아렸다.

"귀인의 처방대로 어젯밤 여식에게 시체탕을 달여 먹였더니 농이 잡힌 자리가 꾸덕꾸덕해지지 않았겠습니까. 열도 많이 내려갔습지요. 모든 게 다 귀인 덕분입니다. 염치 불고하고 한 가지만 더 부탁을 드릴까 합니다. 딸자식의 마마는 고삐를 잡았으니 한시름 놓겠습니다만 어미의 병이 눈에 밟힙니다. 귀인께서 한 번 더 선처를 해주시면 백골난망이겠습니다. 꼭 부탁드리옵니다. 병마를 쫓아내주시면 제 목숨을 바쳐서라도 은혜에 보답토록 하겠습니다."

주인은 눈물을 글썽이며 간청을 했다. 전우치는 서경덕을 바라보았다. 어떻게 좀 해보라는 뜻을 담은 눈빛이었다.

서경덕이 말문을 열었다.

"부인의 연세가 어떻게 되십니까?"

"쉰 고개를 막 넘었습니다."

"안색을 살필 수 있겠는지요?"

"있다마다요. 이리로 데려올까요?"

"대청마루에서 뵙는 게 좋을 것 같습니다."

주인은 안주인을 대청마루로 데리고 나왔다. 내외의 법도가 있는지라 거리를 두고 앉았다. 부인은 왼고개를 틀고 있었다. 병색이 완연했다. 겁에 질린 표정과 두려움에 떨고 있는 몸 흔들림을 엿볼 수 있었다.

서경덕은 아무 말 없이 부인을 향해 목례를 하고는 사랑채로 돌아왔다. 전우치와 주인이 따라 들어왔다. 두 사람은 서경덕의 눈치만 살폈다.
 이윽고 서경덕이 주인에게 천천히 말문을 열었다.
 "내가 보기에는 놀람이 지나쳐 두려움과 무서움으로 전이된 듯합니다. 놀람이란 밖에서 들어오는 것이고, 두려움과 무서움은 마음속에서 밖으로 나가는 감정이지요. 놀람은 스스로는 모르지만 두려움과 무서움은 자기 자신도 알고 있는 것입니다. 놀라서 담을 상한 것이 극에 달해 담력(膽力)마저 잃게 된 병입니다. 치료법은 단 하나, 손상된 담력을 재생시키는 것밖에 없습니다."
 "하명을 하십시오. 귀인께서 하라시는 대로 따르겠습니다."
 주인이 서경덕에게 애원했다.
 "제 말씀을 따르겠습니까?"
 "여부가 있겠습니까. 무엇이든 하겠습니다."
 "주인장께서도 맘을 단단히 먹어야 하는 일이오. 만약 치료를 하다가 부인께서 명을 놓는다 해도 괜찮겠소?"
 서경덕이 다짐하며 묻는 말에 주인은 즉시 대답을 못하다가 잠시 뜸을 들인 후 괜찮다고 답하였다. 말소리에 힘이 하나도 없었다.
 "자신이 없으면 그만두겠소이다."
 서경덕이 마지못해 대답하는 주인을 향해 말했다. 그러자 주인이 정색을 하며 매달렸다.
 "아닙니다, 귀인. 병으로 시들어 죽으나 치료를 하다가 죽으나 죽는 것은 마찬가지입니다. 손도 못 써보고 죽기를 기다리느니 차라리 귀인에게 맡기겠습니다."
 "징과 꽹과리 그리고 굵고 큼지막한 죽장(竹杖)을 준비하시오. 만약 징과 꽹과리를 구하기 힘들면 놋대야나 솥뚜껑이라도 괜찮소."

서경덕의 지시를 따라 주인이 징과 꽹과리, 죽장을 찾아 나섰다. 그러나 죽장은 쉽게 구할 수 있었지만 징과 꽹과리를 가지고 있는 사람이 없었다. 주인은 징과 꽹과리 대신 놋대야와 솥뚜껑과 죽장을 들고 사랑채로 들어왔다.

"대청마루에 부인을 모시고 사위에 푹신한 요를 깔아놓으시오. 따로 지시가 있기 전까진 아무도 얼씬거리지 않도록 하시오. 또 한 가지는 부인께서 혼절을 거듭하여도 숨이 붙어 있으면 괜찮으니 두려워하지 마시오. 주인장께서도 심지를 굳게 자셔야 할 게요."

주인은 고분고분 서경덕의 지시를 따랐다. 서경덕은 대청마루 뒤에 있는 장지문으로 다가가서 문을 열어놓았다. 안주인은 넋을 놓고 앞마당을 바라보고 있었다. 처마 밑으로 날아드는 제비들과 가끔씩 산새들만 지저귀는 고요한 낮이었다. 모두들 숨을 죽이고 있었다. 긴장이 풀려 하품이 나올 만큼 시간이 흐르고 있었다. 대청마루에 앉아 있는 안주인이 끄떡끄떡 졸기 시작했다.

그때였다.

"꽝! 지이잉……."

느닷없이 천둥 치는 듯한 징 소리가 울려 퍼졌다. 서경덕이 힘껏 놋대야를 쳤던 것이다. 잔뜩 긴장하고 있던 주인이 벼락 치는 소리에 깜짝 놀라 졸도하였고 대청마루에 앉아 있던 안주인도 앞으로 폭 고꾸라지며 죽은 듯이 뻗어버렸다. 문틈으로 눈만 빠끔히 들이밀고 구경하던 딸자식도 혼절하고 말았다. 멀쩡한 사람은 전우치와 천돌이뿐이었다.

"천돌이는 찬물 한 바가지 떠 오게."

찬돌이가 물을 떠 오자 서경덕이 주인의 얼굴에 확 쏟아 부었다. 푸 하고 한숨을 몰아쉬며 주인이 눈을 떴다.

"마루로 올라가서 부인을 주물러주시오. 여식도 혼절을 한 것 같소. 서두르시오."

정신을 차린 주인이 대청마루로 올라가서 안주인을 살려내고 건넌방의 딸도 주물러서 정신을 차리게 하였다. 허둥대는 모습이 안쓰러웠으나 아녀자의 몸인지라 어찌할 수 없어서 두 사람은 보고만 있었다.

그렇게 일곱 밤, 일곱 낮 동안 벼락 치듯 놋대야를 쳐대길 네 차례, 솥뚜껑 두들기길 세 차례를 하였더니 안주인의 상태가 눈에 띄게 호전되었다. 혼절하기를 숨 쉬듯 하던 안주인이 놋대야 소리와 솥뚜껑 소리에도 그다지 놀라지 않았다.

이번에는 안주인의 두 손을 궤안 위에 얹어놓게 하고 그녀 몰래 궤안을 죽장으로 쳐서 깜짝 놀라게 하기를 거듭하였다. 그것도 놋대야 소리나 솥뚜껑 소리처럼 같은 결과가 되었다. 나중에는 놀라기는커녕 눈만 껌벅거리게 되었다. 열흘이 지나면서 안주인은 한밤중에 들창을 두드리는 것도 모르고 깊은 잠을 자게 되었다. 또한 잃었던 식욕도 되찾고 얼굴에 화색이 돌기 시작하더니 밝은 웃음까지 띠게 되었다.

서경덕이 안주인을 치료하고 있는 동안 마마를 앓은 자국이 희미하게 남긴 했으나 여식의 마마병도 말끔히 나았다.

서경덕과 전우치는 열하루째 되던 새벽녘에 선비의 집을 나왔다. 그리고 속리산으로 길을 잡았다.

아침이 되어 주인이 사랑채를 둘러보았을 때는 방바닥에 덩그렇게 놓인 서찰 하나뿐이었다.

'복재 선생을 모시고 급히 떠납니다. 그동안 잘 쉬었다 갑니다. 구십자(口十子).'

'그분이 복재 선생이었더란 말인가?'

주인은 뒤늦게 복재 선생이란 것을 알고 서찰을 거머쥔 채 이리저리 헐레벌떡 뛰었지만 이미 두 사람은 보은 역참에 닿아가고 있었다.

"형님의 치료법은 특이하였소. 어떻게 그런 생각을 하시었소?"

"담은 오행 가운데 목(木)에 속하는 장기로 쓸개를 말한다네. 쇠붙이와 쇳소리는 금(金)이 아니던가. 보통은 칼이나 쇠붙이가 나무를 자르는 이치로 통용되고 있지. 해서 상극의 원리로 금극목(金剋木)이 되네. 하지만 만물의 이치는 극하는 것으로만 끝나는 것이 아닐세. 때로는 극이 상생이 되기도 하지. 다시 말해 죽은 나무를 쇠붙이로 다듬어서 새롭게 태어나게 하는 이치와 같다네.

우리가 차를 끓일 때 무엇으로 끓이나? 불로 물을 덥히지 않던가. 원래 물과 불은 상극이지. 수극화(水剋火), 즉 물은 불을 끄는 것이지. 허나 알맞은 물과 불은 서로 보완의 관계가 된다는 것일세.

그와 마찬가지로 담력을 잃은 사람은 쇳소리로 다듬어서 기운을 돋운 다음 같은 목기인 죽장으로 기를 보해주면 된다는 이치를 적용한 것뿐일세."

두 사람은 보은 역참을 지나 속리산으로 접어들었다. 갖가지 나무의 여린 잎들이 녹음을 흉내 내며 제법 응달을 만들고 있었다.

법주사로 들어가는 길목에 수령 백여 년쯤 된 소나무가 있었다.

"형님, 저 소나무 이름이 연걸이나무라는 거요. 형님이나 나보다도 높은 벼슬을 하고 있소. 읍을 하시오."

전우치는 상전을 대하듯 예를 올렸다. 서경덕도 전우치를 따라 예를 갖추었다.

그 소나무는 마치 우산을 펼친 듯한 우아한 자태를 하고 있었다. 세조가 법주사로 행차할 때(1464년) 임금이 탄 연이 소나무에 걸릴까 염려해 '연 걸린다!' 하고 소리치자 가지가 번쩍 들려 무사히 통과했다는 일화가 있어 '연걸이나무'라고 부르게 되었던 것이다. 연걸이나무는 그런 연유로 세조에게서 정2품의 벼슬을 하사받은 대감나무였다.

법주사를 지나 세심정과 복천암을 거쳐 용바위골로 오르는 산길은 온통 철쭉꽃 잔치였다. 마치 붉은 비단을 덮은 듯하였다. 중사자암을 지나 문장대까지 올라가는 길에는 상춘객들도 더러 눈에 띄었다.

풍경에 취한 서경덕은 시 한 수를 읊지 않을 수 없었다.

지팡이 짚고 시 읊느라 절름거리나

행장은 간소하여 번거롭지 않네

속세의 영욕을 사양하고는

인간세계 밖의 변화를 점치네

산 빛은 사람의 기쁨을 열어주고

계곡의 물소리는 세상의 원통함을 호소하네

유유하고 아득한 옛일을

홀로 서서 누구와 얘기하리

吟杖足騰蹇　行藏淡不煩

塵中謝榮辱　物外占凉溫

山色開人悅　溪聲訴世冤

悠悠千古事　獨立向誰論

　서경덕은 녹음이 우거진 속리산을 즐기는가 하면 콸콸 소리 내어 흐르는 계곡의 물소리를 뭇사람들이 원통함을 호소하는 소리로 듣고 있었다. 인간세계보다 자연에 더 마음을 둔 서경덕이었다. 하지만 기묘사화며 그와 연계된 이런저런 사건들이 가져다주는 괴로움이 가슴 한켠에 남아 있는 터였다.

　오월 말까지 속리산에 머물면서 묘봉, 관음봉, 신선대, 천황봉, 비로봉, 입석대, 청법대 등을 둘러보았다. 속리산은 이름 그대로 세속을 떠나 있는 산이었다.

　서경덕은 먼 옛날 속리산을 찾은 신라의 대학자 최치원의 시를 더듬어보았다.

　　도는 사람을 멀리하지 않는데 사람은 도를 멀리하고
　　산은 속세를 떠나지 않으나 속세는 산을 떠나는구나
　　道不遠人人遠道
　　山非離俗俗離山

　두 사람의 발길은 어느덧 변산 땅을 향하고 있었다.

3

 두 사람은 보은 역참에서 옥천으로 내려가 대둔산 자락을 넘었다. 충청도 땅을 벗어나 전라도 땅으로 들어선 것이다.
 봉동에서 서쪽으로 방향을 틀어 솜리(익산의 옛 이름)를 지나 삼례, 김제를 거쳐 부안(扶安)에 당도했다. 옛날부터 경치가 좋기로 이름난 부안이었다. 부안으로 들어서자 넓은 평야가 눈에 가득 들어왔다.
 "형님, 고을 이름이 부안이면 편안하게 돕는다는 말인데 인심이 좋겠다는 생각이 듭니다."
 "땅이 넓은 고장이라네. 바다도 가깝고. 인심으로 치자면 남도 인심이지. 인심이 어디서부터 오나? 모두 먹을거리에서 오는 것이지. 먹을거리가 풍부하면 사람은 야박스럽지 않게 된다네."
 두 사람이 동문 안으로 들어서자 돌솟대와 돌장승이 그들을 맞았다. 괴산에서 본 목장승과는 분위기가 달랐다. 눈이 크되 순진했고 코가 넙데데하며 볼이 풍만했다. 인자한 할아버지와 할머니의 풍모를 지닌 듯한 돌장승이었다.

장승은 마을의 수호신이었으며 이정표이기도 했고 지역의 경계를 구분하는 역할도 했다. 돌솟대 꼭대기에는 돌새 한 마리가 먼 곳에 눈을 두고 앉아 있었다.

두 사람은 바닷가로 향했다. 변산의 내항에 이르는 길은 끝없이 펼쳐진 곧은 들판이었다. 산도 없고 밋밋한 둔덕만 있었다. 들길에는 온갖 들꽃들이 각양각색으로 피어 있었다.

멀리서 푸른 바다가 모습을 드러내기 시작했다. 서경덕과 전우치는 부풀어 오르는 가슴을 지그시 누르며 내항에 도착하였다.

끝없이 펼쳐진 바다!

서경덕은 망망대해를 보는 순간 그 자리에 털썩 주저앉고 말았다. 주저앉은 채 한참 동안 넋을 놓고 있었다. 차차 수평선이 눈에 들어오고 점이 되어 배처럼 떠 있는 섬들이 보이기 시작했다. 십삼 년 전 해주만에서 보았던 바다와는 비교가 되지 않았다.

자그마한 둔덕에서 바라보는 바다가 이토록 혼줄을 잡아 흔들고 있었으니 산 정상에서 보는 바다는 얼마나 장엄할 것인가.

바다는 산과 또 다른 면이 있었다. 산은 아버지처럼 근엄하고 엄숙한 반면 도도하게 흐르는 강줄기는 큰누이 같은 포근함이 있었다. 그러나 넓고 넓은 바다에서는 어머니 같은 자애로움과 편안함을 느낄 수 있었다.

서경덕과 전우치는 한참 동안 바닷가에 머물다가 우선 잠잘 곳부터 물색하느라 해안을 따라 뜨문뜨문 자리 잡은 마을을 찾아들었다. 길을 경계로 하여 바닷가와 산자락에 둥지를 튼 어촌이었다. 이왕이면 탁 트인 바다를 바라볼 수 있는 산자락의 초가로 향했다. 하늘에는 짙은 먹장구름이 드리워져 있었다. 지붕 위에 넙데데한 돌을 듬성듬성 얹어놓은 초가는 부엌과 안방, 마루와 건넌방이 일자로 늘어서 있었다.

전우치가 안에 통기를 넣자 얼굴이 까무잡잡하게 그을린 중년 아낙이 두 사람을 맞았다.

"비가 겁나게 올란갑소. 싸게 들어오시오."

내외하는 것도 없었다. 한눈에도 바다처럼 넉넉한 촌부의 인심을 읽을 수 있었다. 중년의 아낙이 건넌방을 성큼 내주었다.

"아들놈이 쓰는 방이오. 그런대로 쓸 만할 것잉게 한번 자보시오."

방문을 열자 역한 냄새가 훅 밀려 나왔다. 발 고린내 같기도 했고 누룩을 띄우는 냄새 같기도 하였다. 총각냄새일 터였다.

전우치가 아낙에게 물었다.

"우리 두 사람이 여기서 자면 아드님은 어떡합니까?"

"그놈이야 이짝 방에서 자면 되는 것잉게 염려 붙잡아 매시오."

아낙이 안방으로 건너가자마자 비가 쏟아지기 시작했다. 장대비였다. 잠시 후 비를 맞으며 젊은 총각이 댓가지 문을 열고 안마당으로 들어섰다. 총각 역시 아낙처럼 검게 그을린 얼굴이었으나 앳돼 보였다.

"엄니, 댕겨왔지라."

아들이 안방을 향해 인사를 하고는 건넌방 문을 활짝 열어젖히고 발을 밀어 넣다가 깜짝 놀라며 외쳤다.

"누, 누구시오?"

그때 안방에서 아낙이 먼저 말을 건넸다.

"손이 드셨응게 너는 이짝으로 건너와야."

산천을 주유하다 99

그제야 총각이 고개를 주억거리며 안방으로 건너갔다.

빗방울이 더욱 굵어졌고, 굵어진 만큼 날은 점점 더 어두워졌다.

총각이 관솔불을 들고 건넌방으로 왔다. 등잔에 불을 붙이고 나가는 총각의 뒤통수에 검은 머리보다 흰머리가 더 많아 보였다.

전우치가 말문을 열었다.

"형님, 총각의 머리가 할아범이오. 서리 내린 머리에는 약이 없소?"

"있지 왜 없겠나."

"형님이 한번 고쳐보시지……."

"아우님은 내가 의원인 줄 착각하는 모양일세."

"공밥이야 먹을 수 없지 않소. 눈속임을 할 계제도 아니고 말이오."

"희어지는 머리칼이니 하루 이틀 만에 고쳐지겠나. 세월이 약인 것을."

그런 이야기를 주고받을 때 총각이 저녁상을 들고 왔다. 상에는 푸짐한 조밥과 밴댕이젓, 멸치젓, 창란젓이 놓여 있었고, 미역국과 돌나물무침도 보였다. 풍성한 밥상이었다.

"모친께 잘 먹겠다고 전하시게, 총각."

밤이 깊어가면서 빗줄기는 점점 가늘어지는 듯했다. 추적거리는 빗방울 소리를 들으며 변산의 첫날 밤을 맞았다.

밤새도록 내린 비는 아침까지 이어지고 있었다. 하룻밤 신세를 졌으니 떠날 차비를 해야 했다. 두 사람이 행장을 차리고 건넌방을 나왔는데 아낙과 총각의 모습이 보이지 않았다.

전우치가 헛기침을 서너 차례 하자 아낙이 모습을 드러냈다.

"대접 잘 받고 갑니다, 아주머니."

서경덕이 아낙에게 예를 표했다.

"비가 멈출 생각을 않는 모양인디 비나 그치걸랑 가시오."

아낙이 맘을 넓게 쓰고 있었다.

전우치는 차라리 잘됐다 싶어 서경덕의 옆구리를 찔렀다.

"형님, 아주머니 말씀대로 비나 그치거든 떠납시다. 바쁠 게 없지 않소."

"죄송해서 그러지 않는가."

서경덕의 말끝에 아낙이 끼어들었다.

"워디서 온 양반넨지는 몰라도 변산 끝자락꺼정 행보한 선비님들이 아니시오. 우리네처럼 바다 속이나 파먹고 사는 사램도 아니고, 유람 댕기러 온 선비님이란 걸 이녁의 눈짐작으로 다 알아봤소. 그렇잖으면 이런 시골 끝자락꺼정 올 사램이 누가 있겠소? 나랏일 허다가 죄짓고 배소 지명 받어서 온 양반네 행색도 아니고. 금강산도 식후경이라 혔는디, 햇살 좋을 때 유람해야 지 맛이 아니겠소? 인심 좋은 변산 땅이요. 비 그칠 때만 바라지 마시고 유람 끝날 때꺼정 기실라면 기시오. 그라고 지가 군덕말 한마디 더 보태겄소. 상것이 양반네헌티 함부로 말을 놓는다 생각허들 마시고 여그 말뽄새가 그란 줄 아시오. 좋게 받어 들으믄 공댄디 솔찮게 듣자믄 섭섭허고 하대 모냥 들리는 게 전라도 말뽄새요. 이해허시오."

아낙은 이미 두 사람을 훤히 꿰고 있는 듯했다. 조밥 한 그릇 얻어먹기 수월찮은 때였다. 그래도 바닷가 사람은 땅만 파먹고 사는 농부들보다 여유가 있어 보였다. 물론 산자락에 조그만 화전 농사를 곁들이는 곳도 있었지만 비싼 소금에 돈을 들이지 않아도 되었고 몸만 바지런하면 굶지는 않았다.

"이렇게 고마울 데가……. 그럼 아주머니 말씀대로 그리하겠습니다."
전우치가 누가 빼앗아 가기라도 할 것처럼 아낙의 말을 얼른 받았다.
이때 늦잠을 자던 총각이 벙거지 같은 두건을 쓰고 밖으로 나왔다. 아낙이 한마디했다.
"이놈아, 대갈빡에 이 생기겄다. 쉰 대갈빡을 가린다고 껌덕 된다더냐?"
총각이 멋쩍게 히죽 웃었다.
"총각이 머리가 많이 센 모양입니다, 아주머니."
전우치가 거들었다.
"지 애비 죽고 이태 만에 아들놈 대갈빡이 저러코롬 되아부렀소. 워째야 쓰까 모르겄소."
중년의 아낙이 두 사람을 번갈아 보며 말했다.
"염색을 하는 방도가 있긴 합니다만……."
서경덕이 말끝을 흐렸다.
"있으면 갈켜주시오."
서경덕이 건넌방으로 가서 봇짐을 뒤져 기름종이에 싼 것을 가지고 나왔다.
"이걸 한번 바르도록 해보시지요."
"쓰는 방도도 말씀해주시오."
서경덕은 기름종이를 풀고 고약을 꺼내서 사용법을 설명해주었다.
"이걸 바르면 쉰머리가 검어진당게 믿어보겄소."
그것은 거머리를 말려 가루를 낸 다음 고약으로 만든 것이었다. 그 고약은 흰 수염이나 흰머리 뿌리에 바르면 뿌리부터 검어지는 염색제로,

약이 독해 국화 봉오리에 뿌려두면 백국이 흑국으로 바뀔 정도였다.

"이 사람이 보건대 아드님께선 혈이 엉키는 속병도 있는 것 같습니다. 가끔 논으로 가서 거머리를 잡아 삼키면 효과가 있을 것입니다."

서경덕이 총각의 속병까지 들춰내며 처방을 해주었다.

전해 내려오는 이야기가 있었다.

옛날, 왕이 피가 맺히는 속병 때문에 오랫동안 앓았다. 그러던 어느 날 왕이 야채에 거머리가 붙어 있는 걸 모르고 먹었다. 이것이 문제가 되어 수라상 올리는 소주방 사람들이 모조리 옥에 갇혔다. 그런데 왕은 그날부터 피맺힘이 풀려 건강을 회복하였다. 거머리가 들어가 혈체(血滯)를 푼 것이었다.

거머리는 악혈을 빨아내고 피가 굳는 것을 줄여주며 여자의 경도가 순조롭지 않을 때에도 좋은 약이 되었다. 특히 오래된 독종(毒腫)이나 절상(折傷), 타박상을 입었을 때 거머리에게 빨리면 악혈을 선혈로 순환하는 작용을 하였다. 뿐만 아니라 독사에 물리면 거머리를 대야에 잡아넣고 그 물린 자국을 빨게 하는 것이 응급처방이었다.

서경덕과 전우치는 비가 걷힌 다음 날부터 변산 땅 구경에 나섰다.

아낙의 말이 귓가에 맴돌고 있었다.

"변산은 바깥쪽으로 산이 둘러쳐지고 안쪽으로는 볼거리가 많은 곳이오. 우선 채석강(彩石江)을 둘러보고 내소사로 가시오. 좀 더 일찍 왔으면 겁나게 펴부런 벚꽃 귀경을 헐 수 있었을 터인디 지금은 다 져버렸을 것이오. 그리고 내소사에서 관음봉으로 올라가믄 암릉이 있을 것이오. 그놈 따라 골짝을 내려가믄 봉래구곡이 나오는디 거서 직소폭포를 보고 쬐끔 더 아래짝으로 내려가믄 옥녀담과 선녀탕을 지나 월명암과 낙조대가 나올 것이오. 낙조대에서 앞을 내다보믄 서해바다가 보일 것이오. 퍼런 바다에 띄엄띄엄 떠 있는 섬들도 볼만헌디 날이 좋아부러믄 해 떨어지는 귀경도 헐 수 있을 것이오. 거서 쌍선봉으로 해서 내려오든가 아니면 능선을 따라 망포대고 신선대를 거쳐 내려오든가 알아서 허시오."

아낙의 말을 새기며 두 사람은 바닷가를 따라 격포로 갔다. 바닷바람에 맞서 꿋꿋하게 자란 해송들이 둥글게 선을 그리며 백사장을 감싸 안았다. 백사장이 끝나는 곳부터 울퉁불퉁한 넓은 암반이 펼쳐져 있었다. 채석강과 적벽강의 장관이 모습을 드러낸 것이다. 한편에는 켜켜이 책을 포갠 듯한 기다란 단애가 바다 쪽을 향하고 있었다.

대단한 구경거리가 아닐 수 없었다. 전우치는 발길을 옮길 때마다 탄성을 내질렀다.

채석강과 적벽강을 둘러본 두 사람은 내소사로 향했다. 내소사는 백제 무왕 때 창건되어 소래사(蘇來寺)라고 부르던 절이었다. 울창한 전나무 숲이 절 주변에 펼쳐져 있었다.

높은 축대 위에 학이 나래를 편 듯 팔작지붕의 대웅보전이 근엄한 자세로 두 사람을 내려다보고 있었다. 단청을 칠하지 않은 자연의 나뭇결이 그대로 드러나 목향을 풍겼다. 두 사람은 대웅보전을 오르는 일곱 계단을 일곱 번 오르내렸다.

절을 돌다가 반들반들 윤이 날 정도로 머리를 민 동자승을 만났다. 두 사람이 합장을 하자 동자승도 합장을 하고 허리를 굽히며 '관세음보살 나무아미타불. 성불하시옵소서, 보살님' 하였다.

멸시받는 팔천(八賤) 가운데 하나가 된 동자승의 모습이 애처로웠다. 부디 세파에 물들지 않는 고승이 되길 빌었다.

관음봉으로 오르는 길은 내소사로 들어오는 길을 되잡아 가다가 숲 속 샛길로 접어들어야 했다. 오르막길에서 바라보는 관음봉과 가는봉[細峰]의 조화는 한 폭의 아름다운 그림이었다. 이윽고 관음봉 아래 능선에 올라 내려다보니 바다와 만을 이루는 해안의 조망이 아스라이 펼쳐졌다.

그들은 관음봉까지 올라가지 않고 암릉을 따라갔다. 능선에서 바라다보는 봉래구곡은 꿈을 꾸는 듯한 절경을 이루고 있었다. 봉래구곡 깊은 골짜기의 경관은 다른 산에서 느낄 수 있는 것과는 격이 달랐다.

"기가 막히오, 형님! 삼십 년 묵은 체증이 다 뚫리는 것 같소."

골짜기의 절경을 보고 전우치가 감탄을 쏟아냈다. 서경덕도 요지경 속에 빠져드는 기분에 사로잡혔다.

"과연 절경일세! 봉래산이라고 이보다 나을 턱이 없겠지."

어찌 시가 한 수 없을까마는 야경마저 감상한 뒤에 하나로 묶어 읊을 셈으로 서경덕은 떠오르는 시상을 애써 참았다.

둘은 능선을 따라 원암재를 거쳐 잠시 쉬고 내리막길로 들어섰다.

경사가 평탄한 길로 접어드는가 싶었는데 순간 쏴아 하는 소리가 귀를 울리기 시작했다. 눈앞에는 발을 담그면 금세라도 빨려 들어갈 듯한 폭포의 머리가 펼쳐지고 있었다. 폭포는 까마득한 절벽 아래로 곤두박질 치고 있었다.

직소폭포였다.

물에 발을 담그려던 전우치가 얼른 발을 빼냈다. 그러고는 허리춤을 풀더니 바지를 홀딱 까 내리곤 오줌을 갈기면서 너스레를 떨었다.

"형님, 아주 시원합니다. 여인네가 이놈처럼 시원스레 소피를 보는 듯 하다는 직소폭포가 아니오? 그러니 이놈도 질 수 없어 쌌수, 하하하."

"잘했네. 보는 사람이 없으니 망정이지. 독립불참우영(獨立不慚于影)이라 했네!"

홀로 있어도 자기 그림자에 부끄럽지 않게 하라, 즉 혼자 있을 때라도 부끄러운 짓은 하지 않아야 한다는 말이었다.

"알겠소, 형님. 허나 대궐이라면 이놈이 못 쌀 것 같소? 에라, 처먹어라, 이놈들아!"

직소폭포의 소는 넘쳐흘러 또다시 폭포를 이루며 옥녀탕과 선녀탕을 만들고 있었다. 능선을 따라 월명암까지 오르는 암릉에서 바라보는 관음봉과 세봉은 또 다른 맛을 느끼게 했다.

월명암은 신라 사람 부설거사가 창건한 절로 수백 년 동안 변산을 지킨 산사답게 고고한 자태로 변산 제일봉인 의상봉과 마주하고 있었다. 옆 계단으로 올라가니 서해의 낙조와 노을의 극치를 관망하는 낙조대가 나타났다. 그러나 일몰 때가 아니었으므로 망망대해에 떠 있는 섬들을 보다가 왔던 길을 되돌아 내려왔다.

다음 날은 구름 한 점 없는 화창한 날씨였다. 서경덕과 전우치는 저녁나절 느지막이 산을 올랐다. 밤을 지새울 참이었다. 봉래구곡이 내려다보이는 암릉의 능선으로 향했다.

어둠의 그림자가 내려앉고 있는 길을 그들보다 앞서 가는 사람이 있었다. 바람에 너풀거리는 흰옷이 숲 사이로 언뜻언뜻 비쳤다. 두 사람은 봉래계곡을 바라보는 능선에서 둥그런 달을 맞이했다. 금빛 머금은 달빛은 어머니의 품처럼 변산 땅을 포근히 감싸고 있었다.

관망하는 야경도 낮과 진배없었다. 산 위에 올라 사방을 둘러보니 망망한 가운데 만경(萬頃)의 너른 평야가 시야에 들어오고, 드넓은 바다의 수평선은 아득하기만 했다. 초가에서 밥 짓는 연기라도 올라온 것일까. 계곡에는 연기가 깔려 있고 구름 봉우리는 유유히 멋을 뽐내며 흘러갔다.

밤을 벗하여 뜨는 달의 자태에 마음이 유리알처럼 맑고 담담해졌다. 구태여 봉래산에서만 신선을 찾을 게 무어냐.

서경덕은 아껴두었던 시상을 달빛 아래 풀어놓기 시작했다.

    멋대로 시 읊으며 지팡이 날려 겹겹 산봉우리 올라가
    사방을 둘러보니 망망하여 생각도 아득해지네
    만이랑 푸른 들은 평평히 깎아놓은 땅 같고
    넓고 푸른 바다는 아득히 하늘과 맞닿았네
    안개 낀 시냇물과 구름 두른 봉우리는 맑고 빼어나며
    달빛 어린 정자와 바람 부는 바위는 더욱 산뜻하네
    담박한 이 유람에 마음 편히 두고 있으니
    굳이 봉래산 신선 찾을 일 있으리
    浪吟飛杖陟層巓　四顧茫茫思渺緜
    萬頃靑郊平削地　大洋滄海杳連天
    烟溪雲巘猶淸越　月榭風巖更洒然
    淡泊玆遊心宇泰　蓬萊何必訪神仙

탄복하고 또 탄복할 만한 변산의 달빛 야경이었다.

서경덕이 시 읊기를 마쳤을 때였다.

"시구가 멋들어집니다. 아주 잘 들었습니다. 저는 충청도 홍성에서 온 장가순(張可順)이올시다. 변산의 야경을 구경 왔다가 시구에 빨려 들어서 발걸음을 하였습니다."

어둠에 묻혀 산등성이를 먼저 올라온 사람이었다. 달빛에 보아도 단정하고 침착해 보이는 두 사람 또래의 젊은 선비였다.

"우리도 같소이다. 송도에서 온 전우치요. 이쪽은 복재 선생이……."

전우치가 말을 맺기도 전에 장가순이 놀란 듯 물었다.

"예? 방금 복재 선생이라 하셨습니까? 송도에 계시고 함자가 서, 경 자 덕 자를 쓰시는……."

"그렇소이다. 저의 형님이시오."

"고명하신 선생님을 이런 곳에서 뵙다니……. 소인 장가순, 인사드립니다."

장가순이 서경덕에게 넙죽 절을 하였다. 서경덕도 자세를 바로 하여 예를 갖추었다.

"괘가 딱 들어맞았습니다. 야경 속에 귀인을 만난다는 괘였지요. 이런 경사가……. 선생님의 가르침을 받고자 소원했던 사람입니다. 참으로 귀한 분을 만나게 되어 기쁨을 감출 수 없습니다, 선생님."

"주역 공부를 마치셨습니까?"

서경덕이 장가순에게 물었다.

"천지를 꿰뚫으신 선생님께는 감히 비할 수 없사오나 주역에 심취하고 있는 유생입니다."

"시간이 유하면 송도로 놀러 오시지요. 주역 공부를 하는 사람이라면 마다하지 않습니다. 이것도 인연인데 잘 사귀어보십시다."

"말씀만 들어도 백골난망입니다. 꼭 찾아뵙겠습니다."

달빛에 질세라 여름으로 치닫는 별무리들이 산봉우리마다 가득 내려앉고 있었다. 그들은 밤을 새워 천문과 지리, 주역에 대해 이야기를 나누다가 하산하였다.

서경덕과 전우치는 열흘 동안 머물며 변산 땅 안팎을 세세히 훑었다. 그들의 발길이 스치지 않은 곳이 없었다. 강렬한 석양을 보았고 죽막골의 후박나무, 중계리의 꽝꽝나무, 도청리의 호랑가시나무 등 사시사철 늘푸른나무들도 둘러보았다.
변산의 어촌 초가집을 떠나기 하루 전이었다. 서경덕은 중년의 아낙에게 푸른 나무이파리를 보여주며 물었다.
"이 나무를 왜 꽝꽝나무라고 합니까?"
"아, 고것은 긍께, 이파릴 아궁이에 처박으믄 천둥 치듯이 꽝꽝 소리가 나지 않것소? 해서 꽝꽝나무가 되아부렀소."
"이것은 호랑가시나무라고 하던데……."
"고놈은 산군(山君)께서 등때기가 가려울 참이믄 나뭇잎에 붙은 가시바늘로 긁었다고 안 허요. 호랭이나무 이름자 그대로요."
호랑가시나무는 이파리 가장자리 각점 끝에 가시같이 생긴 딱딱한 바늘이 있었다. 호랑가시나무나 꽝꽝나무는 키가 작았지만 늠름했고 이파리는 가죽처럼 두꺼웠으며 반질반질한 광택이 돌았다.
백발이었던 총각은 거머리 고약 덕분에 그새 머리가 새까매졌다. 논에서 거머리도 몇 마리 잡아먹었다고 했다. 젊은 총각은 처음 볼 때와는 달리 얼굴색도 반듯했고 윤기마저 감돌았다.
그사이 두 사람과 정이 든 총각은 전우치가 손을 잡자 눈시울이 붉어

산천을 주유하다 109

졌다.

"사람의 얼굴은 정신이 거니는 뜰이요, 머리털은 뇌의 꽃이라고 했네. 마음에 걱정이 많으면 안색이 마르고, 뇌수가 줄어들면 머리카락이 희어진다네. 다음 달쯤이면 아리따운 처녀를 맞이할 것이니 근심을 끊고 찾아보게."

서경덕이 젊은 총각의 등을 토닥여주었다.

변산은 험준한 모습은 없었고 암릉과 암봉으로 이루어진 부드럽고 순한 산이었다. 두 사람은 변산 땅의 인연을 소중히 간직하고 초가집을 나와 지리산 쪽으로 길을 잡았다.

4

 변산을 떠난 서경덕과 전우치는 태인, 칠보, 회문, 도룡, 순창, 고원, 남원, 송치, 원촌, 연파를 거쳐 마침내 지리산 바로 아래 구례까지 왔다. 계절은 어느덧 봄에서 여름으로 접어들어, 낮이 가장 길다는 하지 무렵이었다.
 그동안 남도의 산을 넘고 강을 건넜다. 전라도 들길과 산길은 송도와 달리 온통 황토였다. 그곳 사람들은 황토에서 태어나 그 황토를 밟으며 살아가고 있었다. 조선 최대의 곡창인 김제·만경 벌도 그랬다.
 서경덕은 구례까지 오면서 행장에 꾸려 넣었던 비상약을 여러 번 사용했다. 그 덕분에 풍찬노숙을 면할 수 있었다.
 칠보에서는 벌에 쏘여 사경을 헤매던 사람의 목숨을 구해주었다. 쑥을 직접 입으로 씹어서 붙여주고 박하잎을 비벼서 부어오른 자리에 대주었다. 원래 벌에 쏘였을 때는 토란줄기를 비벼서 쏘인 곳을 문지르면 즉시 통증이 가시고 독기가 빠지나 토란이 없어 임시방편으로 준비해 간 박하잎과 쑥으로 처방했던 것이다.

회문에서는 수세미덩굴 밑동 태운 재로 축농증으로 고생하는 젊은 처녀를 구완해주고, 도룡에서는 개도 안 걸린다는 오뉴월 감기로 죽을 고생을 하는 촌부를 준비해 간 칡뿌리로 낫게 하였다. 칡뿌리는 특히 오슬오슬 오한이 나고 두통이 심한 감기에는 효험이 빠르다. 아울러 위장의 염증을 없애고 창자의 기능을 원활하게 하며 쇠붙이에 다친 상처에도 좋고 그 밖의 여러 가지 열병과 열이 많은 증세에 효험이 있다. 피가 나는 상처에는 칡잎을 비벼서 바르면 피가 쉽게 멈추기도 한다.

지리산을 코앞에 둔 구례에 당도한 두 사람은 새삼 힘이 솟았다.

구례는 대산(大山), 대수(大水), 대야(大野)라는 지리적 특징을 갖고 있었다. 대개 큰 산 밑에 큰 물이나 큰 들이 있기 어려운데 이곳은 천혜의 땅이라 할 만했다. 그래서일까. 구례에는 풍수적으로 명혈이 많이 숨겨진 곳이라고 전해져왔다.

두 사람은 푸른 물결 넘실거리는 섬진강에 얼굴을 씻고 탁족(濯足)을 즐겼다. 물은 맑고 얼음처럼 차가웠다. 땀으로 범벅이 된 온몸이 시원하게 풀렸다.

땀이 사그라지자 서경덕이 전우치에게 풍수 이야기를 시작했다.

"『도선비기』를 보면 구례에는 사대명혈이 있다고 했네. 첫째가 말이 울면서 세 개의 개천을 뛰어넘는 형국인 마시삼천대혈(馬嘶三川大穴), 둘째가 용이 누워서 물소리를 듣는 형국인 와룡청수형(臥龍聽水形), 셋째가 만개한 꽃잎이 서로 다투면서 휘날리고 있는 모습인 화쟁비대혈(花爭飛大穴)이지. 그리고 넷째가 닭이 첫새벽에 우는 형국인 계명구우형(鷄鳴九

字形)이라네."

"구례 사람들은 복도 많소. 한 고을에 그렇게 많은 명당자리를 갖고 있으니 말이오."

"그런데 아직까지 한 군데도 찾지 못했다더군."

"아니, 그게 말이나 되우? 이유가 뭐랍니까?"

"명혈이란 것이 쉽사리 아무 눈에나 띄지 않는 것이 하나이고, 거기 살고 있으면서도 그 자리가 명혈인지 모른다는 것이 또 하날 걸세."

"그걸 어떻게 단언할 수 있소, 형님."

"지금까지 구례에서 걸출한 인물이 배출되지 않았음이지."

"그렇다면 도선국사가 말한 사대명혈이란 애당초 없는 게 아니오?"

"그럴지도 모르지. 그런데 그것으로 끝나는 게 아니고, 오미리 일대에도 세 개의 명당이 있다고 했네."

"그건 또 어떤 형국이랍니까?"

"그 하나는 금거북이 진흙에 가라앉은 형국이라는 금구몰니형(金龜沒泥形)이고, 선녀가 지리산에서 목욕을 하고 올라가다가 금가락지를 떨어뜨렸다는 금환락지형(金環落地形)이 그 둘이요, 마지막으로는 다섯 개의 보물이 교차하며 모인 형국인 오보교취형(五寶交聚形)이라고 했네."

"그 세 군데 명당은 찾았을까요?"

"나도 구례가 처음이니 모를 일이지."

"오미리를 뒤져봅시다, 형님."

『도선비기』에는 또 다른 명당에 관한 이야기도 있었다. 오봉산 아래에 있는 오봉촌이 다섯 마리 봉황이 머무는 형국인 오봉귀소형(五鳳歸巢形)

이라는 것이었다.

"부질없는 짓일세."

진초록빛을 띠던 섬진강은 저물녘이 되자 물비늘이 석양에 반사되면서 보랏빛으로 변해갔다. 서경덕과 전우치는 노을에 물드는 아름다운 섬진강을 뒤로하고 지리산으로 접어들었다.

지리산은 백두산에서 시작되는 백두대간의 종착점으로 이름도 여럿이어서 두류산, 방장산이라고도 불렀다. 백두산, 금강산, 묘향산과 더불어 조선 4대 명산의 하나이며 태백산 줄기가 서남으로 갈라지면서 소백산으로 이어지는 낙맥의 혈처였다.

산의 규모가 큰 만큼 자리도 넓게 차지해서 전라도 쪽으로는 구례와 남원, 경상도 쪽으로는 산청, 하동, 함양 같은 큰 고을이 모두 지리산 자락 아래 터를 잡고 있었다. 그 규모로만 본다면 조선 땅에서는 백두산에 버금갈 만한 명산이었다.

봄에는 철쭉과 벚꽃이 으뜸이고, 여름이면 싱그러운 신록과 폭포와 계곡의 비경, 가을이면 단풍과 억새풀, 겨울에는 신선이 빚어놓은 듯한 설경 등 계절마다 아름다운 풍광을 자랑하는 곳이었다. 또한 천왕봉을 비롯해서 반야봉, 노고단 등 수천 척에 이르는 고산준봉이 우뚝우뚝 솟아 백 리 가까이 이어졌다. 피아골, 뱀사골 등의 열두 동천이 흘렀으며 골짜기마다 맑고 깊은 담과 소는 물론이거니와 불일폭포, 칠선폭포, 구룡폭포, 가내소폭포, 무재치기폭포 등 빼어난 경관을 간직한 웅장하면서도 아름다운 산이었다.

세석 철쭉, 불일폭포, 천왕봉 일출, 노고단 운해, 피아골 단풍, 반야봉

낙조, 벽소령 명월, 칠선계곡, 연하선경, 섬진 청류 등 수없는 비경을 간직한 곳이기도 했다. 한 번이라도 지리산을 찾은 사람이라면 그 장엄하면서도 수려한 경관과 빼어난 자태에 매료되지 않는 이가 없었다. 게다가 사람이나 짐승이 먹으면 영생한다는 불로초가 자란다는 곳이었다.

"언제부터 지리산이라고 부르게 되었는지 아슈?"

산을 오르면서 전우치가 물었다.

"원래 방장산이었는데 지리산으로 바뀌었다는 것만 알고 있네."

"태조대왕 때부터라는 얘길 들었소."

"그랬나? 들은 얘기가 있으면 알려주게."

"얘기는 이렇수, 으흠."

전우치의 목소리가 짐짓 점잖아졌다.

"이성계가 조선건국의 야심을 품고 기도를 올렸답니다. 백두산과 금강산 그리고 방장산의 산신에게 말이오."

"그러니까 신선이 산다는 삼신산(三神山)이로군."

"맞수. 헌데 방장산 산신만 허락을 안 했다지 뭡니까."

"왜 그랬을까?"

"그야 뻔하잖수. 그 산신은 역성(易姓)을 좋아하지 않았던 게지요. 해서 '아, 방장산 산신은 확실히 지혜(智)가 다르구나(異)' 했다지 뭡니까."

"오, 그래서 지리산이라 부르게 되었구면, 허허허."

지리산은 여타 산과 다른 점이 있다. 최고봉이 자기보다 더 낮은 봉우리에 주봉을 넘겨주는 미덕을 갖춘 산인 것이다. 최고봉은 천왕봉(1,915미터)이나 반야봉(1,732미터)보다도 훨씬 낮은 노고단(1,507미터)을 주봉으로 하고 있다. 그것은 풍수적으로 제왕지지(帝王之地)가 산 남쪽에 자리한 노고단에 있기 때문이다.

서경덕과 전우치는 능선으로 올라섰다. 밤하늘에 별들이 눈을 뜨기 시작하였다. 황도(黃道)를 둘러 있는 스물여덟 개의 별자리〔二十八宿〕가운데 동쪽 하늘의 별자리인 각(角), 항(亢), 저(氐), 방(房), 심(心), 미(尾), 기(箕)의 청룡칠수(靑龍七宿)가 초저녁 하늘에서 모습을 드러냈다.

밤이 되자 두 사람은 밤이슬을 피할 수 있는 잠자리를 찾기 시작했다. 사위가 어둠에 휩싸였으나 어렵지 않게 입을 반쯤 벌린 동굴을 찾을 수 있었다. 동굴은 두 사람이 간신히 어깨를 맞대고 누울 수 있을 정도였다.

산새 소리에 잠을 깬 서경덕은 동굴에서 나왔다. 그곳은 수풀이 빽빽하게 우거진 깊은 골짜기였다. 칼로 베인 듯한 하늘만 빠끔히 열려 있었다. 분명 이른 아침이었으나 시간을 가늠하기 어려웠다.

서경덕은 다시 동굴로 들어가 전우치를 깨워 물이 흐르는 곳을 찾아 내려갔다. 계곡에는 제법 많은 물이 흐르고 있었다.

그때였다. 물줄기를 따라 올라오는 사람이 있었다. 머리에 질끈 동여맨 무명수건과 걸망태, 이슬을 막는 겉바지까지 덧입고 지팡이를 짚은 모양새로 보아 심마니가 틀림없었다.

서경덕이 그의 걸음을 멈추게 하고 물었다.

"이 계곡의 이름이 뭡니까?"

심마니는 별난 사람 다 본다는 듯이 위아래를 훑으며 되물었다.

"죄지은 사람이슈?"

"아닙니다. 산 구경 온 사람입니다."

심마니에게 하대를 할 수도 있었으나 두 사람의 행색은 오히려 심마니만도 못했다. 며칠 동안 옷도 못 갈아입고 산중을 헤맨 탓에 꾀죄죄하기가 이를 데 없었다.

심마니가 다시 한 번 위아래를 훑어보면서 말했다.

"피아골이오."

"고맙소이다. 덕의 소망이 있을 것이오."

서경덕 대신 전우치가 나서서 인사를 하자 심마니는 가던 걸음을 멈추고 되돌아보며 히쭉 웃음을 지었다.

"고맙소. 이 물줄기를 따라 아래로 한참 내려가면 연곡사가 있소. 게서 절밥이라도 얻어자시오."

심마니들은 산신령을 '덕(德)' 이라고 불렀다. 심마니가 산삼을 찾으면 '신령님 전에 소망을 얻었다' 고 하는 그들의 습성을 전우치는 잘 알고 있었다.

서경덕과 전우치는 피아골 계곡 아래로 내려갔다. 밥보다는 구경 생각이 앞섰다. 두 사람은 솔잎가루와 콩가루 등을 버무려 빚은 송환(松丸)을 꺼내 입에 털어 넣고 침으로 녹여 먹었다. 얼마쯤 내려가니 심마니가 일러준 연곡사가 나타났다.

연곡사는 통일신라시대인 8세기 무렵 연기법사(緣起法師)가 창건했는데 그는 연곡사 말고도 화엄사, 대원사 등 지리산에만 큰 절을 셋이나 세운 전설적인 인물이었다. 연곡사는 지리산 서쪽의 천은사나 화엄사보다 먼저 지어진 아담한 절이었다.

경내에는 삼층석탑과 신라말 도선국사(道詵國師)와 고려초 현각선사(玄覺禪師)의 부도비와 부도(浮屠)가 남아 있었다.

두 부도와 비는 똑같이 돌거북으로 비석받침을 하였고 돌로 깎은 용머리를 비석지붕으로 하고 있었다. 사람들은 도선국사의 부도를 '동부도'라 하였고 현각선사의 부도를 '북부도'라 했다.
경내를 둘러보고 밖으로 나오면서 전우치가 물었다.
"조금 전에 본 동부도가 도선국사의 사리탑이라는데 사실일까요?"
"그야 누가 알겠나. 부도를 파본다 해도 알 수 없는 일 아니겠는가. 조선 땅 동서남북으로 도선국사의 부도가 있다니 낸들 어찌 알 수 있겠나. 절 사람들의 방식이니 그들의 말을 믿을 밖에."
"두 개의 부도를 쌍둥이처럼 만든 건 왜 그랬을까요?"
"신라시대의 대선사와 고려시대의 선사를 동일하게 보이려는 생각일 게야. 그렇지 않으면 '나는 당신 뜻에 따라 이렇게 절을 잘 지켰다'는 것을 드러내려는 당시의 풍조라고도 할 수 있겠지. 그나저나 그 부도가 부도 중에서도 그중 잘생긴 것이라고들 한다네."
"어쩐지 품격이 좀 다르다 싶었소."
두 사람은 골짜기가 처음 시작되는 곳까지 가보기로 하고 계속 골짜기를 내려갔다. 산을 깎아서 만들어놓은 다랑논들이 눈에 띄기 시작했다. 길가까지 내려갔다가 다시 골짜기로 되짚어오면서 보니 골짜기로 기운 경사면에 논배미가 꽉 들어차 있었다. 층층이 쌓아올린 논은 경이롭기까지 했다.
"형님, 참말로 장관이오. 어쩌면 저렇게 만들 수 있었을까요?"
"그것이 백성들의 삶에서 우러나온 슬기고 멋이지. 궁궐이고 절이고 할 것 없이 모두가 사람의 손길이 닿았으면서도 그렇지 않은 듯 자연스럽지 않은가."
다랑논은 계단식 논이었다. 특히 산자락에 사는 사람들의 경작지는 너른 들판보다 산비탈이 더 많았기에 자연스럽게 생긴 것이었다.

"저 모양 좀 보시오, 형님. 삿갓처럼 생겼수. 저건 항아리고, 저건 치마처럼 생겼고, 저건……."

"생긴 모양대로 이름을 붙여주면 되겠네. 삿갓배미, 항아리배미, 치마배미라고 말일세. 농부들이 그렇게 부르지 않던가?"

"지리산 논배미는 정말 대단하오."

두 사람은 다시 피아골로 접어들었다.

피아골은 각양각색의 꽃을 피워 문 나물과 들꽃, 거기에 딱새, 오목눈이, 직박구리 등의 산새 울음소리가 어울려 그런 잔치가 없었다. 나무는 또 어떠한가. 참나무, 피나무, 단풍나무, 신갈나무, 구상나무 등 온갖 나무들이 실로 울울창창하였다. 두 사람은 마침내 피아골을 빠져나와 질매재를 넘어서 노고단에 이르렀다.

서경덕과 전우치는 예전에 북쪽 묘향산에서 그랬듯이 이번에는 남쪽에서 다시 본격적인 산생활에 접어들었다.

광활하게 펼쳐진 산속에는 거처할 동굴도 많았다. 호랑이나 곰 등의 보금자리였던 혈처가 그들의 집이 되고 방이 되었다. 먹을거리도 풍부했다. 먹어도 탈이 나지 않는 갖가지 열매와 풀뿌리, 이파리, 꽃잎 따위가 곳곳에 널려 있었다. 되레 먹지 못하는 것이 적었다. 두 사람은 능선과 능선, 계곡과 계곡을 세심하게 살피고는 장소를 옮겨가며 드넓은 산속을 동에서 서로 훑어나가며 자연의 삶을 만끽했다.

천왕봉은 묘향산보다 높았다. 산을 찾는 사람들이 말했다.

"천왕의 일출을 보려면 삼대가 선업을 쌓아야 한다오."

산 중턱부터 구름에 가려진 고산은 좀처럼 얼굴을 드러내지 않았다.

아무리 맑은 날이라 하더라도 정상에 비가 오는지 눈이 오는지는 올라가 봐야만 알 수 있었다.

서경덕과 전우치는 정상을 몇 번씩이나 올라가보았다. 산 중턱에서 해 뜨는 시각에 맞춰 정상에 오르기를 여러 번 하였지만 끝내 일출은 볼 수 없었다. 끝없이 펼쳐진 은빛 구름바다를 보는 것으로 일단 물러서고 말았다.

두 사람은 연하봉의 기암괴석과 층암절벽, 그 사이를 춤추며 흘러가는 운무를 보며 구불구불한 촛대봉 능선을 지나 세석평전에 이르렀다.

세석평전(細石坪田)은 지리산이 품고 있는 단 하나뿐인 너른 구릉지대였다. 잔돌을 뿌린 듯한 고원으로 봄이면 수만 그루의 철쭉이 붉은 꽃을 피우는 곳이다.

가는 곳마다 혼을 빼앗는 절경에 취한 서경덕이 철쭉나무를 보며 『파한집(破閑集)』에 나오는 이야기를 꺼냈다.

"『파한집』은 고려 때 학자 이인로가 쓴 책인데 지리산 청학동에 대한 이야기가 실려 있다네. 길은 비좁고도 구불구불하며 더러는 엎드려 바위굴로 기어가기를 여러 차례 하여 청학동에 이르렀다고 했지. 청학동은 광활한 들판으로 땅이 비옥하여 난리를 피한 사람들이 와서 살았던 흔적이 있다고 했네. 그렇다면 그곳이 바로 여기가 아니겠나? 나는 이곳을 보곤 그렇게 생각했네."

"다른 곳이 아닐까요?"

"청학동이 몇 군데씩 되지는 않을 것이니 아마 여기일 듯싶네."

"그렇다면 그들은 왜 청학동을 버리고 떠났을까요?"

"산신의 노여움을 샀겠지. 산신은 곡물이 자라지 못할 정도의 한기와

냉기로 벌을 내렸을 게야. 사람이란 죄인 줄 알면서도 죄를 짓지 않던가. 모르고 한 짓은 죄가 아니니 산신도 한두 번은 용서했겠지. 허나 그게 습관이 되어 사람들은 걸핏하면 죄를 사해 달라고 빌었을 테고. 입버릇처럼 말일세. 그러고는 스스로 위안을 하지. 난 회개했노라고."

두 사람이 한 달 동안 지리산 동쪽을 구석구석 살피는 사이 삼복더위가 시작되었다. 첩첩산중도 복더위는 비켜 가지 않았다.

"이균이는 산군께서 개를 물어다주었다던데 복날이 되니 얼큰한 개장 생각이 절로 납니다. 형님."

전우치가 손등으로 땀을 훔쳐내며 말을 건넸다.

"첩첩산중에서 그런 얘기는 해 무엇 하겠나? 성스러운 산이니 경건한 마음을 지니게."

"아이고, 형님. 먹고 싶다는 말도 못하오."

"할 수야 있지. 나는 개고기 맛이 어떤지는 몰라도 복날이 어떻게 생겼는지는 알고 있다네. 그 얘기로 먹은 셈 치세나."

"어차피 먹지도 못할 개, 이야기나 들어봅시다."

서경덕이 삼복 이야기를 하기 시작했다.

"하지가 지난 후 세 번째 경(庚)일이 초복이고, 네 번째 경일이 중복, 그리고 입추 후 첫 번째 경일이 말복이라네. 여름이 지나면 가을이 오는 것이 자연의 순리가 아니던가. 허나 성질 급한 가을이 미처 여름이 다 가기도 전에 자꾸만 발을 들여놓다가 '아이쿠, 아직도 뜨겁군!' 하고 물러나 엎드리길 세 차례 해야 제정신을 찾는다는 날들이라네. 개하고는 아무 상관도 없는 것을 공연히 사람들이 엎드릴 복(伏) 자에서 개만 취한 것이지."

앉아 있기만 해도 땀이 비 오듯 하는 삼복 때, 두 사람은 지리산의 중앙 지역인 실상사, 뱀사골, 영신봉, 덕평봉, 벽소령, 연하천, 불일폭포, 형제봉 등을 훑었다.

이제는 서쪽만 남았다. 서경덕과 전우치는 반야봉 중턱의 동굴에 터전을 마련하고 반야봉으로 올랐다. 젊은 아낙네의 예쁜 엉덩이 같아 보인다는 봉우리로 붉게 타는 노을이 깃들 때 낙조가 일품이라 했다. 또한 반야봉에 어둠이 짙어져야 지리산도 편안히 발을 뻗고 눕는다고 하였다.

오르내리길 몇 차례, 날씨가 청명하여 엷은 구름까지 남김 없이 씻어버린 맑은 날이었다. 시야가 천 리 밖도 볼 수 있을 만큼 확 트여 있었다. 두 사람은 봉우리에서 밤을 새울 작심을 하고 반야봉 꼭대기로 올라갔다. 낙조와 새벽 일출을 함께 볼 셈이었다. 변산에서 이미 수평선 넘어 바다 속으로 숨어버리는 석양을 본 적이 있었다. 반야봉의 일몰은 어떨지 궁금했다.

맑은 하늘에 떠 있던 해가 야금야금 피를 토하며 먼 산 뒤로 숨어들고 있었다.

서경덕은 낙조의 장관에 술 취한 낯빛이 되어 발원(發願)하였다.

'인간의 온갖 번뇌와 악한 마음, 그릇된 감정, 슬픔과 노여움, 추함과 더러움, 미워하는 마음, 빈곤을 밤새 정화하시어 다시는 인간에게 돌려보내지 마시옵소서. 매일같이 그리 하여주시옵소서!'

산과 산 너머 지평선으로 장엄하게 사라지는 낙조는 변산의 낙조와는 또 다른 정취를 지니고 있었다. 대단한 장관이었다.

해 떨어진 반야봉에 어둠이 내리기 시작했다. 별들이 차츰 밤하늘을 가득 채우고, 미리내가 서북에서 동남으로 뽀얗게 떠올랐다. 입 끝을 치켜올린 조각달이 우거진 숲과 골짜기를 보일 듯 말 듯 비추었다.
 새벽이 가까워오자 저 멀리서부터 서광이 번지면서 점차 어둠이 걷히 더니 희미하던 여러 산봉우리들이 모습을 드러내기 시작했다. 붉은 기운 이 점점 진하게 번져나갔다. 드디어 찬란한 후광 속에서 원색의 몸뚱이 를 불쑥 밀어 올리듯 아침 해가 떠올랐다. 그에 반사되어 찬연히 모습을 드러내기 시작하는 웅대한 산의 모습! 새 아침이었다.
 서경덕의 가슴속은 이루 형언할 수 없는 감격으로 가득 찼다. 마음이 터질 것도 같았고 눈물이 쏟아질 것도 같았다.
 '태초에 우주가 열릴 때 이러했겠지. 거대하고 넓은 기운 덩어리도 아 마 이랬을 것이고······.'

 지리산은 높고 높아 동녘 땅을 다스리니
 올라서 바라보매 마음눈이 끝없이 넓어지네
 깎아 지른 바위는 작은 봉우리 희롱하나
 섞이어 하나 된 조화 그 공을 누가 알리
 땅에 쌓인 현묘한 정기는 비와 이슬 일으키고
 하늘이 머금은 순수한 기운은 영웅을 낳게 하네
 큰 산이 나를 위해 안개를 걷어 가니
 천 리 길 찾아온 정성이 통한 듯하구나
 智異巍巍鎭海東　登臨心眼浩無窮
 巉巖只玩峯巒秀　磅礴誰知造化功
 蓄地玄精興雨露　含天粹氣産英雄
 嶽祇爲我淸烟霧　千里來尋誠所通

"이 시의 제는 뭐유, 형님."

"글쎄, …… '숙(宿)지리산반야봉'으로 할까?"

"지리산 반야봉에 머물다, 그것도 괜찮구려."

하늘과 땅, 온 천지에 가득한 것은 오직 물질적인 기뿐이다. 그 기가 비와 이슬 그리고 사람까지도 만들어낸다는 확신을 하며 서경덕은 반야봉에 우뚝 선 채 깊게 호흡을 했다.

두 사람은 서쪽에 늘어선 노루목, 임걸령, 노고단, 차일봉을 끝으로 지리산 유람을 마쳤다.

산신께 지리산을 무사히 둘러본 것을 감사하는 치성이라도 드려야 했다. 우선 목욕재계로써 깨끗한 마음가짐을 다지기 위해 불일폭포로 향했다. 캄캄한 밤이었다. 폭포 아래 작은 소에서 두 사람이 알몸으로 목욕하고 정신을 차렸을 때였다. 세차게 쏟아지는 폭포 밑에서 어른어른 움직이는 물체가 눈에 띄었다.

서경덕과 전우치는 폭포 밑으로 바싹 다가갔다. 사람이었다. 그 사람은 뭔가 소리를 지르면서 춤을 추고 있었다. 무슨 소리인지 폭포 소리 때문에 알아들을 수 없었으나 몸놀림은 신선이 학춤을 추는 듯 날렵하고 부드러웠다.

두 사람은 숨을 죽이고 그 광경을 지켜보았다. 이윽고 춤사위를 거둔 그 사람이 폭포를 벗어나 쌍계사 계곡으로 내려가기 시작했다. 서경덕과 전우치도 발소리를 죽이며 따라갔다. 그 사람은 울창한 숲 속으로 들어갔다. 그곳에는 작은 움막이 있었고 앞에는 손바닥만 한 공터가 있었다. 둘레에는 작은 바윗돌들이 널려 있었다. 그 사람은 움막 입구를 바라보며 바윗돌 위에 앉았다.

"따라왔으면 나를 보아야 할 것 아니더냐!"

숲이 울릴 만큼 쩌렁쩌렁한 목소리였다.

깜짝 놀란 두 사람은 엉겁결에 앞으로 나아가 예를 올렸다. 그 사람은 환갑쯤 되어 보였는데 유독 머리가 검었다.

"서경덕이라 합니다."

"전우치입니다."

"내가 너희들을 기다렸노라. 바윗돌을 하나씩 깔고 앉아라."

앉고 보니 세 사람이 세모꼴을 그리게 되었다.

"네놈들이 두 달 전부터 이곳에 머문 것을 내가 안다. 좀 더 일찍 모습을 드러내고 싶었지만 하는 꼴을 지켜보았다. 다행히 산을 더럽히지 않았고 자연을 거스르지도 않았기에 내가 모습을 드러낸 것이다. 나는 두류도인이다. 이 산으로 들어온 후 사람도 강산도 여러 차례 변했다."

"예? 하오면 연세가······."

사람이 백 년을 살면 흰머리가 까만 머리로 바뀐다는 말을 떠올리며 서경덕이 물었다.

"나이는 중요치 않다. 속세 나이 마흔부터 산을 지키기 시작했다."

"특별한 이유라도 있습니까?"

"영산을 지키는 이가 어디 나뿐이겠느냐. 지리산에도 몇이 더 있다. 각자 맡은 일이 다를 따름이다."

"하오면 도인께서 맡으신 일은 무엇입니까?"

"조화(調和)다. 인간과 인간의 조화, 인간과 자연의 조화 그리고 인간과 세상의 조화다. 그것을 이루려면 상하귀천에서 벗어나 서로 사랑하고 존중해야 한다. 나는 산을 지키며 조화의 기를 펼치고 있는 것이다."

생각이 깊은 서경덕이었다. 도인이 하는 말이 무엇인지 알아들을 수 있었다. 하지만 좀 더 구체적인 이야기를 듣고 싶었다. 전우치는 모처럼 얌전하게 두 사람의 대화를 경청하고 있었다.

"조화의 기를 펼치시는 구체적인 방도가 있을 터인데 가르침을 받고자 하옵니다."

"어렵지 않다. 내가 너를 기다린 것은 이미 너의 모든 걸 꿰뚫고 있기 때문이다. 학문에 통달하고 천문, 지리와 주역을 꿰뚫은 너에게 한 가지 첨언할 것이 있어 일러주려고 한다."

밤을 지키는 소쩍새가 먼 곳에서 울고 있었다.

"앞으로는 정역(正易)의 시대가 도래할 것이다. 정확히 말하면 지금부터 360년 후다. 홍범 이전의 역이 선천이라면 주역은 선천의 후천역(後天易)이 되겠고, 정역은 후천의 후천역으로 완성을 이루는 것이다. 이렇듯 묵은 것은 갈 것이요, 새 것은 반드시 올 것이다."

정역이라니? 처음 듣는 말이었다. 전우치가 두류도인에게 물었다.

"정역의 시대란 어떠한 것입니까?"

또다시 두 사람은 숨을 끊고 귀를 세웠다.

"만물의 구성체인 음양이 조화되었을 때 비로소 만족과 희열을 느끼며 행복을 깨닫게 된다. 인간세상도 마찬가지다. 빈부가 균등하고 남녀가 평등하고 피차 존중하며 아끼고 사랑하는 세상이 온다는 것이 정역의 시대다. 조화된 세상 속에 인간의 완성을 지향하는 것이 바로 정역이다.

무극인 하늘과 황극인 땅과 태극인 사람이 합일하여 인간과 천지, 우주가 일치하는 이상세계로 모든 갈등과 모순을 극복하는 새로운 세상이 온다는 것이지. 그러므로 선후천 개벽사상인 것이다."

두류도인은 잠시 허공에 눈을 두었다가 다시 입을 열어 말하기 시작했다.

"정역을 행동으로 나타낼 수 있다. 그것은 영가(詠歌)와 무도(舞蹈)이다."

도인은 자리에서 일어나 몸짓을 곁들여 설명하기 시작했다.

"영가란 궁·상·각·치·우, 오음을 발성해서 자연의 기를 흡입하는 것이다. 이 다섯 가지 소리를 음, 아, 어, 이, 우로 하여 모두 아랫배에 힘을 주면서 묵직하고 힘차게 불러야 한다. 절대 다른 소리가 끼지 않도록 똑똑한 소리로 연달아 불러야 한다."

깊은 밤중, 지리산의 모든 것이 잠든 가운데 두류노인의 목소리만 살아 있는 듯했다.

"궁(宮)에 해당하는 '음'은 소리가 지라에서 나와 입을 다물고 토해 내는 소리이며, 상(商)에 해당하는 '아'는 허파에서 나와 입을 벌리고 토해 내는 소리이며, 각(角)에 해당하는 '어'는 간에서 나와 잇몸을 벌려 입술을 솟아오르게 하여 내는 소리이며, 치(致)에 해당하는 '이'는 염통에서 나와 이는 붙이고 입술을 열어 내는 소리이며, 우(羽)에 해당하는 '우'는 콩팥에서 나와 잇몸을 약간 벌리고 입술을 모으며 내는 소리이다. 이것이 정과 신과 기를 살리는 것이다.

영(詠)은 소리를 길게 내어 오래 부르는 것이며, 가(歌)는 오음인 음, 아, 어, 이, 우를 짧게 발성하며 노래하는 것이다.

이렇게 대자연의 기를 불러 오장육부에서 소리를 내다 보면 법열의 삼매경에 이른다. 이때 자기도 모르게 추는 춤이 무(舞)요, 흥에 넘쳐 어쩔 줄 몰라 뛰는 것이 도(蹈)다. 무와 도는 형식이 따로 없다. 전후좌우로 고갯짓을 하며 자연스럽게 팔을 내두르며 뛰면 된다.
 영가를 제대로 하려면 무엇보다도 오음을 정확히 낼 줄 알아야 한다. '앙앙' 한다든지 '엉엉' 하여 상여 소리를 내면 절대 안 된다. 애원 섞인 타령조는 더욱 안 된다. 참회성이면서 감화성이고 신화성(神化聲)이라야 제소리인 것이다.
 자연의 원리를 음양오행으로 말하는 것이 역학이라면, 영가는 그 원리를 소리로 나타내는 것이다. 그러므로 정역은 역학의 결서(結書)이다."
 영가무도를 세세하게 일러준 두류도인은 서경덕에게 일침을 가하는 말도 잊지 않았다.
 "정역은 네가 관여할 바가 아니다. 단지 그런 세상이 펼쳐질 것이라는 것만 알면 된다. 대신 깨우치면 희열의 기쁨이 춤으로 나타나게 되는데 이미 너는 그런 경지에 도달하였다. 그러나 영가로 전이된 무도가 진정한 희열임을 일러주려 한 것이니 주어진 명대로 살아가려면 반드시 영가를 하여야 한다. 주역을 깨우친 네가 후진을 양성하려면 무엇보다 몸 보존을 제대로 하여야 하느니 영가를 배워 몸을 온전히 지키도록 하라!"
 "예, 가슴 깊이 새기겠습니다."
 서경덕과 전우치는 금강산행을 미루고 두류도인에게서 영가를 배우기 시작했다.
 두류도인은 영가를 가르치기 전에 두 사람에게 물었다.
 "음률(音律)을 아느냐?"
 "어렸을 적부터 거문고를 다루었습니다."
 서경덕은 어머니 한씨에게 배운 거문고 솜씨가 상당히 높은 경지에 이른 터였다.

"너는 무엇을 다루었느냐?"

두류도인이 전우치에게 물었다.

"소리를 좀 할 줄 압니다."

하지만 두류도인은 전우치의 대답에는 별다른 관심을 두지 않았다. 가르침을 받을 당사자는 서경덕이었던 것이다.

"모름지기 사람은 풍류를 알아야 한다. 풍류를 모른다면 종이꽃 같은 인생을 살다 가는 것이다. 그런데 제대로 된 풍류를 알기 위해서는 음률을 다스릴 줄 알아야 하지. 예악에 둔감한 사람은 기감(氣感)이 없는 것이니 영가를 배울 수 없는 것이다."

두류도인이 영가를 하며 지리산을 지키는 이유가 있었다. 지리산 전체를 몸으로 비유하면 섬진강은 영락없이 큰 입이었다. 두류도인은 바다의 기운이 섬진강을 타고 들어간 곳에 자리 잡고 그 기운을 지리산 일대에 뿜어주는 일을 하고 있었던 것이다.

서경덕과 전우치는 구월 중순까지 두 달여 동안 영가무도를 배웠다. 특히 서경덕은 정역의 이치까지 배우게 되었다. 격물치지의 역에서 역의 원리를 소리로 나타내기에 이르게 된 것이다. 마침내 세 번째 개안을 하고 있는 서경덕이었다.

'지리산이야말로 진정 영산의 이름을 얻을 만하다.' 두 사람은 산을 내려오며 돌아보고 또 돌아보았다. 서경덕은 언제고 다시 지리산을 찾으리라 마음을 다지며 함양 쪽으로 발길을 옮겼다. 다음 행선지는 금강산이었다.

두 사람이 금강산에 도착했을 때는 9월도 끝나갈 무렵이었다. 집을 나선 지 어언 여섯 달이 다 되어, 계절은 가을이 무르익을 대로 무르익어 절정을 넘어서고 있었다.

그동안 거쳐 온 지역을 꼽아보니 큰 고을만 해도 거창, 김천, 상주, 함창, 예천, 영주, 풍기, 단양, 제천, 원주, 횡성, 홍천, 인제, 고성 등이었다. 고성을 지나면서부터 해안을 따라 북상하였다.

서해 변산 앞바다는 아름다운 섬이 점점이 떠 있는 것이 수를 놓은 듯 싶었는데, 동해 삼일포 앞바다는 화강암 반석과 절벽, 암초가 절경을 이루고 있었다. 바닷가 절경이 금강산을 꼭 빼닮았다 하여 훗날 해금강이란 이름이 붙은 곳이다. 이곳 해금강은 해만물상을 비롯하여 총석정, 현종암, 선암, 불암, 송도, 칠성암, 사암, 영랑호 등이 볼거리였다.

금강산은 지리산처럼 여러 가지 이름을 갖고 있었다. 봄에는 금강산, 여름에는 봉래산, 가을에는 풍악산, 겨울에는 개골산으로 불렸다. 개골산(皆骨山)은 흰 눈 덮인 일만 이천 봉우리가 마치 앙상한 뼈를 우뚝우뚝 세워놓은 듯하다 해서 붙은 이름이었다.

서경덕은 금강(金剛)에 대해 전우치에게 알려주었다.

"금강이란 일체의 번뇌를 깨뜨릴 수 있음을 표현한 말이지. 석가가 보리수 밑에서 성도(成道)할 때 앉은 자리가 금강좌(金剛座)였고, 모감주나무의 열매로 염주를 만든 것이 금강자(金剛子)였다네. 그렇듯 지혜의 본체는 진상청정(眞常淸淨)하며 불변불이(不變不異)하여 번뇌나 악귀도 이를 어지럽게 할 수 없음을 금강의 견실함에 비유한 경문이 바로 금강경(金剛經)이라네. 또 그처럼 굳고 열렬한 신앙심을 금강심(金剛心)이라 한다네."

"이참에 금강심을 가져봅시다, 형님."

"금강산에서 갖는 금강심이라? 좋지! 그렇게 하세."

두 사람은 만산홍엽으로 불타는 내금강으로 발걸음을 옮겼다. 눈을 현란하게 하는 일만 이천 봉우리, 일천이백 골짜기는 자연이 이루어낸 조화로움의 극치였다. 화려했고 기묘하였으며 흠잡을 데 없이 완벽한 풍광을 이루고 있었다. 무엇에도 비길 수 없는 비경이요, 선경이었다.

백천동 계곡을 따라 올라가니 계곡 오른편에 삼백 척 높이에 너비가 백 척이나 되어 하늘을 가로막고 우뚝 솟은 층암절벽이 나타났다. 명경대였다. 거울처럼 생긴 화강암 암벽이 그 아래 화천담 짙푸른 물에 그림자를 드리워 신비로운 경승을 이루고 있었다.

두 사람은 장안사, 표훈사, 정양사는 물론 일대의 삼불암, 만폭동 등 빼어난 경관을 빠짐없이 둘러보았다. 차일봉, 호룡봉, 월출봉을 차례로 거쳐 금강산 최고봉인 비로봉(1,638미터)을 넘으니 어느덧 외금강이 지척이었다.

외금강에서는 집선봉(1,351미터)이며 채하봉, 옥녀봉, 세존봉, 관음연봉 등이 내금강과는 또 다른 모습으로 웅혼한 위용을 드러내고 있었으며 한하계곡의 만물상, 신계천 계곡과 구룡폭포 등이 절경을 이루고 있었다.

금강산은 절로 탄성을 자아내게 하는 기암괴석이며 앉았다 일어섰다 굽이굽이 감도는 계곡이 아름다움의 극치를 드러내는 산이다.

그래서 조선에서 태어난 사람이라면 누구나 평생 단 한 번만이라도 구경하는 것이 소원이었고, 조선으로 오는 명의 사신들도 일부러 틈을 내어 구경하기 예사였다.

어찌 눈에만 담을쏜가. 서경덕은 붓을 들어 신들린 사람처럼 시 한 수를 써 내려갔다.

> 말로만 듣던 금강산의 좋은 경치
> 공연히 그려오기 이십 년이었네
> 이제야 맑은 경치 찾아왔네만
> 때는 마침 좋은 가을날이라
> 계곡에는 국화 향기 풍기려 하고
> 바위틈의 단풍은 붉게 타누나
> 숲 우거진 골짜기 아래 거닐며 시 읊으니
> 마음과 생각이 모두 산뜻해지네
> 聞說金剛勝　空懷二十年
> 旣來淸景地　況値好秋天
> 溪菊香初動　巖楓紅欲燃
> 行吟林壑底　心慮覺蕭然

서경덕이 붓을 놓자 지금까지 시 한 수 짓지 않던 전우치가 붓을 들었다.

'아름다운 금강산에 뼈를 묻으리라!'

전우치는 시를 쓴 종이를 바람에 날렸다. 닿는 곳이 자기가 묻힐 자리라는 듯이 종이는 송골매처럼 맴돌며 유유히 골짜기 아래로 떠내려갔다.
　다음은 신금강 유람이었다. 신금강에는 급경사의 계곡을 흘러내리는 물이 곳곳에서 폭포를 이루는 십이폭포와 금강산 제일의 거찰인 유점사와 송림사가 있었다.

신금강까지 둘러본 다음 날 이른 아침이었다.

서경덕과 전우치는 다시 한 번 만물상을 눈에 담기 위해 한하계곡을 찾아들었다.

물도 없고 나무도 없다시피 한 계곡에서 머리부터 발끝까지 눈이 부실 정도로 샛노란 황금도포를 입은 노인을 만났다. 한눈에 도인임을 알 수 있었다.

도인은 태극무(太極舞)를 추고 있었다. 사지는 음양과 허와 실로 교차되고 다섯 손가락은 오행의 원리로 움직이고 있었다. 도인은 양손을 합장하듯 모으고 말 탄 자세를 하였다. 이내 도인은 황금꾀꼬리처럼 곧장 공중으로 떠올랐다. 묘향산에서 본 백발노인과 같았으나 가부좌를 틀지 않고 선 자세로 떠오르는 것이었다. 그것은 고대부터 오직 우리나라에서만 전해 내려오는 태극무선(太極舞仙)이었다.

서경덕은 말로만 듣고 책으로만 보았던 태극무선을 눈앞에서 보게 된 셈이었다. 도인의 수련이 끝나기를 기다렸다가 정중하게 예를 올렸다.

"이제 오는가? 자네를 기다린 지 십삼 년일세."

"예?"

서경덕과 전우치는 입을 다물지 못한 채 서로를 쳐다보았다. 몸이 뻣뻣하게 굳어지는 느낌이 들었다. 벌써 세 번째였다. 묘향산과 지리산 그리고 이제 금강산에서도 도인이 서경덕을 기다리고 있었던 것이다.

도인은 능수버들처럼 치렁치렁한 흰머리와 수염을 지니고 있었다. 검은 곳은 단 한 군데, 눈동자뿐이었다. 얼굴은 목(目) 자 형이었고 피부 결은 어린아이처럼 부드러웠다. 눈의 흰자위는 맑다 못해 벽계(碧溪)처럼 푸르렀고, 눈동자는 흑진주처럼 검었다. 목소리는 굵으면서도 옥을 굴리는 듯했고, 결가부좌한 모습은 새털처럼 가벼워 공중에 떠 있는 듯했다. 위엄이 서려 있으면서도 포근하게 느껴졌다.

"자네에게 태극무를 가르치겠네."

금강도인이 태극무에 대해 설명하기 시작했다.

"태극무는 몸에 흐르는 기를 원활하게 하고, 기를 기르는 동작으로서 생리적으로 가장 알맞은 동작이니라. 이는 삼태극의 원리에 따른 움직임으로 다른 말로는 선무(仙舞)라고 한다.

삼태극이란 성(性)과 명(命)과 정(精)을 뜻하니 성은 마음의 의지에서 나오는 것이고, 명은 기에 의지해서 유지할 수 있는 것이며, 정은 몸을 유지하는 것이니라. 사람은 몸과 마음과 기가 하나가 되었을 때 존재할 수 있으니 성과 명과 정, 이 세 가지를 다스리는 것이 바로 태극무선이니라. 태극무선은 곧 인체의 360경혈의 기를 소통시키는 동작이 되는 것이다.

또한 온몸을 움직이는 태극무선은 허와 실과 음양을 지속적으로 교차하는 것으로 정(精), 기(氣), 신(身)을 단련하는 것이니, 성과 명과 정은 정과 기와 신과 같다고 할 수 있느니라."

태극무 역시 정, 기, 신을 단련하는 수양이었다. 금강도인이나 두류도인이나 묘향산의 백발노인이나 한결같이 모든 수행의 목표를 정, 기, 신에 귀착시켰다.

서경덕은 그동안 만났던 두 도인에 대해 세세히 금강도인에게 말했다. 금강도인도 묘향산의 백발노인과 같은 말을 하였다.

"조선 땅에는 그처럼 국운을 지키기 위해 영산에서 몸을 바쳐 치성을 드리는 사람이 많으니 그대들도 나아가 백성을 교화하라!"

금강도인은 끊었던 말을 계속 이어갔다.

"일찍부터 우리 겨레는 흥을 알고 그를 누릴 줄 알았느니라. 흥이 나면 팔다리와 몸에 힘을 주지 않고 부드럽게 추는, 어찌 보면 제멋대로 추는 춤이 바로 태극무선이니라!"

서경덕과 전우치는 고개를 끄덕였다.

"자네들은 백성들을 교화하는 데 단군의 가르침, 곧 신시오사(神市五事)를 행해야 하느니라.

신시오사란 바른 모습을 갖추는 것〔正貌〕, 바르게 말하는 것〔正言〕, 바르게 보는 것〔正視〕, 바르게 듣는 것〔正聽〕, 바르게 생각하는 것〔正思〕이니라.

이것이 사람으로 태어나서 반드시, 부단히 실천해야 할 오행이니 즉 인오행(人五行)이라고 할 수 있느니라. 모언시청(貌言視聽)이 하나로 집결되는 곳이 바로 사람의 마음이니, 바르게 생각하는 정사(正思)가 곧 사람의 마음이고, 신시오사의 귀결은 마음〔心〕에 있느니라. 이미 가난에 찌든 백성들이다. 부디 정신마저 가난하지 않게 하길 바라노라.

무릇 대기(大器)는 혼자 이루는 것이 아니다. 큰 그릇이란 여러 사람이 만들어가는 것이다. 자네는 겨레의 정신을 이끌고 백성을 교화할 대기이니 심신을 잘 돌보라!"

금강도인의 마지막 말은 의미심장하였다.

태극무선까지 배운 두 사람은 봄부터 시작한 긴 여행을 마치고 송도로 향했다. 때는 임오년(중종 17년, 1522년) 동짓달이었다.

물은 산수의 피요, 돌은 산수의 뼈. 그래서 그것이 어울릴 때 산수간(山水間)의 음양이 조화를 이룬다는 것을 배운 긴 여행이었다.

제3장 인연(因緣)

그러던 어느 날, 여왕이 다시 영묘사에 온다는 소문을 들은 지귀는
목탑 아래 쪼그리고 앉아 여왕을 기다렸다.
한 시간 두 시간, 아니 하루 이틀이 흐르고,
기다리다 지친 지귀는 목탑에 기댄 채 깊은 잠에 빠지고 말았다.
그사이 여왕이 지나가다가 잠든 지귀를 보고는 그 연유를 물었다.
연유를 들은 여왕은 불공을 드리고 가는 길에
잠든 지귀의 가슴에 자신의 팔찌를 빼어 얹어주었다.

1

서경덕이 집으로 돌아온 것은 동짓달 해가 막 떨어진 뒤였다.
대문을 밀고 들어가자 온 식구들이 마치 죽은 사람 살아 돌아온 듯이 반겨 맞았다. 유객이 되어 산천을 두루 섭렵한 지 일곱 달 만이었다.
서경덕은 먼저 안채로 들어 양친께 절을 올렸다.
"아버님, 잘 다녀왔습니다."
"그래, 구경은 많이 했느냐?"
아버지 서호번은 자리를 고쳐 앉으며 아들의 얼굴을 살폈다.
"많은 것을 배우고 깨달았습니다."
"암, 산천을 돌아보는 것도 큰 공부다. 어디 어디를 갔었느냐?"
"속리산으로 해서 변산 땅, 지리산, 금강산까지 다녀왔습니다. 충청도, 전라도, 경상도, 강원도를 다 거쳤으니 남해 쪽만 빼고 거지반 다 구경한 듯합니다."

"어디가 특히 좋더냐?"

"명산은 명산대로 대찰은 대찰대로 다 나름의 조화가 깊어서 가는 곳마다 배울 게 많았습니다. 특히 어느 곳이나 공부가 깊은 사람들이 많아 이 땅에 사는 긍지를 새삼 느꼈습니다."

"애썼다. 시장하겠다. 어서 건너가 저녁 들어라."

"예, 소자 물러갑니다, 아버님. 안녕히 주무십시오."

서경덕이 마루로 나와 섬돌 위에 있는 신을 꿰려 할 때였다. 어머니 한씨가 다가와서 귀엣말을 하였다.

"새벽녘에 성황당엘 가야 하니 일찍 일어나시게."

"성황당을요?"

"귀가 예를 올려야 하지 않겠나. 잠시 다녀오면 될 걸세."

"예, 알았습니다."

서경덕은 집 안을 한 바퀴 둘러본 뒤 사랑채로 들어갔다.

이랑이 준비한 밥상 곁에서 아들 응기와 딸 초로가 배시시 웃으며 아버지를 맞았다. 응기가 열두 살이요, 초로가 일곱이니 세월 가는 것이 새삼스러웠다. 둘이 서경덕에게 절을 올리는데 응기 등짝에서는 벌써 사내 기운이 느껴졌다.

두 아이들은 서경덕이 저녁을 마칠 때까지 기다렸다가 제각각 잠자리에 들었다. 어른 진지 드시는데 눕는 일은 상스러운 것이라고 이랑이 타이른 때문이었다. 예의범절은 집안에서 나온다며 이랑은 아이들을 키우는 데 엄격한 편이었다.

"그동안 별일 없었소?"

서경덕이 이랑에게 물었다.

"무슨 일이 있겠어요. 되레 조석이나 제대로 드시나, 허구한 날 한뎃잠은 자지 않나 하시며 어머님께서 걱정이 많으셨어요. 고생하셨지요?"

"일부러 자청한 일인데 고생이랄 게 있겠소. 내가 없는 동안 당신이 안팎으로 애 많이 썼겠소."

"아이들이 알아서 잘 하는 데다 짬짬이 잔손을 도우니 크게 힘든 것 모르고 지냈어요. 두 아이 손이 모이니 거의 어른 한몫을 합디다."

"오늘 보니 부쩍 큰 듯했소. 아우들은 자주 들렀소?"

형덕과 숭덕 두 동생은 집이 비좁아 혼인을 하자마자 분가하였다. 형덕은 건넛마을에 살고 있었고, 숭덕은 같은 화정리에 살고 있었다.

"바쁜 가운데도 이틀이 멀다 하고 부모님께 문안 드리러 온답니다."

"그간 날 찾아온 사람들은 없었소?"

"여럿 있었지요. 어떤 분은 서찰도 남겨두고 갔고요."

"그 서찰 좀 봅시다."

"피곤하실 텐데 내일 보시지 않고요."

"견딜 만하오."

서경덕은 이랑이 가져온 서찰을 뜯어보았다.

'저는 충청도 온양 사람으로 성은 정(鄭), 명은 염(磏)이라 합니다. 나이는 금년 십칠 세 되었사옵니다. 부친은 순(順) 자, 붕(朋) 자로 신광한 대감과 가까운 사이이며, 복재 선생님의 고명을 많이 들었사옵니다. 복재 선생님께 배움을 청하려 왔사오나 원행을 떠나셨다는 말씀에 차일 다시 찾아뵙기로 하겠습니다. 만수무강하십시오.'

"길 떠나신 다음 날인가 왔던 거 같아요. 어디로 원행 가셨느냐고 묻기에 속리산으로 가신다고 일러줬지요."

"잘하셨소. 공부를 청하는 젊은이니 언젠가는 다시 만날 수 있을 게요. 그나저나 어머니께서 아침 일찍 성황당을 다녀오자 하시니 만약 일어나지 못하면 깨워주시오."

서경덕은 서찰을 접어 궤에 얹으며 이랑에게 일러두었다.

"성황당은 왜요?"

"무사귀가 치성이라 말씀하셨소."

서경덕과 이랑이 이런저런 이야기를 나누고 있는 동안 어머니 한씨가 밖으로 나갔다 들어왔으나 아무도 이 사실을 알지 못했다.

서경덕은 잠자리에 누웠으나 쉬이 잠이 오지 않았다.

'정염……, 신광한 대감과 가까운 정순붕의 자제라.'

서경덕도 정순붕의 이름자는 익히 알고 있었다. 그는 김안국의 동생인 김정국, 신광한 등과 함께 경연 강독관으로 선발되었으며, 충청도 관찰사를 거쳐 형조참의로 재직하던 중에 기묘사화로 전주 부윤으로 좌천된 인물이었다. 이듬해(1520년)에는 전주 부윤에서도 파면되고, 또 그 이듬해에는 관직마저 삭탈된 비운의 선비이기도 했다.

그와 직접 상면한 적은 없으나 기묘사화의 피해자라는 것만으로도 정이 끌렸다. 전우치에게 물으면 더 자세히 알 수 있으려니 생각하고 잠을 청하였다.

서경덕을 찾아온 정염. 그는 뒷날 세인들에게 기인(奇人) 정북창(鄭北窓)으로 알려진다. 그는 음률과 지리, 산수(算數), 외국어, 의술, 유교, 도교, 불교는 물론 복서(卜筮) 등에 능통하였으며, 서경덕의 많은 제자 가운데 이지함, 서기, 정개청, 남사고 등과 함께 시대의 기인으로 기록된다.

이른 새벽, 채 어둠이 걷히지 않은 시간이었다.

한씨는 소세를 마친 아들을 앞세우고 성황당으로 향했다. 뽀얗게 얼어붙은 새벽길 위로 몰아치는 바람이 살을 에는 듯이 맵고 추웠다.
"어머니, 옷을 단단히 여미세요."
그러나 한씨는 대수롭지 않다는 듯 고개를 저었다.
"괜찮네. 겨울 추위가 이쯤은 돼야지."
당산(堂山)은 나지막한 뒷동산으로 화정리를 감싼 듯한 모습이었다. 그곳에는 당신(堂神)을 모신 성황당과 당집이 있었고, 그 옆으로는 수백 년 된 당목(堂木) 한 그루가 서 있었다.
당목은 마을 사람들에겐 안식의 터전이었거니와 소원과 발복을 들어주는 신목(神木)이기도 했다. 당목에 대한 마을 사람들의 믿음은 거의 절대적이어서 누구라도 그곳을 지날 때는 삼가는 마음으로 고개를 숙였다.
당목 아래 작은 공터에서는 단옷날이면 그네뛰기를 하였으며 유둣날에는 잔치를 벌였다. 백중날에는 호미를 씻었고, 추석에는 씨름과 달맞이를 하였다. 서당의 책씻이 잔치도 그곳에서 판을 벌였고, 관례(冠禮)를 하면 성인이 되었음을 고하기도 했다. 또한 상여가 나갈 때에는 일부러 당목에 들러 고별제를 지내기도 하였다.
둥치와 줄기마다 흰 천 조각을 매어 단 노송(老松) 당목은 멀리서 보매 마치 흰 소복을 입은 여인처럼 보였다. 당목 주변에는 아무도 없었다.
한씨는 손수 당집 벽에 세워둔 멍석을 들고 와서 당목 앞에 깔았다.
"삼배를 올리시게. 아범이 무탈하게 다녀온 것도 다 당신 덕이네."
모자는 엎드려 삼배를 올렸다.
한씨는 절이 끝난 뒤에도 두 손을 비비며 한동안 무릎을 꿇은 채로 일어서지 않았다. 서경덕은 눈을 감고 합장을 한 채 묵묵히 어머니를 기다렸다. 바람이 코끝에 매웠다.

잠시 후, 어머니가 일어서려는 기척에 눈을 떴는데 순간 흰 형체가 서경덕의 눈에 들어왔다. 자세히 보니 소복 차림의 여인이었다. 그 여인은 조그마한 보따리를 가슴에 안은 채 당목 옆에 고개를 떨어뜨리고 서 있었다. 한눈에 보아도 소박맞은 여인이 틀림없었다. 그렇지 않고서야 이 새벽에 소복 차림으로 당목 근처에 있을 리 없었다.

'이런……'

서경덕은 당황한 기색으로 어머니를 쳐다보았다.

성황당에 나앉은 소박맞은 여인은, 그 여인을 처음 보는 남자가 거두어주는 것이 관례처럼 되어 있었다. 총각이든, 유부남이든, 늙은이든 가릴 것 없이 그 여인을 거두어야만 했다.

'아낙이 아닌가.'

서경덕은 난감하기 짝이 없었으나 한씨는 크게 놀라는 기색이 아니었다. 한씨는 한동안 여인에게 눈을 주다가 담담한 목소리로 말했다.

"어쩌겠는가. 거두어야 하지 않겠는가?"

어머니 한씨의 말을 듣는 순간 번개처럼 머리에 떠오르는 것이 있었다.

지난 원행 길에 잠시 육효를 뽑아본 적이 있었다. 금강산으로 향하는 길에 들른 주막에서였는데 이상하게도 잠이 오지 않았다. 그런 일이 없었는데 낮부터 안사람의 얼굴이 눈에 밟혔다. 핑계 김에 식구들의 안부나 따져보자 싶어 괘를 펼쳤다. 마침 전우치는 세상모르고 잠에 떨어져 있었다.

육효를 뽑던 서경덕은 고개를 갸웃했다. 다른 식구들의 운기(運氣)는 전이나 크게 다를 것이 없었으나 이랑과 자신의 사주 사이에 처음 보는 사주가 같이 떠올랐다. 거듭 셈을 하여도 같은 괘가 나왔다.

'허, 곁사람이 생긴다는 말인가.'

그러나 당시에는 대수롭지 않게 여기고 패를 접었다. 그러고는 고단한 원행길에 곧 그 일을 잊고 말았다. 전우치에게도 그 이야기는 하지 않았다.

"어쩌시려는가?"

"우리 형편에 어찌 새사람을 거둘 수 있겠습니까?"

"그렇다고 어떡해서든 부지하려는 목숨을 그냥 버려두는 것도 사람 법도가 아니지 않는가? 수백 년 풍습으로 이어진 게 다 연유가 있지 않겠는가."

"어멈 또한 반기지 않을 것입니다."

"그것은 아범 하기 나름이네. 어멈은 속이 깊고 인정 많은 사람이라 아범의 뜻을 믿을 것이네."

서경덕은 한씨를 바라보았다. 한씨는 말없이 고개를 끄덕였다. 필경 그날의 패가 오늘의 일을 지칭하고 있음이렷다. 서경덕은 어깨가 묵직하였다.

"피해 갈 수 없는 것이 팔자 아니겠는가. 내 처분을 믿어보게."

한씨는 서경덕을 뒤로 하고 여인을 손짓하여 불렀다.

"젊은 아낙. 우릴 따라오시오."

서경덕이 일별하매 보통 키에 얼굴은 갸름했고, 이랑보다는 몸피가 한결 넉넉해 보였다. 소박맞은 여인치고는 낯빛도 수더분해 보였다.

소박맞은 여인에게는 이러저러한 사유를 캐묻지 않는 것 또한 불문율이었다. 여인은 잠자코 한씨의 뒤를 따랐다.

예로부터 남편이 일방적으로 아내와의 혼인을 파하는 것을 기처(棄妻)

라 하였는데 그 이유가 되는 일곱 가지 사항을 칠출(七出) 또는 칠거(七去)라 하였다. 이른바 칠거지악(七去之惡)! 일곱 가지 중에 한 가지만 해당하여도 여자는 내쫓김을 당하였다.

그 하나가 시부모를 잘 모시지 못한 경우였으며, 둘이 가문의 대를 이을 아들을 낳지 못한 경우, 셋이 질투가 심한 경우, 넷이 몹쓸 병에 걸린 경우, 다섯이 음란하여 가문의 풍속을 저해하는 경우, 여섯이 말이 많아 분란을 일으킨 경우, 마지막으로 손버릇이 나빠 도둑질을 하는 경우 등이었다.

그러나 칠거지악을 범했다 하더라도 함부로 쫓아낼 수 없는 조항이 있었다. 삼불거(三不去)란 것이었다. 즉, 시부모의 삼년상을 같이 치렀거나 가난하던 시집을 부유하게 일으켰거나 쫓겨나면 갈 곳이 없는 부인들이었다. 하지만 이도 불치의 병이라든가 간통을 한 경우는 해당되지 않았다.

이랑의 손끝이 가늘게 떨렸다.

"누가 이런 일이 생기리라 짐작이나 하였겠느냐. 성황당에 서 있는 걸 보고도 거두지 않을 수 없어 데려오긴 했으나 오는 내내 에미 생각을 많이 했다. 나도 여자가 아니더냐."

한씨는 이랑을 앞에 앉히고 차근차근 일의 앞뒤를 설명했다. 측실이라니. 아닌 밤중에 이게 무슨 날벼락이란 말인가. 이랑은 차마 말이 나오지 않았다.

"그렇지만 어쩌겠느냐. 에미가 정 싫다 하면 어쩔 수 없는 일이겠으나 인연이 닿아 맺어진 일이니 내 복이요 내 팔자라 여기고 품어 안자."

한씨가 이랑의 손을 잡았다. 서경덕은 윗목에 말없이 앉아 있었다.

받아들이지 않겠다고 해서 될 일이 아니었다. 애당초 집 밖에서 물리쳤으면 모르되 이미 시어머니와 남편은 그 여인을 집 안으로 들이지 않았는가. 이랑은 간신히 마음을 진정하고 저고리 앞섶을 여미며 입을 열었다.

"성정이 모질어 집안에 해가 되면 어찌하옵니까?"

"내가 있고 에미가 있으며 뒤에 아범이 있다. 사람 하나 건사하지 못하겠느냐?"

"혹시 병중에 있는 낌새는 아니었습니까?"

"설마 그런 몸으로 남자를 기다렸겠느냐. 차차 두고 보자꾸나."

"그 아낙은 지금 어디 있습니까?"

"건넌방에 있단다. 만날 양이면 아침이나 먹인 뒤에 보자. 나도 아직 아무것도 물어보지 못했다. 그냥 데리고만 왔다."

말이야 그렇게 주고받고 있지만 머리는 뜨겁고 속은 오이꼭지처럼 쓰디썼다.

한씨가 나가자 기어코 이랑은 눈물을 비쳤다.

"진정하십시다, 부인. 나도 창졸간의 일이라 어리둥절할 따름이오."

서경덕이 애써 이랑을 위로했으나 이랑은 서경덕의 손을 뿌리쳤다.

"당신도 남자요. 젊은 색시를 두게 되었으니 얼마나 좋겠소."

서경덕은 입을 다물었다. 무슨 말로 위로가 되겠으며 기실 당사자로서 무슨 말을 덧붙이겠는가.

잠시 후 이랑은 건넌방으로 들어 아낙과 마주하였다.

이랑이 들어서자 한씨가 아낙에게 눈짓을 했다.

"이 사람이 정실일세. 십 년 넘게 집안을 야무지게 꾸려왔네. 인사 올리게."

그녀는 자리에서 일어나 이랑에게 큰절을 올렸다. 이랑은 빠른 눈으로 여인을 요모조모 살펴보았다. 여인은 좀체 고개를 들지 않았다. 그녀의 뽀얗고 고운 뒷목을 바라보면서 이랑은 다시 한 번 속이 울컥하였다.

"어차피 일이 이렇게 되었으니 지금부터 내가 손윗사람으로 자네를 하게로 대하겠네."

"……예."

여인의 목소리가 들릴 듯 말 듯하였다. 어머니 한씨는 뒤로 물러나 두 여인이 하는 양을 지켜보았다.

"할급휴서(割給休書)를 보여주게."

할급휴서란 서민들의 이혼문건 같은 것으로서 웃옷 자락을 칼로 베어 그 조각을 상대방에게 주어 이혼의 표시로 삼는 것이었다.

"……."

"다른 건 묻지 않겠네. 할급휴서를 모르는 걸 보니 서민은 아닌 듯하네만, 그래도 모르는 일이라 물어보네. 어떤 집안의 손이신가?"

이랑의 물음에 비로소 여인이 입을 열었다.

"증조부께선 종8품 봉사를 하셨고 조부께서는 정8품 저작으로 계셨습니다. 하오나 부친께서는 관직에 뜻이 없사와 백면서생으로 계시다가 제가 열여덟 되던 해에 그만…… 세상을 뜨셨습니다."

여인의 눈에 눈물이 비쳤다.

'양반 가문이라니 그만해도 다행이구나.'

이랑은 내심 한숨을 쉬었다. 만약 천민 출신이었더라면 종모법에 따라 자식을 낳아도 천민이 되기 때문이었다.

"올해 몇이신가?"

"스물넷 되었사옵니다."

"이름자는?"

"성은 윤(尹)이고, 관향은 파평이며, 이름은 물 수(水)에 맑을 정(晶)을 씁니다."

"혹시 근자에 큰 병을 앓은 적은 없는가?"

"병치레는 하지 않고 살았습니다."

이랑은 알고 싶은 것이 한둘이 아니었으나 더 이상은 묻지 않았다. 둘 사이에 말이 끊어지자 한씨가 이랑에게 물었다.

"더 묻고 싶은 게 없느냐?"

"차차 알게 되겠지요."

"그동안 어려운 살림 잘 해왔듯이 에미가 하나씩 가르쳐야 할 게야. 그리고 자네도 응기 어멈을 형님으로 모시고 잘 따라야 할 것이야. 주어진 팔자가 반이라면 내 손으로 만드는 팔자도 반이라네."

"모자라지만 누를 끼치지 않겠습니다."

"그럼 오늘 내일은 편히 쉬시게. 어머님, 저는 물러가겠습니다."

이랑이 어머니 한씨를 대신하여 말하고 몸을 일으켰다.

"아니다. 나도 나가련다."

한씨와 이랑이 나가자 수정은 혼자 남게 되었다.

그제야 수정은 참았던 울음을 터뜨렸다. 눈물이 걷잡을 수 없이 흘러내렸다.

2

 한씨는 울 밖으로 나와 가슴을 쓸어내렸다.
 심사가 여러모로 복잡하였다. 방금 아낙에게 '받은 팔자가 반이요, 만드는 팔자가 반' 이라 했지만 실은 자신에게 한 말이나 다름없었다. 어찌 하루아침에 일이 이렇게 척척 맞아 돌아갈 수 있겠는가. 실은 한씨가 앞뒤를 다 맞춘 일이나 다름없었다.
 매파가 한씨를 찾아온 것은 서경덕이 원행을 떠난 지 달포쯤 지날 무렵이었다. 그 매파는 이웃 마을 사는 여인으로 평소 알고 지내는 사이였다.
 매파는 한씨와 마주 앉자 서경덕부터 찾았다.
 "응기 할머님, 아드님이 언제 돌아오십니까?"
 "먼 길 떠났으니 언제 올지는 나도 모르지. 헌데 그건 왜 물으시오?"
 "큰일 났네. 이 사단을 어쩌나……."
 매파가 한씨 곁으로 바짝 다가앉았다.

"사람 하나 살려주셔야겠습니다."

"목숨을 살리다니요? 그런 일이라면 의원을 찾아가야지 복재 선생은 왜 찾으시오?"

한씨는 남에게 서경덕을 칭할 때면 늘 '복재 선생'이라고 하였다. 장성한 아들에 대한 예우였다.

"의원이 고칠 병이면 애당초 그리로 갔지요."

"의원도 못 고치는 병을 어찌 복재 선생이 고칠 수 있겠소?"

"복재 선생이라야 낫는 병이랍니다."

매파는 소리를 한껏 낮추었다.

"상사가 났습니다. 사람이 다 죽게 생겼어요."

"상사병(相思病)이라는 말이오?"

한씨가 이마를 좁히며 매파를 건너다보았다.

"스물셋 된 처녀인데, 밥도 안 먹고 누워 있기를 십수 일이 지났답니다. 처녀 모친도 딸이 눕고 나서야 그 사단을 알았다는 겁니다."

매파가 전해주는 사연인즉슨 이러했다.

처녀는 서경덕이 사는 화정리에서 서너 마을 떨어진 용흥리에 산다고 했다.

용흥리는 송도 내성에서 멀지 않은 곳이었다. 이팔을 넘기면서 혼담이 오갔으나 처녀는 혼담이라면 완강하게 고개를 내저었다. 모친이 닦달을 하면 마음속에 정한 사람이 있다는 말뿐 더 이상은 입을 꾹 다물어버렸다. 부모로서는 애간장이 탈 노릇이었으나 본인이 저토록 고집을 부리는 데야 억지 가마를 태울 수도 없는 일이어서 손을 놓다시피 하고 있었다. 처녀는 지혜롭고 총기가 있었으나 한번 고집을 부리면 어느 누구도

꺾을 수 없었다.

　그러는 사이 부친이 세상을 뜨고 처녀는 스물을 넘겼다. 그런 처녀가 얼마 전부터 갑자기 시름시름 앓더니 데쳐놓은 나물처럼 힘없이 쓰러졌다. 병 수발을 들면서 모친은 처녀의 병증이 상사라는 것과 마음에 품은 인물이 서경덕이라는 것을 알게 되었다. 모친이 크게 놀라 처녀 몸으로 어쩌자고 내자가 있는 사람을 마음에 두게 되었느냐고, 그렇다면 측실이 될 참이냐고 소리도 높여보고, 달래도 보았으나 처녀는 눈물만 흘릴 뿐 입을 열지 않았다. 입을 열지 않는 것은 둘째치고, 당장 미음 한 모금 입으로 넘기지 못하니 모친으로서는 그것이 더 화급하였다.

　"그렇게 곡기를 끊은 지 십수 일이 지났다니 이 일을 어쩌면 좋습니까?"

　"허, 어쩌다가 처자가 있는 사람을……."

　"그 속을 어찌 다 알 수 있겠습니까? 모친 말로는 가끔씩 동리 앞으로 오가는 복재 선생 모습을 먼발치로 보면서 이팔 무렵부터 마음에 두고 애면글면했다는군요. 그러다가 달포 전쯤 집 앞에서 복재 선생과 마주치고는 그 길로 맥을 놓았다고 합디다. 이게 다 팔자겠지요. 하긴 송도 아낙치고 복재 선생을 좋게 보지 않는 사람이 있겠습니까마는."

　허, 이런. 한씨가 황망한 표정을 지었다. 상사가 어떤 병인가. 한번 빠져들면 그 심화(心火)가 가슴 밖까지 치민다고 하지 않았는가.

　『수이전(殊異傳)』의 '심화요탑설화(心火繞塔說話)'에도 실려 전하거니와, 신라 선덕여왕을 흠모한 지귀가 그러했다. 영묘사(靈廟寺)에 지귀(志鬼)라는 탑지기 총각이 있었는데 절에 불공을 드리러 온 여왕을 보고는 그만 깊은 짝사랑에 빠졌다. 상대가 감히 쳐다보지도 못할 여왕이었기에 그 열병은 더욱 깊고 사무쳤다. 그러던 어느 날, 여왕이 다시 영묘사에 온다는 소문을 들은 지귀는 목탑 아래 쪼그리고 앉아 여왕을 기다렸다. 한 시간 두 시간, 아니 하루 이틀이 흐르고, 기다리다 지친 지귀는 목탑에 기댄 채 깊은 잠에 빠지고 말았다. 그사이 여왕이 지나가다가 잠든 지귀를 보고는 그 연유를 물었다. 연유를 들은 여왕은 불공을 드리고 가는 길에 잠든 지귀의 가슴에 자신의 팔찌를 빼어 얹어주었다. 얼마 뒤 잠에서 깨어난 지귀가 여왕의 팔찌를 보게 되었다. 지귀의 몸은 여왕에 대한 열정으로 타는 듯이 뜨거워졌다. 얼마 지나지 않아 가슴에서 불길이 치솟으며 지귀의 몸을 태우고 목탑까지 태워버렸다.『삼국유사』에도 "3일 만에 과연 영묘사에 오니 지귀의 심화가 나와 그 탑을 태웠다"고 기록되어 전한다. 뉘라서 그 연모의 마음을 막을 수 있단 말인가.

"쉽지 않은 일이오. 당사자가 없으니 의논을 구할 수도 없고."
"이러다가는 딸 먼저 보내게 생겼다고 그 모친이 사색이 다 되었습니다."
"처녀 댁이 반가라 하였소?"
"가문이야 뼈대 있는 양반입죠. 그나저나 응기 할머니, 무슨 방도 좀 찾아주세요. 가서 무슨 실낱 같은 소식이라도 전해야 밥이든 죽이든 넘길 게 아닙니까."
매파가 한씨의 옷깃을 잡고 매달렸다.
"내 어찌 확답을 할 수 있겠소. 허나 처녀 목숨이 경각에 달렸다니 우선은 아주머니가 말을 잘 전하시오. 살려는 놔야지요."

"말씀이라도 고맙습니다."

매파는 고개를 거듭 조아리고는 부리나케 집을 빠져나갔다.

이후 매파는 사흘이 멀다 하고 한씨를 찾아왔다. 매파는 눈치가 빠르고 언변이 좋아 듣는 사람들의 혼을 쏙 빼놓고는 했다.

"며느님 뒤태를 보니 손이 귀하겠어요."

"누가 아니라오."

손자 이야기가 나오자 한씨는 새삼 한숨을 내쉬었다. 이랑은 남매만 두고 벌써 일곱 해째 자식을 보지 못하고 있었다. 제 딴에도 무던히 애를 쓰는 듯했으나 뜻대로 되지 않는 눈치였다. 이랑이 들어올 적부터 엉덩이가 착 달라붙은 빈약한 몸 때문에 신경이 쓰였던 한씨는 더 이상 손이 늘지 않자 속으로 걱정이 태산 같았다.

"손주 하나 가지고 되나요, 서넛은 있어야지요."

"그게 뜻대로 되겠소. 아무래도 내 덕이 부족한가 보오."

"오 년 전이지요? 손님(마마)이 돌아서 근동에 애 우는 소리가 그쳤던 때가요. 그때 우리 동생도 무청같이 시퍼렇던 아들 둘을 보내고 말았지요. 다시 손을 볼 처지가 못 되어 결국 양자를 들였는데 그게 어디 본 자식만 하겠어요? 아주 속을 바글바글 썩이는 눈치입디다."

'어허, 별소리를' 하면서 매파의 입을 막았으나 한씨도 속으로는 은근히 걱정스런 마음이 일었다. 자신에게도 그런 일이 닥치지 말란 법은 없었다. 학문이 높은 아들을 벼슬길에 넣지 못한 것만도 조상에게 큰 죄를 짓고 사는 셈인데, 대까지 끊기게 해서는 결단코 아니 될 일이었다. 매파는 한씨의 그런 조바심을 잘 알고 있었다.

하루는 매파가 저녁 무렵에 찾아와 부쩍 일을 서둘고자 했다.

"응기 할머니, 사람도 살리고 손도 더 둘 수 있으니 이런 덕(德)이 어디 있겠습니까? 보쌈을 하는 것도 아니고 제가 좋아 측실도 마다치 않겠다는 것인데 받아들이시지요. 집안 뚜렷하고 인물도 넉넉하고 그런 복은 흔치 않습니다."

"응기 에미에게 못할 짓이오."

"복재 선생 인품에 조강을 구분치 못하겠습니까? 더 위해주고 예를 갖출 것이니 오히려 집안에 훈기가 돌 것입니다. 다 응기 할머니 마음에 달렸지요."

"나는 모르겠소."

한씨는 짐짓 돌아앉았으나 마음은 이미 반 이상 기울고 있었다. 매파는 한씨의 마음을 한 발짝 앞질러 나갔다.

"서로가 곤란하지 않게 일을 성사시킬 방도도 제가 다 궁리해놓았습니다."

"방도라니요?"

"응기 할머니 입장에서야 아무리 마음이 굴뚝같아도 냉큼 그러마고 받을 수는 없는 일입지요. 성황당 힘을 빌어봅시다. 복재 선생께서 돌아오시면 응기 할머니께서 이유를 만들어 모시고 나오십시오. 그러면 저는 시각을 맞춰 그 처녀를 소박맞은 여인으로 꾸며 성황당에 세워놓겠습니다. 소박맞은 여인이야 처음에 만난 남정네가 거두기 마련 아닙니까? 그리되면 서로 명분도 서고, 의 상할 일도 없지요."

"허, 아주머니는 재주도 좋소."

한씨가 혀를 내둘렀다. 어긋나지만 않는다면 그것이야말로 이쪽저쪽 다 좋게 수습할 수 있는 최선의 방법 같았다.

"저는 그때까지 처녀가 몸을 잘 추스르도록 뒤를 봐주겠습니다."

일의 전말이 이리 된 것이었다. 어쨌거나 일이 잘 풀려 매파 말대로 새사람을 들이게는 되었으나 한씨는 내내 이랑이 마음에 걸렸다. 그러나 이제는 모든 걸 아들에게 맡기고자 하였다. 이랑이 되었든 수정이 되었든 일을 그르칠 사람은 아니지 않는가.

찬바람이 울바자를 연이어 치고 지나갔으나 한씨는 추운 줄을 몰랐다.

수정은 겨우내 베틀에 앉아 삼베를 짰다.

처음 해보는 길쌈이었다. 그러나 눈썰미가 있어 이랑에게 며칠 배운 다음부터는 이랑의 손을 능가했다. 이때부터 삼실을 받아다 주는 것은 이랑의 몫이었고, 베를 짜는 것은 수정의 몫이었다.

베틀이란 것이 베를 걸면 삼베가 되고, 무명실을 걸면 무명포가 되고, 명주실을 걸면 명주가 되었다. 그래도 처음 배우는 일이라 수정은 짜기 쉬운 삼베부터 시작했다.

실을 만드는 과정은 쉽지 않았다. 삼대를 베어다 쪄서 익히고 그것을 다시 흐르는 냇물에 담가서 불려야 했다. 그렇게 불린 삼대의 껍질을 벗겨 다시 그 껍질을 잘게 짜개고, 짜갠 올을 이어 실을 얻는 것이다. 그 과정이 복잡하고 고되었다. 오죽하면 상민이나 아랫사람들이 도맡아 했겠는가.

명주가 되었든, 무명이 되었든, 삼베가 되었든 간에 한 필을 짜려면 무척 오랜 시간이 걸렸다. 일곱 치의 폭으로 서른다섯 자를 짜야 나라에서 인정하는 한 필이 되었다. 실의 양은 팔십 가닥을 일승(一升)으로 하여 오승이 되어야 했다.

밤을 새워가며 힘들게 삼베를 짜도 쌀 한 말을 얻으려면 두 달은 족히 걸렸다. 두 달 동안 네 필밖에 짤 수 없었다. 네 필을 짜면 두 필이 그녀의 몫이었다. 무명 한 필이 쌀 한 말이었는데 삼베 두 필을 주어야 무명 한 필과 맞바꿀 수 있었다.

그렇게 베틀에 파묻혀 있는 동안 해가 바뀌었다. 그동안 서경덕은 한 번도 수정과 잠자리를 같이하지 않았다. 가끔씩 주고받는 평범한 말 한두 마디가 전부일 뿐 서경덕은 좀체 수정을 가까이하지 않았다.

그러나 수정은 스스로 만족하고 있었다. 지아비야 어차피 바깥사람이 아니던가. 수정은 곁에서 서경덕을 바라볼 수 있다는 것으로 위안을 삼았다.

꽁꽁 얼어붙은 대동강 물이 풀린다는 우수와 경칩도 지나고 춘분이 되어 갈 무렵 전우치가 나타났다.

"형님, 형님 계시오!"

"아우님이 아니신가. 그래, 긴 겨울 동안 어떻게 보내셨는가."

"영가무도와 태극무선을 연마하느라 눈밭을 헤맸습니다."

"그랬나. 이젠 신선 반열에 들었겠는걸."

"그럴지도 모르지요, 하하하."

전우치는 호탕하게 웃었다. 그러나 그가 그렇게 웃을 때는 뭔가 켕기는 구석이 있다는 뜻이었다. 그것을 모를 리 없건만 서경덕은 같이 웃어주었다. 전우치는 얼른 말을 돌렸다.

"천마산에 갔다가 인오(人烏)를 만나지 않았겠소."

"인오라니? 사람 까마귀도 있던가?"

"아니오. 실은 새까만 옷을 입은 중을 만났지요."

"납의(衲衣)를 입은 중을? 그야 당연한 일이 아닌가."

"그렇죠. 많고 많은 색깔 중에 하필이면 새까만 옷을 입는지 그걸 물었지요."

"그랬더니?"

"답이 아주 간단합디다."

"뭐라 하던가."

"빨래하기 싫어서라고 합디다, 하하하."

"예끼, 싱거운 사람 같으니라고, 허허허."

웃을 일이 없다가도 말을 잘 지어내는 재주를 가진 전우치를 만나면 웃지 않을 수가 없었다. 서경덕은 그런 전우치를 동생이라기보다 친구처럼 생각하고 있었다.

"그런데, 형님. 왜 검정 옷을 입는지 가르쳐주시오."

전우치가 장난기를 지우고 정색을 하며 물었다.

"정말 몰라서 묻는 겐가?"

"참말이오."

"그렇다면 말해주겠네. 빨래하기 싫어서라고 한 말도 실은 맞는 말일세. 수행하는 자가 옷까지 마음을 써서야 되겠는가. 색깔이란 빛으로 모이면 흰색이 되지만 사물에 모이면 검은색이 되니, 검정이란 물들이기 가장 쉬운 색이지. 허니 어떤 천을 물들이든지 간에 장삼(長衫)으로 만들기 쉽다는 이점이 있네. 또한 중생의 모든 고난과 더러움을 몸으로 받아들인다는 겸손의 표지이기도 하지. 그러나 이러한 것은 수행자 쪽에서 본 것이고 실은 풍수설에 따라 나라에서 법으로 검정 옷을 입게 한 것이라네."

"풍수를 따른 거라고요?"

"그렇다네. 공민왕 때 일이었지. 풍수로 보면 우리나라의 지세를 수근목간(水根木幹)이라고 하지. 여기서 근이란 부모를 말하고 간이란 부모가 낳아준 나의 몸을 뜻하는 것일세. 오행으로 볼 때 물이 나무를 생하여 주듯이. 그런 논리로 수는 검정색이고 목은 청색이니 옷을 입는 풍속마저 그 논리를 따르라고 한 것이지.

그래서 왕명으로 문무백관은 흑의청립(黑衣靑笠)을, 스님은 흑건대관(黑巾大冠)을, 백성들은 흑라(黑羅)를 입게 하였지. 그러니 그 당시에는 눈에 띄는 것마다 온통 새까맸다네. 또한 모든 산에 소나무를 빽빽하게 심었지. 그것이 풍수를 따르는 것이고, 그리하여야 나라가 번성한다고 믿었던 게야."

두 사람이 마당 한쪽에 놓인 평상 위에 앉아 한참 동안 이야기꽃을 피우고 있을 때 수정이 안에서 나왔다. 수정은 전우치와 눈이 마주치자 얼른 고개를 숙이고는 사랑채 쪽으로 갔다.

"저 아낙이 누구요?"

목소리를 잔뜩 가라앉히며 전우치가 물었다.

"……"

"왜 대답이 없으시오, 형님?"

"얘기가 기네."

"사돈이요? 형수님 동생 되는……?"

"아닐세. 진정 알고 싶은가?"

"누구기에 이렇게 뜸이 긴 게유?"

"내 새 각실세."

"각시요? 그렇다면 인사를 드려야지요."

"나중에 하세."

서경덕은 평상에서 일어서려는 전우치를 붙잡아 앉혔다. 그러고는 성황당에서 소박맞은 여인을 만나 측실로 들이게 된 사연을 말해주었다. 전우치가 재미있다는 듯 입맛을 다셨다.

"형님은 복도 많소. 젊은 측실을 두었으니 말이오."

"타고난 팔자라고 생각한다네."

"형님 팔자에 측실을 둔다고 나와 있단 말이오? 이놈 팔자도 좀 봐주시오, 형님."

"팔자야 아우님도 볼 줄 알지 않는가."

"제 머리 깎는 중은 없다 그럽디다. 빼지 말고 한번 봐주시오."

"팔자는 봐서 무얼 하려고?"

"나도 측실을 둘 수 있는 팔잔지 어쩐지."

"아우님이야 신선이 될 사람인데 측실 타령을 하면 되는가."

"신선도 여자는 좋아합디다. 그러니 얼른 봐주시오, 형님."

"자네 상에 나와 있네. 팔도에 하나씩 둔다고. 여복이 대길일세."

"놀리지 말고 참말로 말씀해주시오."

"참말일세. 나같이 부족한 사람도 측실을 두었잖은가. 아우님처럼 팔방미인이 팔도에 측실을 두지 말라는 법은 없지."

서경덕은 진담 반, 농담 반으로 껄껄 웃어넘겼다.

"그건 그렇고, 우리가 원행을 떠났을 때 정염이란 젊은이가 왔다 갔다네. 혹 아우님은 그 젊은이를 아시는가?"

서경덕은 화제를 넌지시 정염으로 돌렸다.

"정순붕 대감의 아들이지요."

"그 정도는 나도 알고 있네. 충청도 온양에서 나를 보겠다고 송도까지 올라온 젊은일세. 헛걸음하게 한 것이 미안해 그러네. 알고 있으면 자세히 말씀 좀 해보시게."

진우치의 이야기는 다음과 같았다.

정염의 가계는 대대로 영달한 집안이었다. 아버지 정순붕의 부친인 탁(鐸)은 호조정랑을 지냈고, 형인 수붕(壽朋)은 세자의 스승이었으며, 동생인 백붕(百朋)은 형조참판이었다.

정염의 모친은 태종의 첫째 왕자인 양녕대군의 증손녀였다. 정염은 장남으로 어릴 때부터 재주가 뛰어났고, 다양한 서책을 접하여 폭넓은 견문을 갖추었다고 했다. 특히 한어에 조예가 깊어 열네 살 적에 정순붕을 따라 중국에 갔는데 배우지도 않은 중국말을 술술 하더라는 것이다.

"귀재일세그러. 헌데 무슨 가르침을 받겠다는 것일까, 그게 궁금하네."

"주역이 첫째고, 천문과 지리가 둘쩰 거요."

"공부를 좋아하는 젊은이라니 내 맘에 드네. 아우님이 선이 닿으면 아무 때나 다시 한 번 들르라고 전해주시게."

"그 마음으로 저나 더 가르쳐주시지요."

"아우님은 스스로 할 수 있지 않은가."

서경덕의 옳은 말에 전우치는 잠시 입을 다물었다가 다시 운을 뗐다.

"여주를 다녀올 참이오."

"여주를?"

"신광한 대감이 여주에다 자릴 잡았답디다."

"오, 그랬구먼. 여주라면 이천과 아주 가까운 거리가 아니던가. 이천에 계시는 모재 공이 꽤나 좋아하시겠는걸. 잘되었네. 언제 떠날 참이신가."

"모레요."

"내가 안부 서찰을 준비하겠네. 내일 꼭 들러주시게."

"서찰보다 제가 더 상세하게 전할 텐데 괜한 수고 마시오, 형님."

"사람의 도리가 그렇지 않다네. 아우님이 전하는 건 전하는 것이고 내가 서찰을 보내는 건 나의 도리일세. 어차피 여주로 갔다가 이천도 들를 게 아니던가."

"그럴 생각이오."

"그래야지. 여주까지 와서 이천에 안 들렀다는 소식을 들으면 모재 공이 되우 섭섭해하실 것이네."

"참, 제가 깜빡했수. 남곤이란 놈이 일인지하 만인지상의 자리에 올랐답디다."

"남곤이 영의정이 되었다고?"

"홍경주란 놈도 죽었는데 그놈은 왜 죽지도 않는지……. 심정이란 놈도 마찬가지지만."

"명대로 사는 게지, 인력으로 되는가."

"내가 매일 밤 치성을 드리는데도 목숨을 거두기는커녕 승차를 하였소. 이거 분통이 터져 못 살겠소, 형님! 그 두 놈이 언제 관에 누울지 천기 좀 봐주시오."

"다 때가 되면 죽을 것이네. 조금만 참으시게."

"난 이만 가겠소. 술이라도 한잔해야지, 원."

전우치는 어깨를 들썩이며 대문 밖으로 나갔다.

3

한편 조정에서는 세자빈을 맞아들였다. 중종 19년(1524년) 세자의 나이 열 살, 세자빈은 열한 살이었다.

세자는 중종 임금의 계비 장경왕후에게서 중종 10년(1515년)에 태어난 첫째 아들로 이름은 호(岵)였고 위로는 누이 효혜공주가 있었다. 호는 여섯 살 때인 중종 15년(1520년)에 왕세자로 책봉되었다. 세 살 때부터 글을 배워 익히고 여덟 살 때 성균관에 입학하여 학문에 취미를 붙이기 시작할 무렵에 세자빈을 맞이한 것이었다.

세자빈은 박용(朴墉)의 딸로 그녀가 세자빈으로 책봉될 때 임금은 영의정 남곤을 통해 다음과 같은 책문(冊文)을 보냈다.

그대 박씨는 명문에서 아름다움을 길러 공경을 갖추고 숙덕(淑德)하여 아름답고 순한 덕을 지녔음이 깊고 조용한 경지에 이르고 예를 지켜 어그러지지 않으며 온순하여 윗사람의 명을 잘 따르니 어찌 번거롭게 하겠는가? 지아비가 창도(唱導)하고 지어미가 따르는 것을 징험(徵驗)하는 것은 바로 혼인의 처음에 달렸으니 이제 사신 영의정 남곤과 병조판서 홍숙(洪淑)을 보내어 그대를 세자빈으로 책명하노라.

세자빈으로 책봉된 박씨는 그날부터 궁궐로 들어와 내명부의 법도를 배우기 시작했으니 차후 세자가 인종으로 즉위한 뒤 인성왕후(仁聖王后)가 되었다.

후궁의 몸에서 태어난 왕자는 여럿 있었으나 세자 호는 정비의 몸에서 태어난 단 하나뿐인 대군으로 귀중한 몸이었다. 하지만 출생 엿새 만에 어머니 장경왕후를 잃고 할머니(정현왕후, 성종의 계비)의 품에서 자랐다.

당시 중전은 윤씨(훗날 문정왕후)였다. 윤씨는 장경왕후에 이어 임금의 두 번째 계비가 되었지만 대군을 생산하지 못한 채 내리 공주만 낳고 있었다. 야심이 컸던 중전에겐 세자가 달갑지 않았다.

'대군만 생산해보라. 임금 자리는 내 자식 차지가 될 것이다.'

열일곱의 나이로 왕비가 된 지 여덟 해, 중전은 아직 젊었다. 훗날을 노려 미리 오라버니 윤원로와 남동생 윤원형 등을 조정의 요직에 앉히는 포석도 아끼지 않았다. 그러나 원하는 아들이 좀처럼 들어서지 않았다.

문정왕후 윤씨를 간택할 즈음의 일이었다.

중전 책봉을 코앞에 두고 윤씨는 심한 열병을 앓고 있었다. 3차 간택까지 올라간 터에 당사자가 열병을 앓고 있으니 아버지 윤지임(尹之任)은 속이 다 타서 재가 될 지경이었다.

참다못한 윤지임은 용하다는 점쟁이를 찾아갔다.

"이 사주 좀 보아주시오."

윤지임이 점쟁이에게 사주를 들이밀었다.

"누구의 사주입니까?"

"내 딸이오. 병이 위급하여 찾아왔소. 어떻게 되겠소?"

"무슨 병을 앓고 있습니까?"

"열병이오."

"열병은 무슨……. 마음병입니다. 따님께서 욕심이 너무 많아 생긴 병이지요. 아무리 좋은 팔자라도 마음을 다스리지 못하면 공염불입니다."

"마음을 어찌 다스려야 하오?"

윤지임은 다급하게 점쟁이를 재촉하였다.

"먼저 사주팔자를 풀어줄 테니 들어본 다음에 방도를 구합시다. 첫째, 귀문관살(鬼門關煞)이 있어 영리하고 머리짐작이 빠르나 불치의 병에 걸리기 쉬운 팔자요. 게다가 이 살이 태어난 날과 시에 들어 있으니 부부해로는 어렵겠습니다. 둘째, 여자로서 괴강살(魁强煞)을 가졌으니 여염집으로 시집을 가면 그 집이 망할 것이요, 형살(刑煞)도 갖추었으니 잔인하고 냉혹한 성격이 있는 관계로 배신과 불화, 시비가 끊이지 않는다는 말입니다. 해서, 마음공부를 많이 하여야 할 것입니다."

"보책이 있지 않겠소?"

"방도를 알려주면 그리 하시겠습니까?"

점쟁이는 여간해서 입을 떼려 하지 않았다.

"여부가 있겠소. 복채도 넉넉하게 드리리다."

"복채는 필요 없습니다. 다만 이 방도를 따르지 않으면 많은 사람들이 피해를 볼 터인즉……."

"상투를 자르라면 자르겠소이다. 됐소이까?"

"좋습니다. 일구이언이야 아니할 분이라 믿고 말씀드리겠습니다."

점쟁이는 눈을 지그시 감고 말을 이어갔다.

"첫째, 영리한 머리를 남을 위해 써야 할 것이오. 그러지 않으면 평생 신경쇠약에 걸려 고생할 것은 물론 사십 이후에는 독수공방을 할 것이오. 둘째, 집안을 말아먹는 것쯤이야 별문제가 아니지만 자칫하면 나라를 혼란에 빠뜨리는 죄를 범할 수 있으니 무리를 짓거나 세를 쌓는 행위는 금하여야 할 것이오. 셋째, 욕심으로 아들을 바라면 많은 사람들의 피로 강을 이룰 것인즉, 차라리 아들을 바라지 말라 하시오. 만약 늦게라도 아들을 생산한다면 필히 순리를 따르라 이르시오. 그리하지 않으면 산천에 곡성이 끊이지 않을 것이오."

점쟁이는 그림을 펼쳐놓은 듯 꼭꼭 짚어가며 말했다. 그러나 윤지임의 귀에는 나쁜 말은 들리지 않고 나라니 세를 쌓는다느니 하는 말만 귀에 들어왔다.

"딸자식이 열병이 난 것도 거짓은 아니지만 실은 책봉을 기다리고 있소. 될 것 같소?"

"진작 바른 말씀을 주지 않고……. 이 사주는 국모가 될 사주요. 댁께선 장차 국구(國舅)가 되실 분이오. 그러니 더욱 마음공부를 해야 한다는 말이오."

"고맙소."

"다만 댁의 두 아들은 제 명을 다하지 못할 것이오."

아들의 일은 나중이었다. 왕비가 되고 국구가 되는 일이 당장 급한 터, 윤지임은 나비춤을 추며 집으로 돌아왔다. 열병으로 고생하고 있는 딸자식에게 이래라저래라 할 수가 없어서 점쟁이가 일러준 다짐도 뒤로 미루어두었다.

얼마 후 병이 낫자 윤씨는 점괘대로 왕비에 책봉이 되었다. 간택된 규수 중에 가장 자태가 고왔으며 몸이 풍만하였던 것이다. 몸이 풍만하다는 것은 자식 생산이 용이하다는 것이니 그를 기대한 책봉이나 다름없었다.

막상 딸이 왕비 자리에 오르자 윤지임은 점쟁이가 괘씸하다는 생각이 들었다. 사대부를 아랫것 부리듯 하는 어투도 어투지만 뭔가 능멸당했다는 느낌을 지울 수 없었다. 장차 딸의 왕비 책봉을 점쳤으면서도 점쟁이는 고개조차 조아리지 않았다. 게다가 딸의 사주를 알고 있으니 그냥 둘 수 없다는 생각이 들었다.

윤지임은 아랫것들을 시켜 점쟁이를 잡아오라 일렀다. 그러나 그들을 기다리고 있는 것은 텅 빈 방 한쪽 바람벽에 나붙은 종이쪽이었다.

'뒤에서 달려드는 호랑이는 피할 수 있어도 앞에서 오는 팔자는 절대 못 속인다! 이 용렬한 놈아, 약조대로 상투를 자르라!'

사주 하나로 왕비가 되고 국구가 될 것을 알아낼 정도이니 앞일을 예측 못할 점쟁이가 아니었다. 이미 바람같이 사라진 뒤였다.

점쟁이의 글을 읽은 윤지임은 그만 생병이 나고 말았다. 이젠 왕비가 된 딸이었다. 약조를 지키기란 물 건너간 일이었다. 그렇다고 상투를 자르겠는가. 마음 한켠이 항시 불안했던 윤지임은 결국 지병으로 자리에 눕고 말았다.

그러는 동안 문정왕후는 예정된 길을 가고 있었다.

세자 역시 마찬가지였다. 다가오는 팔자를 피할 수 있는 길은 오직 하나, 현자를 만나는 것이었으나 세자의 곁으로는 외삼촌인 윤임과 누이 효혜공주의 시아버지인 김안로와 허항, 채무택 등 음흉한 자들만 모여들고 있었다.

추석을 며칠 앞둔 날 전우치가 찾아왔다. 여름 내내 여주와 이천에 머물다가 명절을 쇠러 오던 길에 들른 것이다.
"형님, 형님 계시오?"
언제나 서경덕을 부를 때면 일부러 목소리를 굵게 하는 전우치였다. 그 목소리가 들려오면 초로가 어머니 이랑에게 웃기는 아저씨 오셨다고 일러줄 정도였다. 그러면서 뭐가 우스운지 초로는 저 혼자 킥킥댔다.
"명절 쇠러 왔는가?"
"나같이 역마살 낀 놈에겐 하루하루가 다 명절이오. 형님 보고 싶어 왔소."
"빈말이라도 고맙네. 아우님 몸은 어떠신가?"
"덕분에 만수무강이오."
"그나저나 두 대감께선 어찌 지내시던가?"
"김안국 대감은 여전한데 신광한 대감은 심기가 영 편치 않으신 모양입디다."
"무슨 연유로 그러시는가?"
"좌천과 파직에 더해 삭탈관직마저 시키는 처사에 분을 삭이지 못하고 있습디다. 그리고 지난해 여름에는 모친을 여의었다 합디다."
"그런 일이 있었구먼. 참으로 안타까운 일일세."

문득 전우치가 고의적삼을 뒤져 종이쪽을 한 장 꺼냈다. 종이에는 무슨 물건 기록 같은 것이 잔뜩 적혀 있었다.

'오이 열 개, 풋콩 한 대접, 장아찌, 보리쌀 두 되, 달걀 세 개, 좁쌀 한 되, 무 다섯 개, 꿀 한 종지, 머루, 다래……'

"저잣거리에서 장을 볼 품목인가?"

"명색이 사대부 양반이오. 더구나 앉아서 오줌 누는 아낙네도 아닌데 장을 보다니요."

"허면 그게 뭐란 말인가?"

"이천에 들렀더니 모재 공이 뭔가 책에 적고 있었소. 그래서 내가 그곳에 머무는 동안 마을 사람들이 가져온 물건들을 적어본 것이오."

"마을 사람들이 모재 공에게 그런 걸 갖다주더란 말인가?"

"모재 공 드시라고 시시때때로 가져다줍디다. 고생하신다고 말이오."

전우치가 이천에서 있었던 이야기를 늘어놓기 시작했다.

그가 이천에 있는 동안 마을 사람들이 풋콩을 삶아 오기도 하고 혹은 오이를 따 가지고 와서 김안국 대감에게 주는데 그것을 모두 또박또박 책에 기록하더라는 것이다.

전우치가 괴이하게 여기며 물었다.

"대감께선 이런 물건들을 무엇에 쓰려고 받으며, 어찌하여 그것을 책에 기록합니까?"

"마을 사람들이 성의로 보내오는데 내가 어찌 그것을 물리치겠는가. 또한 책에 기록해두지 않으면 마음에서 곧 잊어버리게 되니 남의 은혜로운 뜻을 쉽게 저버리지 않으려고 적어두는 것이라네."

전우치는 이야기를 전하면서 혀를 내둘렀다.

"김안국 대감이 그렇게 꼼꼼한 분이라는 걸 처음 알았지 뭐유."

"학자가 아니시던가. 백성을 위해 쓰신 책은 또 얼마나 많으신가. 학자와 목민관으로서 추호의 손색이 없는 분이시지. 암, 그런 분만 계시면 오죽이나 좋겠는가."

"나도 그리 생각하오, 형님."

"혹시 아우님은 '김삼월(金三月)'이란 말을 들어보았는가?"

"그런 말도 있소?"

"모재 공께서 경상도 관찰사로 있을 때였네. 휘하에 수령이나 관리들이 게으르거나 구태에 젖어 안이하거나 하면 직접 불러들였지. 그러고는 손수 볼기를 쳤다네. 관찰사가 직접 형장을 드니 대감을 원망하는 관리들이 많았겠지. 하루빨리 갈리길 바랄 수밖에. 그런데 3월에 임지를 떠나게 되었지 뭔가. 그때부터 '김삼월'이란 말이 생겼다네."

"그런 목민관을 방구석에 앉혀놓으니 나라꼴이 이 모양이지 뭐유. 똥 묻은 놈이나 겨 묻은 놈이나 저마다 옳다고 지지고 볶으니 깨끗한 선비가 남아 있겠소. 그나저나 김안로를 탄핵하는 상소로 조정이 또다시 들끓고 있다 합디다. 그놈이 그놈인데 서로 물어뜯을 모양이오, 젠장!"

"서로 물어뜯다 보면 둘 다 기진맥진하겠지. 그것도 걱정이지만 더 걱정은 백성들 살림살이가 아니겠는가. 명색이 명절인데 한숨 소리가 높네."

금년도 풍년이 아니었다. 좀체 풍성한 가을을 맞이하지 못하는 백성들이었다. 일 년 농사가 빈약하니 내년 보릿고개는 또 어떻게 버텨내야 할지 너나없이 걱정이었다.

문밖으로 나서는 전우치의 뒷모습을 바라보는 서경덕의 눈빛이 밝지 않았다.

4

 그해 가을에 수정은 대원리에 사는 추 서방네 집으로 살림을 났다.
 대원리는 용흥리와 화정리 사이에 있는 마을이었다. 대원리에는 친정 윤씨 집안의 대물림 전답이 있었다. 많지 않은 농토지만 논배미가 네댓 두락(斗落)에 밭뙈기가 예닐곱 두락쯤 되었다. 그 농사를 추 서방이 도맡아 하였다. 추 서방은 삼대째 내려온 윤씨 집안의 내림노비였는데 성품이 어질고 부지런하여 농토 옆에 초가집을 지어주고 농사일에만 전념하게 하였던 것이다. 수정의 부친이 죽고 나서부터는 노비문서마저 파기해주고 소작을 부치듯 도지를 내게 했다.
 추 서방네 집으로 살림을 따로냈으면 좋겠다는 의견을 먼저 낸 것은 수정이었다. 추 서방네 집이라면 남에게 얹혀사는 모양새가 아니어서 좋고, 시집과 가까워서 좋았다. 수정의 어머니도 대찬성이었다. 따로 살림을 차려야 서방을 모시고 자식이라도 거둘 수 있지 않겠는가.

수정이 다녀간 뒤 수정의 모친은 따로 추 서방을 불렀다. 일의 전후 사정을 들은 추 서방은 오히려 반색을 하며 기뻐하였다.

"걱정 마십시오. 추수 후라면 따로 안채를 들일 수 있는 시간도 넉넉하굽쇼."

"자네한테 너무 미안해서 그러네. 그리 부탁해도 괜찮겠는가?"

"아씨를 모시고 살면 이놈은 광영이옵지요. 게다가 복재 선생님도 같이 뫼시는 것 아닙니까. 오히려 이놈이 절을 올릴 일입니다요, 마님."

추 서방은 거듭 머리를 조아렸다.

"자네가 기꺼이 해준다 하니 나도 맘을 놓겠네. 고맙네, 추 서방."

일의 골격이 정해지자 수정은 한씨에게 조심스럽게 이야기를 꺼냈다.

한씨로서도 타박을 놓을 일이 아니었다. 일손이나 덜자고 수정을 받아들인 것이 아니었다. 그러잖아도 아들이 도통 수정을 가까이하려 하지 않으니 그게 늘 마음에 걸리던 차였다.

"내가 진작에 알아서 해주어야 할 일을 네가 하였구나."

"아니옵니다. 어머님께서 하신 일이나 진배없습니다."

"참으로 마음을 곱게 쓰는구나."

"송구하옵니다."

"거처를 옮길 수 있는 때가 추수 후라고 하였느냐?"

"허락을 해주시면 그때쯤이 좋겠습니다."

"알았느니라. 응기 어멈한테는 내가 알아듣기 좋게 이르겠느니라."

"고맙습니다, 어머님."

"입 꼭 다물고 있어야 하느니라. 내가 일을 만든 것으로 할 터인즉."

"예, 어머님. 저는 일체 모르는 일이옵니다."

수정이 거처를 옮기던 날은 날씨가 유난히 청명하여 단풍이 더욱 아름다웠다.

이사라고 해야 사람 하나에 단출한 옷 보따리 하나였다.

"이걸 가지고 가거라."

시어머니가 놋요강과 불씨를 건네주었다.

"꺼뜨리지 마라."

서씨 가문 대대로 꺼뜨리지 않고 전해 내려온 불씨였다. 이랑이 갈무리해온 불씨를 일부 덜어내어 수정에게 준 것은 비록 측실이긴 하나 정실과 마찬가지로 인정한다는 뜻이기도 했다.

놋요강은 아무 탈 없이 통변이 잘 되라는 의미이니 무병장수를 비는 풍속 가운데 하나였다. 통변은 물줄기와 같다. 막히거나 고이면 썩는 것이다.

한씨는 덧붙여 몇 가지 당부를 더 하였다.

"집에 드는 즉시 조왕신께 예를 올려야 한다. 밤이 되면 칠성님께 치성 드리는 것도 잊어서는 안 되느니라. 그리고 동짓날에는 팥죽으로 악귀를 물리쳐야 한다."

"예, 잊지 않겠습니다."

조왕신은 부엌을 관장하는 신이고, 칠성신은 사람의 운명을 관장하는 신으로 북두칠성을 말하였다. 그것은 오래전부터 전해지는 고유의 전래 신앙이었다. 신앙이라고는 하나 무리를 짓는 행위도 없고 모이는 장소도 없으며 주재하는 자도 없었다. 오로지 사람들의 가슴속에 간직되어 있는 마음의 믿음이었다. 누가 시켜서 하는 것도 아니었고, 하라고 해서 행하는 것도 아니었다. 스스로 알아서 하는, 스스로 그러한 자연의 종교였으며 신앙이었다.
　집을 나서니 곳곳에서 추수한 곡식을 바심하는 소리로 부산하였다. 농부와 아낙들 사이로 이리저리 강아지처럼 뛰어다니는 아이들의 모습도 보였다. 논둑 위를 날아다니는 고추잠자리까지 어느 것 하나 정겹지 않은 것이 없었다. 가을 농부 마음만큼 풍족한 것이 있겠는가.
　수정은 잠시 걸음을 멈추고 그 풍경을 하나하나 바라보았다. 힘들여 일하고 기쁘게 거두어들이는 그들의 삶이 부러웠다. 양반 행실로 얻는 것은 무엇일까. 결국 남는 것은 가문밖에 없지 않은가. 수정은 문득 흙과 더불어 사는 농군이 되고 싶다는 생각이 들었다.
　대원리 집으로 들어서자 추 서방이 반갑게 수정을 맞이했다.
　새 집은 수정이 보기에도 과분했다. 부엌과 안방, 마루, 건넌방, 광을 갖춘 부엌머리 기역자집으로 작지만 정갈하고 깔끔했다. 마당을 사이에 두고 자신이 기거하는 집 안쪽으로 들여지었으므로 새 집이 안채가 되고, 추 서방네 집은 바깥채가 되었다.
　여러모로 추 서방의 배려가 엿보였다. 측간도 부엌을 마주 보는 곳에서 약간 비켜선 한적한 자리에 두었고, 자신들이 쓸 측간은 사립문 밖에 새로 지었다. 뿐만 아니라 수정이 부르면 즉시 달려갈 수 있도록 안채 쪽으로 문도 새로 내었다.
　"고맙네, 추 서방. 이렇게 좋은 집을 짓느라 노고가 많았겠네."
　"노고라니요. 그나저나 마음에 드시는지 모르겠습니다."
　"들다 뿐인가. 정말 고맙네."
　추 서방은 집을 구석구석 돌며 안내를 했다.
　방문을 열어보니 새로 도배를 했음에도 훈훈한 기운이 감돌았다. 집을 지은 이후 매일 저녁 군불을 지핀 것이다.

 방과 부엌에는 웬만한 살림살이가 얼추 갖추어져 있었다. 모두 수정 모친이 마련한 세간으로 안방 농짝 위에는 원앙금침이 모서리를 맞춰 개켜져 있었고 윗목엔 베틀이 놓여 있었다. 특히 수정의 마음을 흡족하게 하는 것은 건넌방에 놓인 궤안이었다. 궤안 위에는 족제비 꼬리털로 묶은 황모필(黃毛筆)을 비롯한 지필묵이 가지런히 놓여 있었다. 바로 서경덕이 공부할 서재였다.

 "고맙네. 마음을 많이 썼네."

 "언제든지 부르시면 냉큼 달려오겠습니다요. 편히 쉬십시오."

 다음 날 낮에 서경덕이 새 집을 찾아왔다. 손에는 조그마한 보자기가 들려 있었다. 마침 추 서방이 마당을 쓸다가 반갑게 달려 나가 허리를 깊게 숙였다.

 "집을 새로 지은 모양일세."

 "짬이 날 때마다 쉬엄쉬엄 지었습죠."

 "쓸모 있게 지었네. 정성이 놀랍네."

 추 서방이 마루 앞에 서서 큰 소리를 내자 방에 있던 수정이 뛰어나와 댓돌 옆으로 비켜섰다.

 "안으로 드시지요, 서방님."

 방에 좌정한 서경덕은 들고 온 보자기를 풀었다. 보자기 안에서는 좌대에 놓인 수석 한 점이 나왔다.

 "임자에게 처음으로 전하는 내 성의요."

 천석(泉石)이었다. 수마(水磨)가 잘된 오석(烏石)으로 거북이 모양이었다. 방금 바다를 헤치고 나온 거북이가 웅크리고 있는 듯했다. 장구한 세월의 숱한 고난을 이겨낸 형상으로 들여다보고 있노라면 어떤 역경도 이겨낼 수 있는 힘과 용기가 솟는 듯했다.
　이내 방을 나온 서경덕은 집을 빙 둘러보았다. 수정이 그 뒤를 따랐다.
　"지낼 만하오?"
　"예, 추 서방도 잘하고요."
　"적적하겠지만 조금만 참으시오, 임자. 또 오리다."
　서경덕은 손 한번 잡아주지 않고 돌아갔다. 그 후 서경덕은 사나흘에 한 차례씩 들렀다. 그러나 밤에 오는 적은 없었고 낮에 잠시 와서 둘러보고 갈 뿐이었다. 수정은 따뜻한 밥상 한번 차려낼 수 없는 것이 안타깝고 서운하였다.

　서리가 내리고 겨울로 접어들었다.
　수정은 불현듯 일 년 전 서리로 뒤덮인 성황당이 떠올랐다. 운명을 가른 성황당이었다. 우여곡절 끝에 원하는 사람의 측실이 되었지만 아직까지 손목 한번 잡혀본 적 없었다.
　동짓날이 되었다. 온 세상에 새로운 기운이 꿈틀거리기 시작하는 날이다.
　수정은 손수 빚은 새알심을 넣어 팥죽을 쑤었다. 시어머니가 당부했던 대로 부엌이며 방, 마루, 광, 측간에 이르기까지 빼놓지 않고 팥죽을 한 그릇씩 모셔놓았다. 팥죽을 놓을 때마다 집안의 안녕과 무고를 빌었다.
　어느덧 밤이 되었다. 둥두렷 솟은 만월이 허공에서 밝았다.
　수정은 희게 부서지는 달빛을 받으며 야릇한 기분에 사로잡혔다. 괜스레 가슴이 통통 뛰었고 몸도 뜨거워졌다. 아랫도리의 느낌이 이상해지면서 저릿저릿한 기운이 몸을 오르내리기도 했다.

보름달 빛을 받으면 토끼나 고양이, 족제비 같은 짐승들은 성적 흥분에 빠져 큰 소리로 울거나 뛰어다닌다 하였다. 성게나 굴과 같은 바닷속 동물도 만월 때 알을 낳으며, 바다거북은 만조 때에 산란을 한다고 했다. 음의 기운이 실린 보름달에는 암컷을 현혹시키는 신비한 힘이 숨어 있음이었다.

수정 역시 교교한 달빛에 한껏 몸이 달아오르고 있었던 것이다. 남성을 받아들인 적은 없으되 생명으로서 지닌 본능이었다.

그렇게 딱딱하게 부풀어 오른 아랫배를 방바닥에 대고 진정시키고 있을 때였다. 밖에서 인기척이 났다.

"마님, 복재 선생님께서 오셨습니다요."

서방님이? 수정은 재빨리 일어나 머리와 옷매무새를 수습하고 문을 열었다.

"늦은 밤에 어인……."

"남편이 아내를 보러오는데 밤과 낮이 따로 있겠소."

수정의 얼굴이 발갛게 달아올랐다. 이토록 늦은 때에 서경덕과 마주 앉기는 처음이었다. 수정은 가슴이 팔락팔락 뛰었다.

"진지는 드셨는지요?"

"먹었소. 임자는?"

"저도 먹었습니다. 하오면 주안상이라도……."

"그러잖아도 추 서방한테 일렀소."

잠시 후 주안상이 들어왔다. 지짐 안주에 덥힌 술의 향이 달큰했다.

"한 잔 따라주겠소?"

서경덕이 잔을 내밀었다. 잔에 술병 부딪히는 소리가 은은하게 울려 퍼졌다.

"임자도 한 잔 받으시오."

"술은 아직……."

"술을 못 배웠으면 지금부터라도 배우면 되지 않겠소. 자, 받으시오."

공손히 내민 수정의 두 손이 실버들처럼 떨렸다.

"그동안 고생이 많았소."

술잔을 이마 높이로 올리면서 서경덕이 그윽하게 수정을 건너다보았다. 흔들리는 불빛 속으로 보이는 서경덕의 눈빛은 자애로움과 따스함으로 가득했다. 수정은 그만 눈물이 핑 돌아, 고개를 외로 틀고 단숨에 마셨다. 금세 얼굴이 화끈 달아올랐다.

"한 잔 더 하시오. 합환주요."

서경덕이 다시 수정의 잔에 술을 따랐다. 두 사람은 잔을 두 손으로 맞잡아 들고 마셨다. 이제 진정 부부로서 가약을 맺는 셈이니 술잔을 내려놓는 수정의 볼에 눈물이 번졌다. 서경덕이 아무 말 없이 눈물을 닦아주었다.

"한 잔 더 따르겠습니다."

"주시오. 내 오늘은 임자 술에 마음껏 취해보리다."

서경덕은 수정이 주는 대로 술을 받아 마셨다.

달빛은 한껏 교교하여 저 홀로 구름 사이를 넘나들며 문밖에서 노닐었다. 기름이 다했는지 등잔불이 가물거리다가 이내 사그라지고 말았다. 수정이 일어서려 하자 서경덕이 손짓을 했다.

"그냥 두오. 오히려 달빛이 운치가 좋소."

서경덕은 달빛을 등지고 홀로 몇 잔을 더 마셨다. 달빛 속에서 보는 서경덕의 풍모는 오히려 은은하고 단아하였다. 수정은 바라보는 것만으로도 가슴이 떨렸다. 술기운이 올라 수정의 몸은 이미 뜨거워진 지 오래였다.

"자리를 폅시다."

원앙금침이 소리 없이 펼쳐졌다. 얼마 만에 맞는 주인인가.

펼친 이불 모서리에 수정이 앉자 서경덕이 다가와 손을 잡았다. 수정의 손이 가볍게 떨렸다. 서경덕은 수정의 볼과 귀와 목덜미를 부드럽게 쓰다듬었다.

남녀 간에 인연을 맺고 한 몸이 되매 군자가 따로 있고 성인이 따로 있고 상것이 따로 있겠는가. 그저 애욕에 뜨거운 한 인간일 뿐이다.

서경덕은 천천히 겉저고리와 치마를 걷어냈다. 단속곳을 벗기고 속저고리를 벗기자 봉긋한 젖무덤이 문에 비친 달빛에 뽀얗게 드러났다. 수정이 부끄러워 두 손으로 가리려 했으나 서경덕이 손을 잡았다.

"참 곱소."

서경덕은 천천히 수정을 당겨 입술을 맞추었다. 혀로 열고 들어간 수정의 입속은 불 속처럼 뜨거웠다. 한 손으로 부드럽게 가슴을 문지르자 수정이 몸을 틀며 엷은 신음을 흘렸다. 앵두 같은 젖꼭지가 서경덕의 손 안에서 바르르 떨었다.

서경덕은 입을 떼어 수정의 귓볼과 목덜미를 부드럽게 쓸고 어루만졌다. 서경덕의 숨길이 스치는 곳마다 소름이 돋고 갓 잡아 올린 날생선 같은 떨림이 전해졌다.

서경덕은 수정을 안아 눕히며 속속곳과 다리속곳을 벗겼다. 수정의 육덕은 달빛 속에서 눈부시게 희고 풍만했다.

이윽고 서경덕의 몸이 흥건하게 젖은 수정의 몸속으로 밀려들어갔다.

순간 수정의 고개가 뒤로 젖혀지며 입이 딱 벌어졌다. 깊은 통증이 하체를 찢는 듯하였다. 그러나 수정은 이를 악물고 신음을 삼켰다.

서경덕의 몸은 풀무질로 달군 쇳덩이처럼 뜨거웠다. 한동안 번개와 천둥이 오가고 별무리가 수없이 떠돌았다. 이윽고 천둥과 번개를 넘어서며 신기하게도 고통은 사라지고 미약(媚藥)에 취한 듯 야릇한 황홀경이 찾아왔다. 온몸이 공중에 둥실 떠다니는 듯했다.

"서방님!"

수정은 자신도 모르게 흐느끼며 서경덕의 목을 끌어안았다. 수정의 몸은 서경덕의 뜨거운 기운에 실려 가파르게 구릉을 오르내렸다. 그러길 수차례 마침내 온몸이 나른해지며 깊은 나락으로 내려앉았다. 단내가 방 안에 가득했다.

수정이 정신을 차렸을 때는 서경덕이 물 적신 무명천으로 고샅을 어루만지듯 닦아주고 있었다. 부끄러움에 다리를 오므리려 했으나 몸이 말을 듣지 않았다.

"고통이 심했겠소."

서경덕은 수정이 처녀의 몸이란 것이 놀라웠다. 그러나 굳이 사연을 캐묻지는 않았다. 처녀 몸으로 여기까지 오는 동안 얼마나 많은 아픔을 어금니로 물었을 것인가. 서경덕은 울고 있는 수정을 품에 꼭 안아주었다.

이윽고 수정은 서경덕의 품에서 잠이 들었다. 서경덕은 수정이 잠에서 깨지 않게 조심조심 이불을 여며주고 밖으로 나왔다. 달이 서편으로 한참 기울어 있었다.

서경덕이 본가로 돌아온 것은 이경이 끝날 무렵이었다. 서경덕은 수정이 거처하던 건넌방으로 들어 잠을 청했다. 수정이 쓰던 건넌방은 그의 서재 겸 침실로 쓰이고 있었다.

삼경이 지나 축시(새벽 1시~3시) 무렵 이랑이 건넌방의 문을 살며시 열었다. 소피를 보러 나왔다가 들른 것이다. 이랑은 술 냄새를 풍기며 곤히 자고 있는 서경덕을 확인하고는 안으로 건너갔다.

긴 겨울이 지나가고 봄이 되었다.
그동안 서경덕은 사나흘에 한 번씩 수정을 찾았다. 그러나 귀가 시간은 한결같이 이경을 넘기는 법이 없었다. 수정도 굳이 붙잡지 않았다.
강남에서 돌아온 제비가 안채 서까래 밑에 둥지를 지을 무렵 수정의 배가 조금씩 불러왔다. 친정어머니가 부지런히 오가며 딸의 몸을 챙겨주었다. 어렵게 시집보낸 딸이 이렇게라도 수태를 하고 제구실에 충실한 것이 꿈만 같았다.
수정 모친은 딸을 앉혀놓고 세세하게 태교를 일러주었다.
"앉는 자리도 반듯한 자리만 골라서 앉아야 하고, 설 때도 곧은 자세를 하여야 하며, 잠을 잘 때도 모로 눕지 않고 반듯하게 누워야 한다. 음식을 먹을 때도 반듯하게 자른 것만 먹어야 하며, 보는 것도 귀로 듣는 소리도 음탕하거나 삿된 것을 멀리해야 한단다. 몸과 마음을 정하게 하여야 감화(感化)되어 반듯한 아이가 되는 거란다."
"그 어린 것이 어미의 마음을 어찌 안답니까?"
"태중 자식과 어미는 한 몸이 아니더냐. 어미가 슬퍼하면 아이도 슬퍼 움직이지 아니하고, 어미가 기뻐하면 아이도 기뻐서 크게 움직이며 논단다. 아이를 만드는 것은 어미의 마음이니 마음을 차분하고 정하게 해야 한다."

처마 밑에 둥지를 틀었던 제비가 새끼를 거느리고 집을 떠날 무렵 수정은 아이를 낳았다. 사내아이였다.

삼칠일이 지나고 나서 서경덕이 아기 이름을 지어 왔다.

"어머니께서 무척 기뻐하셨다오. 무사무탈하게 아이를 낳아서 참 고맙다 하셨소. 애 이름은 응봉(應鳳)이라 지어보았소."

손자 생산에 누구보다 기뻐한 것은 한씨였다. 그러나 보는 눈도 있는데 단걸음에 조르르 달려올 수는 없었다. 아들 편에 그저 고맙고 반가운 마음을 전할 뿐이었다.

"저는 제비 연(燕) 자를 썼으면 했어요."

수정은 아이를 가진 내내 처마를 오가던 제비가 참 마음에 들었다. 응(應)자는 돌림자이니 부모가 택할 수 있는 것은 뒤의 한 글자뿐이었다.

"제비 연 자를 생각지 않은 것은 아니나 그 연은 편안하다는 뜻도 있으나 술을 마신다는 주연의 뜻도 있소. 일단 음양오행에도 불합리하고 무병장수와도 거리가 있는 듯해서 큰 녀석이 기린 기 자를 썼듯이 봉새 봉 자를 썼다오. 이왕이면 제비보다는 한 번 날갯짓에 구만리를 난다는 봉황이 좋지 않겠소? 기린이나 봉황은 장수를 뜻하는 신성한 동물이오."

"말씀을 듣고 보니 연보다는 봉이 좋을 듯합니다."

수정이 밝게 웃었다. 서경덕이 말없이 수정의 손을 찾아 쥐었다.

"이만 가봐야겠소. 미안하오. 손님이 올 것 같아서 말이오."

"자주 뵙지는 못하겠군요."

"아마 당분간은 그럴 것이오. 손님이 돌아간 후엔 자주 들르도록 하겠소. 몸조리 잘 하시오."

시월에 접어든 지 얼마 안 되어 손님이 왔다.

"홍성 선비가 아니시오?"

"예, 기억하시는군요. 장가순입니다. 그동안 무고하셨는지요?"

변산에서 만났던 장가순이 서경덕을 찾아온 것이었다.

"덕분에 잘 지냈습니다. 이렇게 누추한 곳까지 찾아주시다니……."

"좀 더 일찍 찾아뵈어야 하는데 늦었사옵니다."

"홍성에서 올라오시는 길이시오?"

"아닙니다. 황해도 봉산에서 왔습니다."

"봉산은 나도 가본 적이 있지요. 여러 날 걸리셨겠습니다."

"사흘 걸렸습니다."

"하루에 백 리 길을 걸으셨군요."

장가순은 지난봄에 충청도 홍성에서 황해도 봉산으로 집을 옮겼던 것이다. 송도에서 봉산까지는 삼백 리 길이었다.

장가순은 서경덕보다 네 살 아래였다. 홍성현 결성에서 태어났고 어려서부터 자질이 뛰어나 총명하였다. 또한 당돌한 데가 있었다.

그가 여덟 살 때 일이었다.

영의정을 지낸 유순정을 만났다. 장가순은 어른에 대한 예의를 지켜 큰절로 인사를 올렸다. 그러나 유순정은 절을 받기만 하고 답례를 하지 않았다. 어린아이였으므로 당연히 절을 받기만 한 것이었다. 그러자 어린 장가순이 유순정에게 따지고 들었다.

"성인인 주공께서는 식사를 하시거나 머리를 감으시다가도 예를 차려서 사람을 만났다고 합니다. 공(公)께서는 대체 어떠한 재주와 덕을 지니셨기에 이러실 수가 있는 것이옵니까?"

유순정은 한동안 정신을 차리지 못하다가 간신히 말하였다.

"내가 잘못하였구나. 지금이라도 답례를 하마."

문무겸전하여 어느 누구한테도 녹록지 않았던 유순정이었지만 여덟 살배기 장가순에게는 꼼짝없이 사과를 하였던 것이다.

변산에서 장가순을 처음 만났을 때부터 서경덕은 이미 그의 사람 됨됨이를 느낄 수 있었다. 비록 나이는 아래였지만 좋은 벗이 되었으면 하는 바람도 없지 않았다.

그런 그가 약속을 지켜 송도를 찾아왔으니 감회가 새로웠다. 술을 대접하고 밤새 많은 이야기를 나누었다.

장가순은 대부분 태허와 기에 대하여 물었고 서경덕은 소신껏 답해주었다. 그 밖에 『태백일사』나 『참전계경』과 같은 비서에 대해서도 많은 문답이 오갔다.

장가순은 스스로 낮춰 제자의 예를 청하였으나 그의 사람됨을 높이 산 서경덕은 스스럼없이 벗처럼 대하였다.

장가순의 학식도 대단하였다. 그러하기에 일찍이 후학을 지도하는 훈장을 자청한 젊은이였다. 그 역시 관직에는 뜻이 없었다.

두 사람은 며칠 동안 송도 일대를 주유하며 담론을 나누었다. 성균관을 빼놓을 수 없었다.

"이제 남은 곳은 성균관이오. 그곳을 가보시겠습니까?"

서경덕이 물었다.

"마땅히 그래야지요. 말로만 듣던 성균관입니다. 꼭 보고 싶습니다."

"가봅시다. 사재(思齋)께서도 익히 알고 계시겠지만 고려조의 명사와 초기 조선의 인재들이 거쳐 간 학문의 전당이 아닙니까. 그런데 조선조가 들어서고부터 성균관이 한양으로 옮긴 탓도 있겠으나 지금은 많은 선비들이 등을 돌렸답니다. 성균관을 찾는 선비들은 학유(學諭)보다 유수부의 자제들이라고 해도 과언이 아니지요. 그들이 겨우 명맥을 유지하며 자리를 보존하고 있는 실정입니다. 참으로 안타까운 일이지요."

"글쎄 말입니다. 사림의 씨가 말라가고 있습니다. 지난 3월에 있었던 윤세창 역모 사건도 억지가 아니겠습니까?"

"억지다마다요. 훈구파 인사들이 자신들의 뜻에 맞지 않으면 무조건 칼부터 들이미니, 이건 세상의 이치를 정면으로 거스르는 거지요. 그러니 이곳이나 한양의 성균관이 온전할 리 있겠습니까."

"선생님 말씀이 지당합니다. 뜻있는 선비들은 죄다 은둔하고 밖으로 나오지 않으니 언제나 평안을 되찾을지 난감입니다."

"적어도 15년은 지나야 될 것 같습니다. 그때라고 지금보다 썩 낫지는 않겠지만 그때쯤이면 다시 뜻을 펼치려는 젊은 선비들이 나타나겠지요."

"그리라도 되었으면 좋겠습니다."

두 사람은 두런두런 이야기하며 성균관에 당도하였다.

성균관은 송악산 줄기를 타고 내려온 나지막한 둔덕이 감싼 자리를 차지하고 있었다. 두 마리의 용과 호랑이가 감싸고 도는 이중용호(二重龍虎)의 명당자리였다. 그곳에는 느티나무와 은행나무들이 숲을 이루고 있었다. 수백 년 묵은 아름드리나무들이 즐비하였다.

성균관은 여러 이름을 거쳤다. 고려 성종 11년(992년)에 국자감으로 시작하여 충렬왕 24년(1298년)에는 성균감으로 개칭되었다가 그 10년 뒤인 충렬왕 34년부터 성균관으로 바뀌어 지금까지 이어지고 있는 것이다.

"복재 선생님 오셨습니까요?"

가을 햇살에 끄덕거리며 졸던 성균관 문지기가 발소리에 벌떡 일어나며 서경덕에게 예를 갖추었다.

"명륜당과 대성전을 다녀옴세."

"예, 그리 하시지요."

성균관의 건물은 유교의 풍속을 따라 남북을 중심축으로 하여 대칭으로 배치되어 있었다. 정문과 마주 선 명륜당은 정면 다섯 칸, 측면 세 칸 규모의 맞배집으로 소박하며 단순한 맛이 감돌았다. 명륜당으로 오르는 세 개의 돌층계는 만월대의 계단을 축소한 모양이었다. 그 양쪽으로는 두 칸짜리 향실과 존경각이 들어서 있고, 마당 양옆으로는 학생들이 기숙하는 동재와 서재가 마주 보고 있었다.

"매우 한적하군요."

"학생이 없는 탓입니다."

서경덕은 자신도 모르게 탄식이 터져 나왔다.

명륜당을 돌아 대성전으로 갔다. 팔작지붕을 한 대성전은 명륜당과 마찬가지로 정면 다섯 칸, 측면 세 칸이었다. 그러나 아름다운 맛이 더했다. 앞마당 양옆에는 명유(名儒)들을 제사 지내는 동무(東廡)와 서무(西廡)가 마주 보고 있었다.

두 사람은 벌레 먹은 기둥을 쓸어보기도 하고 서둘러 떨어진 은행잎을 밟기도 하며 성균관을 돌아 나왔다.

"성균관을 둘러본 소감이 어떻습니까?"

"안타깝다는 생각뿐입니다. 학생들이 차고 넘쳐도 모자랄 판국에 어찌하여 이 지경까지 되었는지 통탄할 일입니다."

"때를 기다려야겠지요. 우선은 우리 같은 서생이라도 후학을 키워내는 일에 매진해야 할 듯싶습니다."
"예, 명심하겠습니다."
장가순과 함께한 열흘은 잠깐인 듯 흘러갔다. 서경덕은 나이도 버금하고 뜻도 같고 학문도 높은 장가순과 헤어지는 것이 너무도 안타까웠다. 그나마 다행인 것은 장가순이 멀리 홍성이 아니라 가까운 봉산에 거처한다는 것이었다. 둘은 자주 왕래하기로 약조를 하고 헤어졌다.

가을로 접어들자 하루가 다르게 나무와 숲의 운치가 달라졌다. 가을바람이 지나는 곳마다 붉게 단풍이 물들었다. 그즈음 서경덕의 아버지 서호번이 운명하였다. 쉰다섯, 환갑도 못 넘긴 나이였다.
삶이란 좋은 일만 있는 것이 아니었다. 둘째 아들도 생산하였고 좋은 벗도 얻었건만 그 대신 거대한 버팀목을 빼앗긴 것이었다.
이제 서경덕이 그 자리를 대신하여야 했다. 화정리에서 그리 멀지 않은 오관산으로 아버지를 모셨다. 가난한 가문인지라 선산도 없었다.
아버지 서호번은 정직하였고 착한 성품을 타고났다. 그것은 송도 사람들이 인정하는 바였다. 서경덕은 아버지를 생각할 때마다 떠오르는 일이 있었다.
서경덕의 나이 스물여덟 되던 해였다. 송도에 큰불이 났다. 초가인 그의 집 지붕으로 불길이 옮겨 붙고 있었다. 어머니 한씨를 비롯하여 온 집안 식구들이 갈팡질팡하며 발을 동동 구르고 있었다. 그러나 아버지는 걱정하는 식구들은 아랑곳하지 않고 제를 지낼 양으로 향을 피웠다. 그러고는 축문을 외기 시작했다.

"천지신명이시여! 제가 잘못한 일이 있다면 벌을 달게 받겠습니다. 하오나 제가 평생 감히 의롭지 않은 짓은 하지 않았습니다. 부디 굽어 살펴주시옵소서! 천지신명이시여……."

그때였다. 갑자기 바람이 일더니 광풍으로 돌변했다. 그러곤 이제 막 불이 붙기 시작하는 초가지붕을 휙 걷어 가버렸다. 그리하여 불이 더 이상 번지지 않았던 것이었다.

송도 사람들은 모두 입을 모아 말하였다.

"그래, 여러 대에 걸쳐 쌓은 덕에 하늘이 감응한 게야!"

서경덕은 모든 것을 잊어야 했다. 학문마저 놓아야 했다. 아버지 봉분 옆에 초막을 짓고 속세와 등을 진 채 마지막 효와 예를 다하는 시묘살이에 들어갔다.

제4장 반촌 사람들

사람으로 태어나서 남들이 다 갖는 이름자가 없어서야 되겠는가.
팔자가 이름대로 간다고 했네.
팔자라는 것이 본래 타고난 숙명이라면 이름은 운명을 좇는 것이라네.
그래서 공들여 작명하고 평생토록 자신의 몸뚱이를 대신하는 것일세.
이름을 겉껍데기일 뿐이라고 소홀히 할 수도 있겠으나 이름은 그야말로 진정한 껍질이라네.
알곡을 보게나. 껍질 벗겨낸 알곡이 씨앗이 되던가?
알곡도 그러할진대 이름 없는 사람이 어찌 제대로 된 씨앗을 잉태할 수 있단 말인가.

1

　전우치는 그동안 갈고닦은 도술을 써먹으며 한양 사람들과 어울리고 있었다. 이제는 장안에서 '구십자'라고 하면 웬만한 사람들은 다 알 정도였다.
　지난해 한여름 동안 혹심한 가뭄이 들었다. 연일 구름 한 점 없이 내리쬐는 불볕더위가 계속되었다.
　전우치를 따라다니던 장안의 왈짜 하나가 소낙비처럼 쏟아지는 땀을 훔쳐내며 짜증을 부렸다.
　"어휴, 더워라. 이놈의 날씨가 사람 잡네, 잡어!"
　"정말 되우 덥긴 하네만 달래 여름인가, 참아야지."
　그 말끝에 왈짜 하나가 주문을 하였다.
　"구십자께서는 도인이시니 비를 내리게 할 수 있을 게 아니오?"
　그러면서 전우치 얼굴을 빤히 올려다보았다. 평소 무엇이든 다 할 수 있다고 흰소리를 치고 다닌 터였다. 왈짜의 조롱기 섞인 표정을 대하자 전우치는 버럭 오기가 솟구쳤다.

"비를 내리게 하면 무엇으로 보답하겠는가?"

"구십자께서 하라는 대로 다 하리다."

"그거 좋군. 허나 말미를 주어야 하네."

"말미를 얼마나 드리면 되겠소이까?"

"이레만 주게."

"언제부터입니까?"

"쇠뿔도 단김에 빼라고 했잖은가. 오늘부터 시작하세."

"그럼, 여섯 밤 지난 다음 날 비가 온다는 말씀이시오?"

"그렇지."

"일곱째 날 언제쯤이요?

"대낮일세."

"어디서 만날까요?"

"자네들 좋을 대로 하세."

"알았소. 일곱째 날 저녁 새참 때 운종가 육의전 앞에서 만나기로 합시다."

"비만 내리게 하면 되는 걸세."

전우치가 쐐기를 박았다.

"쥐새끼 오줌만큼이라도 비치면 인정하리다."

그날 낮부터 전우치는 사라졌다. 매일 계속되는 땡볕더위는 그치지 않았다. 불판같이 달아오른 대낮의 운종가는 파리 한 마리 얼씬거리지 않았다.

"구름 한 점 없는 이런 땡볕에 무슨 재주로 비를 부른담."

저잣거리 구석자리에 들어앉은 색주가에서 왈짜 하나가 패거리에게 전우치를 빈정대는 말을 늘어놓았다.

"구십자가 아무리 도인이라고 거드름을 피우지만 이번만은 코가 납작해질 걸세. 자네들 생각은 어떤가?"

"그렇다마다. 비구름을 떡 주무르듯 했다는 도인은 아직 못 들어봤네."

"큰소리만 쳤지, 저잣거리엔 내년이나 돼서 다시 나타날걸."

왈짜들은 제가끔 한마디씩 거들었다.

마침내 여섯 밤이 지나고 일곱째 날이 되었다. 날씨는 여전히 더웠다.

일출부터 사시까지 시뻘건 해가 기세등등하게 중천으로 치솟고 있는데 오시 초가 되자 갑자기 먼지를 일으키며 회오리바람이 불었다. 그러더니 서쪽 하늘에서 점차 먹구름이 꾸역꾸역 몰려오기 시작하였다. 먹구름이 순식간에 붉게 타고 있는 해를 덮더니 벌건 대낮이 깜깜밤중처럼 어두워졌다. 마른번개가 갈지자로 번쩍거리고 이내 우르릉 꽝꽝대며 천둥이 울려 퍼졌다.

"어어, 정말 비가 올 모양이네."

"금세 쏟아지려나 보다!"

아직 빗방울은 비치지 않았지만 왈짜들은 수선을 떨며 큰길로 나섰다.

드디어 하늘에서 염소 오줌발처럼 가느다란 빗줄기 몇 가닥이 오락가락하기 시작했다. 깜깜밤중이 반 시진쯤 이어졌다. 그러곤 바람도 없이 스르르 사라지는 먹구름 뒤로 또다시 벌거벗은 해가 머리를 불쑥 내밀었다.

"과연 구십자는 도인일세!"

"앞으로 깍듯이 모셔야겠네!"

왈짜들은 입에 침이 마르도록 전우치를 추켜세웠다.

약속 시간에 맞춰 전우치가 운종가에 나타났다. 왈짜들이 우르르 그를 향해 몰려들었다.

"정말 비가 왔소! 비가!"

"과연 도인이시오!"

제각기 한마디씩 탄성을 쏟아냈다.

"목이나 축이러 가세."

전우치가 으스대며 주변을 둘러보았다.

"좋소이다. 어디로 뫼시리까?"

"숭례문 쪽이 좋지 않겠나?"

"그러지요. 갑시다!"

왈짜들은 전우치를 가운데 세우고 호위 군사처럼 앞뒤로 감싸면서 운종가를 빠져나갔다.

소문처럼 빠른 게 없었다. 전우치가 비를 부른 소식은 꼬리에 꼬리를 물고 장안으로 퍼졌다. 그 후부터 전우치는 어딜 가나 후하게 도인 대접을 받았다.

이레 전, 왈짜 패거리와 약조를 하고 사라진 전우치는 곧바로 북악산으로 갔다. 그리고 동쪽 산마루턱의 숙정문(肅靖門, 북문)을 바라보며 가부좌를 틀고 앉아서 주문을 외며 참선에 몰입하였다.

그 시간, 숙정문 일대는 알록달록한 장삼을 걸친 아녀자와 남정네로 북새통을 이루고 있었다.

오랫동안 가뭄이 들자 나라에서도 종묘와 사직을 비롯하여 명산과 큰

강에서 일제히 기우제를 지냈던 것이다. 그러나 기우제를 지냈음에도 비가 내릴 기미조차 없자 속신(俗信)을 따르는 것 외에는 다른 방도가 없었다. 숭례문을 닫고 그 대신 일 년 내내 닫아두었던 숙정문을 열었다.

숙정문을 열자 자연히 저잣거리까지 생겼다. 또한 인경과 파루를 알리는 종을 치는 대신 징을 쳤다.

이유인즉 숭례문은 남방에 위치하여 불(火)을 끌어들이므로 화기를 차단하고, 북쪽의 숙정문은 수(水)에 해당하므로 물과 같아 비를 부른다는 것이었다. 북쪽은 음이고 남쪽은 양이기 때문에 양기를 억누르고 음기를 부추겨야 비가 온다는 음양오행 사상에 따른 것이었다.

한편 아녀자들은 흰옷을 입고 북악산으로 올랐다. 그리고 엉덩이를 까고 숙정문을 향해 소피를 보았다. 그 또한 숙정문에 음기를 불어 넣는다는 속신을 따른 것이었다. 음양오행으로 볼 때 흰옷은 금에 해당하고, 소피는 물이므로 금이 수를 생한다는 금생수(金生水)의 원리에 따라 비를 부른다는 것이었다.

숙정문은 삿된 기운과 음기가 강하다 하여 평상시엔 굳게 닫고 통행을 금하는 문이었다. 상중하간지풍(桑中河間之風), 즉 아녀자들의 풍기가 문란해진다는 것이었으니 여기엔 연유가 있었다.

장안의 세시풍속은 정월 보름 전에 숙정문까지 세 번 다녀오면 그해의 액운을 막을 수 있다 하여 아녀자들의 왕래가 잦았던 것이다. 정월 보름까지 세 번을 다녀오려면 며칠에 한 번씩 왕래하여야 하니 이 무렵 숙정문으로 가는 길은 장안의 아녀자들로 북새통을 이루었다.

그러나 아녀자에게 정월은 여러 가지 규제나 금기가 많았다. 따라서 보름 안에 세 번 갔다 오는 것이 몹시 어려웠던 터라 처음에는 대보름 내

이던 것이 정월에 세 번으로 변했고, 차차 일 년 내내 아무 때나 세 번만 다녀오면 액운을 막을 수 있다고 바뀌었다.

어쨌거나 숙정문 나들이는 오랫동안 울안에 갇혀서 살다시피 하는 장안의 아녀자들에게 큰 해방감을 안겨주었기 때문에 너 나 할 것 없이 출타하였던 것이다. 여염집 아녀자들은 이웃끼리 어울려서, 사대부집 아녀자들은 몸종을 데리고 나섰다. 그리하여 그 일대는 장옷을 걸친 여인네들로 사시사철 울긋불긋한 꽃밭을 이루었다.

꽃이 피면 벌 나비가 꼬이는 게 음양의 이치였다. 제 세상을 만난 듯 가슴이 부푼 아녀자를 향한 남정네의 수작질은 불 보듯 뻔한 일이었다. 평소에는 농지거리 한마디 못 하던 사내들이 그곳에서는 아녀자들에게 추파를 던지고 희희낙락하면서 환대까지 받았다. 그처럼 숙정문 일대는 애초의 액막이라는 취지와 달리 꽃과 벌 나비가 뒤엉키는 곳이 되었던 것이다.

이런 개방된 분위기 속에 창기들까지 모여들어 난장판이 되고 말았다. 마침내 숙정문을 열어놓으면 장안의 아녀자들에게 음풍이 분다 하여 조정에서 폐문하기에 이르렀다.

그런 숙정문을 다시 열고 비를 빌고 있었으니 때를 놓칠세라 아녀자들이 벌 떼같이 모여들었고 뒤따라 남정네들도 바글거렸다. 오랜만에 굿판보다 흥미진진한 난장(亂場)이 벌어지고 있었던 것이다.

전우치가 숙정문을 바라보며 가부좌를 튼 것도 이와 같은 맥락이었다. 하여튼 숙정문이 열린 덕분인지, 전우치가 빌어서였는지, 그날 낮 한때 염소 오줌발 같은 비가 살짝 비쳤던 것이다.

병술년(1526년) 초여름이었다.

내내 한양에 머물던 전우치가 어둑어둑할 시각에 배오개(梨峴)를 넘게 되었다. 당시 배오개는 도깨비고개라고 하여 혼자 몸으로는 위험하고 백 사람쯤 모여야 지나갈 수 있다는 곳으로 백고개라고도 불렀다. 고개 밑에는 주막도 있고 집들이 여럿 있었는데 대부분 고개를 넘지 못한 사람들이 모여 묵는 곳이었다.

전우치가 주막 앞을 지나는데 자리를 펴고 누운 거지가 눈에 띄었다. 나이는 마흔쯤에 용모가 추하고 지저분하기 이를 데 없었다. 그런데 어딘지 차림이 눈에 익었다. 가까이 가보니 아니나 다를까 거지 장 도령이었다. 성씨가 장(蔣)가라 하여 사람들은 그를 장 도령이라 불렀는데 자루 하나를 메고 도성 안을 제집처럼 돌아다니는 자였다. 그렇게 떠돈 지가 십 년이 넘는다고 했다.

그자는 운종가 근처에 머무를 때가 많아서 그곳 무뢰배들과 친숙하게 어울려 지내기도 했다. 전우치도 몇 번 왈짜들을 시켜 먹을 것을 전해준 적이 있었다.

"자네 장 도령이 아닌가?"

장 도령 역시 전우치를 많이 보아왔으므로 히쭉 웃는 것으로 답하였다.

"오늘 밤은 예서 자리를 폈구먼."

전우치는 말을 붙이며 측은하다는 듯이 혀를 찼다. 그자는 또다시 히쭉 웃었다. 이왕 아는 체를 했으므로 그자 앞에 쭈그리고 앉았다. 자신도 역시 갈 곳이 마땅치 않아 발길이 머무는 곳에서 하룻밤 신세를 지려던 참이었다.

"도령이면 사대부 집안 출신인 모양인데 어찌하여 이 꼴이 되었는가?"

전우치는 장난삼아 한마디 툭 건네보았다.

"그게 꼭 알고 싶어?"

장 도령은 누구에게건 공대를 하지 않았다.

"그러니 물어보지 않는가."

"그렇게 궁금하다니 내 말해주지. 나도 본래는 호남 사부(士夫)였어. 일찍이 양친은 돌림병으로 세상을 떴고, 형제도 친척 나부랭이도 없는 혈혈단신이니 의지할 데 없는 신세라 사방을 떠돌며 빌어먹다가 한양까지 오게 된 거야."

"글은 배웠는가?"

"낫 놓고 기역자도 모르는 까막눈이야."

장 도령을 본 지 십여 년이 지났지만 때 묻고 더러운 누더기를 걸친 그 모습은 늘 그대로였다. 한 번도 갈아입는 꼴을 볼 수 없었다.

"옷이 없어 밤낮 그 누더긴가?"

측은한 마음에서 물었다.

"껍데기뿐인 옷이야. 속이 깨끗하면 되는 법, 따지지 말어."

장 도령은 안광을 발하며 톡 쏘아붙였다. 눈빛이 예사롭지 않았다.

전우치와 눈이 마주치자 장 도령이 눈을 내리깔며 말했다.

"비를 불렀다며?"

장 도령이 느닷없이 불쑥 비 내린 이야길 꺼냈다.

"그걸 그대가 어떻게 알았나?"

"장안 사람들이 죄다 내 끄나풀이고 눈과 귀야."

하긴 장안의 노비나 무뢰배들은 거개가 그와 친구처럼 트고 지냈다.

"녀석들이 시건방지게 굴어서 본을 보여준 것뿐일세."

"음양의 이치나 아는 거야?"

"모를 리 없지. 그렇지 않고서야 어찌 도인이라 할 수 있겠나?"

"도인? 내가 볼 땐 음양도 모르는 사람인걸."

"음양을 모른다……. 허면, 장 도령이 아는 음양은 어떤 것인가?"

"알고 싶어?"

"그러니 묻는 게 아닌가."

"진정 알고 싶어?"

"나하고 말장난하자는 겐가."

"난 말장난이 뭔지 몰라."

"허면, 퍼뜩 말해보게."

"……"

장 도령은 눈을 지그시 감고 한동안 뜸을 들였다. 그러고는 말문을 열었다.

"음양이란 기운을 서로 움직이는 것이지. 추위와 더위, 마르고 습한 것은 같은 종류끼리 따른다 했어. 하늘이 바람을 일으키려고 할 때에는 초목이 아직 움직이지 않았는데도 새들이 먼저 날고, 비를 내리려고 할 때에는 어두운 기운이 아직 몰려들지 않았는데도 고기가 먼저 입을 우물거린다고 했고. 그렇듯 하늘과 땅이란 거대한 음양이 교감을 하고 있는 것이지. 그런데……."

장 도령은 말을 끊고 또다시 뜸을 들였다. 참을성 없는 전우치가 다그쳤다.

"뜸 들이지 말고 계속하게나. 듣는 사람 갑갑해서 쓰겠나."

"성깔 급한 것도 음양을 거스르는 거야."

"계속하게."

"……하늘과 땅이 스스로 알아서 행하는 일을 함부로 나서서 깝죽대는 꼴이 바로 음양을 모른다는 말이 아니고 뭐겠어!"

전우치는 속이 뜨끔했지만 태연하게 말을 받았다.

"사람이 죽고 사는 일일세. 가뭄이 계속되면 죽는 일밖에 더 있겠는가. 해서 내가 비를 불렀네."

"구십자가 비를 불러서 온 듯싶어?"

"여부가 있나."

"낄낄낄, 내 배꼽이 다 웃네."

"이 사람이 미쳤나, 낄낄대긴."

"난 음양도 모르는 도인하곤 말도 하기 싫어."

"하기 싫으면 그만두게. 자네가 도인이 아니라고 해도 난 도인일세."

"도인은 왜 되고 싶은데?"

"그걸 자네가 알아서 뭘 하나."

"난 다 알지."

"알고 있다? 그럼 어디 맞춰보게."

"훈구파 놈들 때려잡으려는 거 아냐."

전우치는 속으로 흠칫 놀랐다. 그러나 그것은 대부분 뜻있는 선비나 백성들의 원이기도 한 터라 짐짓 속내를 감추고 한마디 던졌다.

"틀렸네. 백성들을 구제하는 일이라면 몰라도 그깟 놈들 때려잡아서 무엇 하겠나."

"내가 대신 잡아줄까?"

"실없는 소리 그만 지껄이게."

"싫으면 관두고, 낄낄낄."

"난 가네. 편히 자게."

전우치는 자리를 뜨면서 지니고 있던 엽전을 탈탈 털어 장 도령 앞에 던져주고는 사람들이 모여 있는 곳으로 향했다.

"여러분! 배오개로 가실 분은 나를 따라오시오."

전우치가 옹기종기 모여 있는 사람들을 향해 큰 소리로 외쳤다.

"저 사람이 누군가?"

"구십자라는 분일세."

"구십자?"

"그렇다네. 도인이라네."

"그렇다면……."

여기저기서 전우치를 따라나서겠다며 자리를 박차고 일어났다. 용무가 급한 사람 스무 명가량이 모였다. 전우치가 앞장서서 고개를 넘었지만 도깨비가 나타나기는커녕 아무 일도 일어나지 않았다.

"아이고, 감사합니다. 구십자님."

배오개를 넘은 사람들은 허리가 휘어지도록 굽히며 전우치에게 인사하였다.

그런 일이 있고 달포쯤 지나 전우치는 관악산을 찾았다.

날은 찌는 듯이 더웠다. 전우치는 흐트러진 몸도 다스릴 겸, 기(氣)를 다질 요량이었다. 기원(祈願) 산행. 관악산의 힘을 빌려서라도 남곤과 심정의 처단을 빌고 싶었다.

관악산은 첨예한 화산(火山)의 형태로 도성을 노려보고 있었다. 관악산은 화기가 강한 산이었다. 풍수로 볼 때 그냥 두었다가는 마주한 도성

조차 불로 잠재울 만큼 억세고 거셌다. 숭례문의 현판을 세로로 세운 것은 그를 막기 위한 풍수비보법이었다. 숭례문은 도성의 남문으로, 음양오행의 화(火)에 해당했고, 세로쓰기를 한 것은 불길이 잘 타오르게 하기 위한 것이었다. 이른바 맞불 대응으로 관악산의 불기운을 잠재운다는 것이었다.

전우치는 산꼭대기쯤에 위치한 바위 위에 앉아 단전에 힘을 모았다. 호흡을 깊게 고르자 안에서 뜨거운 기운이 뻗쳐올랐다.

'부디 두 원흉의 숨을 거두어주십시오.'

전우치는 눈을 부릅뜬 채 중얼거렸다. 전우치는 국정을 피폐케 하는 두 원흉의 전횡을 용서할 수 없었다.

전우치는 심호흡으로 기를 채우며 기원을 올리다가 해가 서녘으로 기울 무렵 바위를 내려섰다. 숲길로 들어서자 이마를 스치는 바람이 시원했다.

그런데 이상했다. 오던 길을 되짚어 내려오는데 길이 자꾸 어긋났다. 헤맬수록 자꾸만 산속 깊이 들어가게 되어 도저히 길을 찾을 수 없었다. 팔도의 명산과 영산을 두루 섭렵한 그였지만 이상하게 손바닥만 한 산속을 벗어나기 어려웠다. 마침내 전우치는 꼼짝없이 캄캄한 숲 속에 갇히게 되었다.

그렇게 오도 가도 못하고 있는데 갑자기 한 줄기 좁다란 길이 보였다. 나무꾼이 다니는 길 같았다. 길은 처음에는 좁고 으슥했지만 한참 따라갔더니 점차 산수와 초목이 맑고 아름다웠다. 깊이 들어가면 갈수록 더욱더 풍광이 기이해졌다. 얼마나 갔을까, 눈앞에 황홀한 별천지가 펼쳐졌다. 인간세상이 아니라 말로만 듣던 무릉도원이었다.

순간, 저만치에서 청의(靑衣)를 입은 사람이 푸른 나귀를 타고 일산(日傘)을 떠받친 종자 서넛을 거느리고 오는 것이 보였다. 걸음이 얼마나 빠른지 나는 듯이 다가오고 있었다.

'벼슬아치의 행차인 모양인데……. 옳거니, 치성 덕분에 남곤이나 심정이란 놈을 만나게 되는 모양이로구나. 잘되었다. 단숨에 때려죽이리라.'

전우치는 후려치기 좋은 단단한 나뭇가지를 움켜쥐고 숲 속으로 몸을 숨겼다. 그러나 몸을 미처 피하기도 전, 그들의 행차가 턱 앞에 이르렀다. 푸른 나귀를 탄 사람이 나귀 등에 앉은 채 읍을 하며 물었다.

"공께서는 그간 편히 지내셨는지요?"

처음 보는 얼굴이었다. 전우치는 당황해서 우물쭈물하며 대답을 못하고 있었다.

그 사람이 웃으면서 말했다.

"저를 따라오시지요."

그는 나귀를 돌려 앞장을 섰다. 빠르기가 또한 나는 듯하여 순식간에 멀어졌다. 전우치는 잦은걸음으로 부지런히 뒤를 따랐다. 이윽고 한곳에 도착했는데 금빛과 푸른빛을 찬란하게 뿜어내는 대궐 같은 곳이었다.

그곳에서 의관을 차려입은 사람이 기다리고 있다가 그가 당도하는 것을 보고 정중히 예를 올린 다음 안으로 인도하였다. 전각(殿閣) 서넛을 지나 또 다른 전각에 이르니 그곳에는 거룩한 의관을 갖춘 미장부(美丈夫)가 앉아 있었다. 수십 명 시녀들이 미장부를 에워싸고 있었는데 모두 절세가인이었고, 주위에서 호위하고 있는 청의동자 역시 잘생긴 얼굴로 그 수가 십여 명에 이르렀다. 그 밖에도 사령과 종관 등을 갖춘 것이 마치 임금인 듯 위풍이 당당했다.

전우치는 앞으로 나아가 납작 엎드려 부복하였으나 두려움에 감히 고개를 들 수 없었다. 미장부가 답례를 하곤 큰 소리로 웃었다.

"그대는 나를 모르시겠소? 날 보시오."

웃음을 그친 미장부가 전우치에게 물었다.

전우치가 그제야 얼굴을 들고 쳐다보니 미장부는 나귀를 탄 채 따라오라고 하던 사람이었다. 하지만 일찍이 면식이 있던 사람은 아니었다. 엎드린 채 답하였다.

"조금 전에 뵌 분이 아니시오?"

"그렇소. 참말 모르겠소?"

"본 기억이 없소이다."

"껄껄껄, 나 장 도령이오. 구십자께서 어찌 나를 알아보지 못한단 말이오?"

전우치가 머리를 치켜들고 자세히 보니 과연 장 도령이었다. 그러나 품위 있고 영기가 흘러넘쳐 비렁뱅이 적의 지저분한 모습은 어느 구석에도 남아 있지 않았다.

"장 도령이…… 아니……신가?"

도무지 뭐가 어떻게 돌아가는지 헤아릴 길이 없었다. 마치 꿈을 꾸고 있는 듯했다.

"그렇소이다. 내가 바로 장 도령이오이다."

"아니 어떻게……?"

"차차 말하리다. 여봐라! 주연을 준비하라!"

장 도령은 즉시 명을 내려 잔치를 베풀어 전우치를 대접했다. 처음 맛보는 술과 산해진미로 가득 찬 상은 임금의 수라상인 듯 풍성하고 기이했으며, 술잔과 그릇은 한결같이 보배로운 것이라 모두 다 인간세상에서 볼 수 있는 것이 아니었다. 젊고 아리따운 여인들이 십수 명 줄지어 풍악을 울렸는데, 노래와 춤 역시 인간세상에서 듣고 볼 수 있는 것이 아니었다. 그 여인들의 아름다운 자태는 선녀와 같았다.

술이 몇 순배 돌자 장 도령이 입을 열었다.

"우리나라에는 사대명산은 물론이거니와 각 산마다 선관(仙官)이 맡아보고 있소. 나는 이 산과 도성을 둘러싼 모든 산을 맡고 있소이다. 지난날 잘못을 저질러 잠시 속세에서 귀양살이를 했던 것이오. 귀양살이를 하는 동안 그대가 나를 후히 대우한 것을 잊을 수 없었소. 오늘 그대가 이 산에 오른다는 것을 알고 옛날의 은혜를 갚고자 한번 만나보기를 청한 것이오."

두 사람은 흠뻑 취할 때까지 마시고 주연을 파했다. 연사흘 동안 장 도령은 잔치를 베풀었다. 술이 거나해지자 장 도령이 말하였다.

"지난번 비를 몰고 온 것이 구십자라 하였소?"

"……"

전우치는 칼을 맞는 기분이었다. 입이 떨어지지 않았다.

"왜 말이 없소?"

"그렇다고 생각하오."

주문을 외며 비를 빈 것도 사실이 아니던가. 딱히 자신이 빌었기 때문에 비가 왔다고는 장담할 수 없으나 하여튼 비가 오지 않았던가.

"그대의 생각은 잘못되었소이다. 그것은 천관(天官)께서 행한 일이오이다. 하니 차후엔 그런 무모한 행위는 금해야 할 것이오."

"난 도인이오. 도인이니 그까짓 비바람 정도야 조화를 부릴 수 있는 게 아니오?"

이왕 취한 김에 배짱을 부렸다. 그러자 장 도령이 벼락같이 소리쳤다.

"이놈! 네가 어찌 도인이란 말이더냐! 진정 뜨거운 맛을 봐야 정신을 차리겠느냐!"

장 도령의 불호령에 전우치는 오줌까지 질금거렸다. 무릎이 절로 착 구부러졌다.

"잘, 잘못하였습니다. 장, 장 도령님."

"내 다시 일러두겠소. 도인이 되려면 천관께서 허락할 만큼 도를 닦아야 할 것이오. 그대가 아무리 스스로 도인이라 하여도 도인이 아니며 도인을 빙자하여 혹세무민하는 짓거리일 뿐이오. 그대는 아직 애송이에 지나지 않는다는 걸 알아야 하오."

장 도령은 노기 띤 표정을 거두고 부드러운 어조로 말하였다.

"헛된 생각일랑 던져버리고 지금 즉시 이 자리를 뜨시오. 나는 가볼 데가 있소. 신선과 속인은 길이 다르니 훗날 만나기를 기약하기는 어려울 것이오."

장 도령은 곧바로 시자(侍者)에게 명하여 전우치의 귀로를 인도하게 하였다. 전우치는 절을 올려 하직하고 전각을 나섰다. 밖은 어둠이 나지막하게 깔려 있었다. 시자를 따라 얼마 가지 않았을 때 큰길에 당도하였는데 그곳은 처음에 산속으로 들어갔던 길이 아니었다. 길을 인도하던 시자가 바람처럼 사라졌다. 금방 걸어왔던 길마저 보이지 않았다.

이튿날 전우치는 다시 관악산을 찾았다. 그러나 아무리 샅샅이 뒤져 보아도 그곳을 찾을 수 없었으니 귀신이 곡할 노릇이었다.

전우치는 해가 바뀌자 왈짜 패거리 가운데 대여섯을 모아 남곤과 심정을 살해할 모의를 하였다. 혼자의 도술로는 물샐틈없이 철저하게 방비를 하는 그들의 집 안으로 들어가기조차 힘들었다. 수작을 부려서 침입하는 방법밖에 없다고 판단하여 힘깨나 쓰는 자들을 고른 것이었다.

그러나 차질이 생겼다. 3월에 동궁에서 작서(灼鼠)의 변이 있고 나서 심정은 유배를 갔고 남곤만 영의정으로 머물러 있었다. 유배지까지 가서 심정을 처단한다는 것은 큰 효과가 없을 것 같아 풀려날 때까지 기다리기로 하고 남곤에게 초점을 맞추었다. 하지만 좀체 틈이 보이지 않아 9월 초순까지 독 오른 버섯처럼 때를 기다리고 있었다.

거사 당일이었다. 퇴청하여 처소로 가는 길목에서 남곤을 살해하기로 하고 분주하게 행보를 하여 육조거리를 막 빠져나올 때였다. 누군가 전우치를 불렀다.

"자네 요즘 잘 지내는가?"

힐끔 쳐다보니 웬 놈이 담벼락에 비스듬히 누워 딴청을 부리고 있었다. 감히 전우치를 무례하게 대할 사람이 없는 육조거리였다.

"이놈! 어떤 놈이기에 도인에게 함부로 주둥아릴 놀리느냐!"

그러나 상대는 외눈 하나 깜빡이지 않고 되레 불호령으로 맞받아쳤다.

"도인이라 칭하지 말라 일렀건만 벌써 잊었더란 말이냐! 고얀 놈!"

자세히 들여다보니 장 도령이었다. 전우치는 얼른 예를 갖추고 말을 넣었다. 마음 같아서야 넙죽 절이라도 올리고 싶었으나 보는 눈이 너무 많았다. 전우치는 목소리를 낮추었다.

"장 도령님이 아니십니까? 여긴 어인 일로……?"

"네놈 눈에 살기가 등등하구나."

전우치는 자초지종을 전하려 하였지만 장 도령이 손을 내저으며 들으려 하지 않았다.

"천수를 다했다. 닷새 후 내가 데려갈 것이다. 군소리 말고 아랫것들 입단속이나 단단히 시키고 너는 도성을 떠나거라!"

장 도령은 그 말만 마치고 바람처럼 육조거리를 빠져나갔다.

전우치는 장 도령의 말을 따라야 할지, 지금까지 벼르던 것을 실행해야 할지 판단이 서지 않았다. 하지만 닷새만 지켜보면 될 일이기에 기일을 늦추기로 하였다. 다만 패거리에게 흰소리는 해두었다.

"오늘 밤부터 닷새 동안 마지막으로 혼신을 다해 살수를 뻗쳐보겠노라!"

정확하게 닷새 후 남곤의 집에서 곡소리가 울려 퍼졌다. 이로써 전우치는 다시 한 번 도인의 면모를 과시하게 되었다.

2

　초막에서 시묘살이를 하던 삼 년이란 세월이 덧없이 지나갔다.
　죽은 자에게 남은 자가 할 수 있는 일이란 아무것도 없었다. 살아남은 자들이 아무리 정성을 다한다 하여도 죽은 사람이 받아주는지 어떤지는 알 수 없는 일이었다. 단지 받아줄 것이라 믿고 산 사람처럼 대하는 것뿐이었다.
　서경덕은 삼 년 동안 시묘살이를 하면서 잠시도 자리를 비우지 않았다. 오로지 돌아가신 아버지를 생각하는 일에만 몰두하였다. 하지만 뒤돌아보면 한 가지도 한 것이 없었다. 애통한 마음으로 묘를 지킨 것뿐이었다. 조석봉양은 산새들과 산짐승들의 먹이가 되었다. 산을 울리는 곡소리도 산 식구들과 어울리는 것에 불과했고, 무로운하(霧露雲霞)도 자신의 뜻대로 된 것이 아니었다. 자연의 조화가 죽은 자를 위해 대신한 것이었다. 죽은 자를 위해서 살아남은 자가 해야 할 일은 도리와 예로써 정성을 다하는 것으로 기감을 일치시키는 것이었다.
　서경덕이 시묘살이를 하면서 깨달은 바가 바로 동기감응이었다. 부모가 만들어준 기감은 살아 있으나 죽어 있으나 서로 통하였던 것이다. 죽음이란 혼백이 나누어진 것뿐이었다. 육신인 백(魄)은 땅속 깊숙이 파묻혀 흙으로 돌아가지만 혼(魂)은 대기에 머물면서 가족들과 소통하고 있는 것이다. 서로가 서로를 감싸고 있었다. 때로는 깊은 광중(壙中)으로 서경덕의 혼이 들어가 아버지 곁에서 잤다. 서경덕이 잠들었을 때는 아버지의 혼이 그의 주변에서 맴돌며 지켜주었다.
　단풍이 뜨겁게 물드는 오관산을 떠나면서 서경덕은 단풍나무비녀를 만들어 왔다. 음력 9월 9일 중양일(重陽日)에 꺾어둔 것이었다. 또한 단풍나무 밑에서 소심(笑葚)도 따 왔다.
　집으로 돌아온 서경덕은 죽상장과 굴건 상복을 벗고 평상복으로 갈아입었다.
　"수고 많았네. 이젠 잊어야 하느니."
　어머니 한씨가 경덕을 위로했다.
　"어찌 자식이 되어 어버이를 잊을 수 있겠습니까?"
　"슬픔도 과하면 병이 된다고 했으니 이제 산 사람은 사는 데 힘을 써야 하네."
　어머니라고 어찌 아니 슬프겠는가. 서경덕은 아버지의 체온과 어머니의 말씀을 싸잡아 가슴에 묻었다. 다시 사랑채로 건너가 단풍나무로 깎은 비녀를 이랑의 머리에 꽂아주었다. 풍잠(楓簪), 그가 할 수 있는 최선의 성의였다.
　"어머니 모시느라 고생 많았소, 부인."

서경덕은 남편도 없이 삼 년 동안 시집살이에 고생이 많았을 이랑에게 진심으로 고마움을 표했다.
　"안 하던 짓을 다 하시네요."
　이랑이 웃음 띤 어조로 남편의 마음을 받았다. 풍잠은 시집살이로 쌓인 울증을 사라지게 하는 묘약이었다. 머리에 꽂고 있노라면 쌓였던 울증이 구름처럼 사라지고 그 자리에 웃음이 들어앉는다고 하였다. 좀 더 심한 울증에는 썩은 단풍나무에서 돗아난 버섯인 소심을 달여 먹는 처방이 있었다. 울증의 정도에 따라 반나절이나 한나절 동안 마냥 웃어대게 만든다는 소약(笑藥)이었던 것이다.
　"응기하고 초로도 애 많이 썼구나."
　"아버님이 아니 계셨다면 소자가 해야 할 일이었습니다. 아버님."
　응기가 제법 어른스럽게 말을 받았다. 그동안 응기는, 이따금 초로의 손까지 빌려가며 먹을거리를 지게에 지고 늦어도 보름에 한 번씩 오관산을 오르내렸다. 이젠 꽉 찬 열여섯 살, 의젓한 청년이 되어 있었다.
　"혹시 오 년 전에 다녀간 젊은이가 오지 않았소?"
　"정염이란 선비를 말씀하시나요?"
　"맞소. 그 선비가 다녀가지 않았소?"
　"왔었지요."
　"언제 왔었소?"
　"올봄엔가……, 아마 그땐 거 같아요. 왔다 간 사람이 한둘이라야 다 기억하지요. 또 누구더라……. 민긴가 하는 선비도 왔었답니다."
　"오, 민기가 왔었구먼. 그 얘기는 나중에 듣기로 하고 정염이란 선비한테 내가 전해주라고 부탁한 서찰은 주시었소?"

"주었지요. 둘이 왔습디다. 그 선비보다 더 젊은 선비하고 같이 왔더군요. 두 사람 모두 의관이 깔끔하지 않습디다. 어딜 오랫동안 다녀온 복색이었어요."

"아마도 견문을 넓히는 공부 중이라 그랬을 거요. 나도 그런 시절이 있지 않았소."

서경덕이 삼 년째 시묘살이를 하고 있을 때 정염이 또다시 송도로 찾아왔던 것이다. 그러나 혼자 온 게 아니라 일행이 있었다고 했다.

정염은 스무 살 때부터 산천을 떠돌기 시작했다. 그리고 삼 년 뒤, 스물세 살 되던 해에 또다시 서경덕을 만나기 위해 임진나루를 건너려고 황포돛배에 몸을 실었다.

돛배가 강 한복판으로 내달았다. 따가운 햇볕이 내리쬐는 초여름이었지만 강심으로 들어서자 햇살을 훑는 바람결이 땀방울을 씻어주었다.

정염이 뱃머리에 앉아 화살촉같이 갈라지는 물살을 무념으로 바라보고 있을 때였다. 옆에 앉아 있던 앳된 청년이 푸른 강에 시선을 둔 채 잔잔한 목소리로 뭔가 읊조리고 있었다. 자연히 정염의 귀가 그 소리에 쏠렸다.

"어상망호강호(魚相忘乎江湖)이며, 인상망호도술(人相忘乎道術)이라!"

짤막한 시였다. 짙은 남빛 강물에 취한 듯 청년의 시 한 수가 물결을 따라 춤을 추었다.

'좋은 시구로세!'

정염은 속으로 감탄했다. 하지만 어디서 많이 듣던 시였다.
'옳거니! 바로 그 대목이로군.'
정염은 기억 속에서 잠자고 있던 한 구절을 떠올릴 수 있었다.

'고기는 큰 물 속에 살면서도 그 속에서 자유로이 헤엄치고 있음을 잊고 있으며, 인간은 대자연의 질서 속에서 살면서도 그 속에서 자유로이 살고 있음을 잊고 있다!'

공자가 말한 구절이었다. 그 문구 하나만으로도 사서쯤은 무난히 넘어섰음을 알 수 있었다.
청년의 의복거지로 미루어볼 때 양반은 아닌 것 같았다.
"모처럼 귀의 때를 씻은 듯하오."
정염이 청년에게 말을 건넸다.
"그리 들어주셨다니 고맙소."
"임진나루는 초행이시오?"
청년은 한양 말투를 썼지만 어딘가 억양이 달랐고, 얼굴색도 바닷바람에 그을린 구릿빛이었다.
"그렇소. 선비께서는 어디서 오셨소?"
"온양에서 왔소이다."
"어딜 가시려고 그 먼 데서 예까지 오셨소?"
"그리 묻는 쪽은 이 사람보다 더 먼 곳에서 온 것 같구려."
"어찌 그리 잘 아시오. 동해 울진이오."
"바다와 더불어 사니 좋으시겠소. 헌데 어딜 가는 길이오?"

"송도요. 혹시 복재 선생이라고 들어보셨소?"

정염은 내심 깜짝 놀랐다. 동행을 만난 것이었다.

"알다마다요. 이 사람도 송도로 가는 길이니 복재 선생 처소를 알려드리리다."

"참으로 고맙소. 우리 통성명이나 하십시다. 나는 성은 남씨고 이름은 사고라 하오. 선비께서는?"

"정에다 염을 쓰오. 외다리 이름이오."

정염과 남사고(南師古). 훗날 조선조의 기인으로 이름을 남긴 두 사람이 이렇듯 서경덕을 찾아가던 도중에 임진강 복판에서 조우하게 된 것이다.

남사고는 정염보다 세 살이 아래였다. 어부 집안 태생이었으나 어릴 적부터 신동이라는 소릴 들을 만큼 머리가 영특하고 담력이 남달랐다. 일찍이 글을 깨우쳐 예닐곱 살 때부터 마을 뒷산에 있는 절에 가서 스님에게 공부도 배우고 바둑도 배웠다. 집에서 그리 멀지 않은 곳이라 어린 나이에 혼자 찾아다녔던 것이다.

남사고가 열다섯 되던 해 어느 날, 절로 향하던 길목에서 한 노승을 만났다.

"불영사로 가십니까?"

"그렇소이다. 보살께서도 불영사로 가는 모양이오."

"예. 불암 스님이 제 스승이옵니다."

"오, 불암이 스승이라. 스승 하나는 잘 두었소이다."

노승은 몇 달 동안 불영사에 머물렀다. 남사고를 눈여겨본 노승은 절에 머무는 동안 시간 나는 대로 곁에 두고 이런저런 것들을 가르쳐주었다. 노승이 떠나기 전날 그를 불러 앉혔다.

"내가 나이 먹어 이제는 필요치 않은 것이 있어 전해주려 한다."

노승이 전해준 것은 책 세 권이었다. '천결(天訣)', '지결(地訣)', '인결(人訣)', 비서였다.

"머리가 영리하니 이 결서(訣書)만으로도 혼자 충분히 공부를 할 수 있을 것이다. 허나 터득한 후에는 올바른 길을 가야 하느니라. 오직 중생의 구제를 위해 적선음덕하라!"

"명심하겠습니다, 스님. 꼭 그리하겠사옵니다."

천결은 별의 움직임을 보는 천문에 관한 것과 바람, 눈, 비, 우레와 번개 등 천기에 관한 모든 것을 깨칠 수 있는 책이었다. 지결은 산천과 풍수지리 등 지기에 관한 비서요, 인결은 사람에 관한 것으로서 얼굴이나 목소리만으로도 그 사람의 운명과 생사, 전생과 후생까지 꿰뚫을 수 있는 비결서였다.

남사고가 일 년 남짓 비서에 푹 빠져 있을 때였다. 노승이 다시 찾아왔다.

"공부는 많이 했는가?"

"예, 스님. 두루 한 번씩 탐독하였고 지금은 인결에 몰두하고 있사옵니다."

"인결은 얼마나 터득하였는고?"

"조금만 더 공부하면 되옵니다."

"어찌하여 천결부터 공부하지 않고 인결을 하였는고?"

"사람을 알고 난 후에 땅을 알고, 땅을 알고 난 후에 하늘을 알려고 하였사옵니다. 그게 순서일……"

순간, 노승이 남사고의 말허리를 자르며 일갈했다.

"이놈! 못난 놈이로구나. 책을 가져오너라!"

남사고가 불붙은 꽁지를 하며 곁서 세 권을 공손히 두 손으로 받쳐 올렸다.

"하늘을 알고 땅을 알면 자연히 인간을 알 수 있는 법이거늘. 그래서 인간을 대우주에 딸린 소우주라 하지 않았더냐! 순리도 모르는 고양이 놈에게 고기를 물린 격이로다!"

마당으로 나간 노승은 곁서를 갈기갈기 찢어 불을 붙였다.

"스님! 아니 되옵니다, 스님!"

황망한 남사고의 애원도 소용없이 비곁서는 그렇게 한 줌 재로 화하고 말았다.

어려운 것은 눈에 잘 들어오지 않고 쉬운 것부터 눈에 들어오는 것이 사람의 심리였다. 인곁은 천곁이나 지곁보다 쉬웠다. 게다가 배운 것을 임상으로 저울질하기 쉬운 점과 공부하는 재미까지 있었다. 그래서 인곁에 먼저 빠져든 것이었다.

그러나 당연히 천곁부터 읽고 깨달은 다음 지곁을 터득하고 마지막으로 사람의 운명을 다루는 공부를 하는 것이 순서였다. 노승은 그만한 사리분별쯤은 있으리라 여겨 남사고에게 비서를 전해주었건만 그 역시 속물에서 벗어나지 못했으니 천과 지를 모르고 도술이나 비술에 빠져 사리사욕에 쓰일 것을 우려하여 불태운 것이었다.

'대우주를 알면 소우주는 자연히 터득할 수 있는 법!'

노승의 꾸짖음은 줄곧 남사고의 뇌리를 떠나지 않았다. 그 일이 있은 후 남사고는 산천을 찾았다. 인곁의 재미에 흠뻑 빠져든 것도 사실이었지만 천지곁도 마저 공부하여 노승의 당부를 저버리지 않으리라는 다짐이었다.

그러나 공부를 하면 할수록 의문만 쌓였다. 궁금증을 풀기 위해서는 스승이 있어야 했다. 해서 미처 배우지 못한 천문과 지리를 배우기 위해 서경덕을 찾아 나선 길이었다.

두 사람이 배에서 내릴 때쯤에는 남사고의 말투가 하오에서 공대로 바뀌어 있었다.
"해거름 안에 당도할 수 있을까요?"
"부지런히 걸으면 송도까지는 무난할 것 같소."
"송도에서 하룻밤을 자고 아침나절에 찾아뵙는 게 도리일 것 같군요."
"그래야 할 것 같소."
두 청년은 이튿날 서둘러서 조반을 먹고 서경덕의 집을 찾아갔다. 그러나 집에는 이랑과 어머니 한씨만 있었다.
"몇 년 전에 들렀던 정염이란 사람입니다. 복재 선생님을 뵈러 왔습니다."
"선생님은 지금 아버님 상중이시라 시묘살이를 하고 계십니다. 전할 말씀이라도……."
이랑이 답하였다.
"미처 몰랐습니다. 상심이 크시겠습니다. 다음에 또 오겠습니다."
정염이란 말에 이랑의 머리를 스치는 것이 있었다. 다시 물었다.
"함자가 정염이라 하셨습니까?"
"예, 온양에서 올라온……."
"선생님께서 전해드리라는 서찰이 있습니다. 잠깐만 기다리십시오."

이랑이 방으로 들어가 서찰을 가지고 나왔다. 겉에 정염이란 두 글자가 또렷이 적혀 있었다.

"선비께서 오실 거라고 하시면서 이 서찰을 남겨놓으셨습니다."

이랑이 정염에게 서찰을 건네주었다.

서찰을 받고 돌아서기는 했으나 정염과 남사고는 낙심천만이었다. 특히 큰맘을 먹고 찾아온 남사고는 거의 울상이 되다시피 했다. 화담을 만나 배움을 청하겠다는 일념으로 달려온 천 리 길이었다. 이제 딱히 갈 곳도 마땅치 않았으니 무작정 산천을 떠돌아야 했다. 남사고는 길모퉁이에 주저앉아 길게 한숨을 내쉬었다.

"일어나시오, 남 선비. 난 두 번째요."

정염이 주저앉은 남사고를 위로하며 말했다.

"아니, 그럼 전에도 오신 적이 있단 말씀이십니까?"

남사고가 자리를 털고 일어서며 물었다.

"그렇소. 아직은 만날 인연이 아니 되는 모양이오. 인연이 되려면 애써 노력하지 않아도 되는 법이라 했소. 반드시 복재 선생님의 가르침을 받는 날이 올 것이오."

"말씀 듣고 보니 그나마 위안이 됩니다."

"울진으로 돌아갈 참이오?"

정염이 물었다.

"우선 한양으로 가서 생각해볼 요량입니다."

"한양에는 아시는 분이라도 있소?"

"없습니다."

"한양도 초행이시오?"

"송도로 오기 전에 잠시 들렀을 뿐이지요."

남사고는 착잡한 표정을 지었다.

"한양으로 간다니 떠오르는 말이 있소. 예전 이야기오. 남산에 가면 999칸이나 되는 어마어마한 집이 있다는 소문이 떠돌던 때가 있었답니다. 99칸만 해도 대단한데 999칸짜리 집이라니 이건 아방궁이 아니겠는가 해서 한양에 들른 선비들마다 그 집을 찾아 나섰다 하오. 하지만 남산을 이 잡듯이 샅샅이 훑어도 그런 집은 없었소. 그런데 한 집에 당호(堂號)가 걸려 있었답니다. '허백당(虛白堂)'이라고 말이오. 다가가서 자세히 살펴본즉 그 집 기둥 주련에 '999칸 집'이라는 글귀가 붙어 있더랍니다. 선비들의 실망이 컸겠지요. 일천 칸의 집이 고작 단칸 헛가리 집이었으니 말이오. 하지만 그 집을 다녀간 선비들은 다 깨달음을 하나씩 얻고 갔다 하오."

"그거 재미있군요. 누가 그런 글을 써 붙였답니까?"

"홍귀달(洪貴達)이란 사람이었지요. 성종 조에 판서까지 지낸 절개 있는 분이었지요. 비록 간신히 다리를 뻗을 수 있는 단칸집이지만 그 속에서 '999칸이나 되는 큰 생각을 할 수 있다'고 한 말이 소문으로 퍼졌던 것이랍니다."

홍귀달은 세조 때부터 연산 때까지 조정에서 두루 요직을 지낸 선비였다. 『속국조보감』과 『역대명감』 등을 편찬하였고, 글을 잘 쓰고 문장에 능하였으며, 성격이 매우 강직하여 부정에는 끝까지 항거하였던 청백리였다. 그리하여 허백당에 대한 소문이 선비들 사이에 이어지고 있었던 것이다.

"그 집을 보고 선비들이 무엇인가 느끼고 돌아갔다는 말씀이군요."

남사고가 물었다.

"그렇지요. 허울만 좋으면 무얼 하느냐, 생활이 빈곤하더라도 우주를 논할 수 있는 도량과 유유자적하는 마음의 여유가 있어야 하는 것 아니겠느냐, 이런 교훈이 아니겠소?"

두 사람은 송도를 빠져나와 다시 임진나루로 향했다. 나루에 도착하여 배를 기다리면서 정염은 서경덕의 서찰을 꺼내 들었다.

"복재 선생님은 과연 통달하신 분이오."

서찰을 다 읽은 정염이 감탄을 했다.

"무슨 내용인데 그토록 감탄을 하십니까?"

"여기 있소. 보시오."

정염이 남사고에게 서찰을 건네주었다.

문득 천기를 보고 내가 없는 동안 정 선비께서 또다시 송도로 찾아올 것임을 알았소이다. 이번에는 동행이 있다 하는 괘도 있으니 그 일행이 누굴까 궁금하오이다. 그 일행을 강이나 호수에서 만난다 하였으며, 두 사람이 잘 어울린다 하였으니 부럽기만 하오이다. 부디 두 사람의 인연이 오래가길 바라오이다. 아직 인연이 되지 않아 뜻하지 않게 두 번씩이나 헛걸음을 시키는 이 사람을 저버리지 마시오이다. 막다른 길이라고 생각할 때 다시 눈을 크게 뜨고 살펴보면 그곳에 또 다른 길이 있다 하였소이다. 인연이 되는 그날을 기대하며 이만 줄이오이다.

참으로 죄송함을 금치 못하며 을유년 가을밤에, 복재.

서찰을 다 읽고 난 뒤 남사고가 정염에게 물었다.

"복재 선생님이 제가 온다는 것도 이미 알고 계셨지 않습니까?"

"그런 분이시니 스승으로 뫼시려는 게 아니겠소. 보시오, 을유년이면 삼 년 전이지 않소. 삼 년 후의 일을 미리 꿰뚫고 계시니 대단한 경지가 아니겠소. 고개가 절로 숙여진다오."

"탄복에 탄복이요. 정말 대단합니다. 이 사람은 반드시 복재 선생님을 다시 찾아뵐 것입니다."

남사고가 결연한 뜻을 밝히며 말했다.

"서찰에도 써 있지 않습디까. 인연이 되는 그날이라고. 인연이 있기에 그리 말씀하셨으리라 보오."

마침 배가 도착했는지 기다리던 사람들이 우르르 나루터로 몰려들었다. 그리고 뱃전에 이르러서는 서로 먼저 타려고 북새통을 이루었다.

"이 여편네가 왜 떠다밀고 난리법석이야!"

눈알이 툭 불거져 나온 심술궂게 생긴 사내가 호랑이 눈을 가진 여자에게 화를 내며 말했다.

"이 사람이 미쳤나! 내가 언제 떠밀었다고 난리야!"

"뭐? 미쳤다고? 이 여편네가 죽고 싶어 환장했나?"

"뭐라고 이놈아, 누굴 죽인다고? 밥 처먹고 사람 패 죽이는 힘만 모은 모양인데, 그래, 어디 한번 죽여봐라!"

호랑이 눈을 가진 아낙이 사내에게 목을 들이밀었다. 사내는 억센 손으로 아낙의 목을 쥐는 척하였다.

"그래, 이놈아! 쥐는 척만 하지 말고 어서 죽여라!"

"으이구, 요걸 그냥!"

사내가 금세 튀어나올 듯한 눈을 치켜뜨면서 주먹을 쳐들었다.

"잘났다. 이젠 목 졸라 죽이는 게 아니고 쳐 죽일 모양인데. 자, 네 맘대로 쳐봐라, 이 불쌍놈아!"

아낙이 사내의 가슴팍에 얼굴을 들이밀며 콕콕 치받았다.

"진짜 친다!"

사내가 바윗덩이 같은 주먹을 아낙의 면상에 들이대고 있을 때였다.

"고만들 하슈!"

덩치가 남산만 하고 수염으로 얼굴을 덮은 사내가 한마디 하였다.

"이건 어디서 굴러먹은 말 뼉다구야. 이놈 잘 만났다. 한판 붙어보자!"

"맘대로 하슈."

심술궂게 생긴 사내가 주먹을 들어 냅다 한방 먹였다. 그러나 수염 사내는 끄떡도 하지 않았다. 또 한 번 힘껏 옆구리를 지르자 수염 사내가 어느 틈에 그 팔을 잡아 으드득 소리가 나도록 비틀어 뒤로 획 밀었다. 그러자 사내가 비명을 지르며 나자빠졌다.

"힘은 아무 데나 쓰는 게 아니오. 특히 아녀자한텐 더욱 아니 되는 거요!"

수염으로 뒤덮인 사내가 대수롭지 않다는 듯 덧붙였다.

"고놈 잘 맞았다. 죽어도 싸다, 이놈아! 아이고, 고맙소, 장사."

아낙이 쓰러진 사내에게 침을 탁 뱉으며 돛배로 올라갔다. 순식간에 일어난 일이었다.

그 모습을 지켜보고 있던 남사고가 한탄하며 말했다.

"차례를 지키면 되는 것을……. 어차피 똑같이 강을 건너는데 무에 그리 급하다고 저 성환지 모르겠소, 쯧쯧."

"그런 맛에 사는 게 아니겠소?"

정염이 덤덤하게 받았다.
"그럴 리가 있겠습니까? 맛을 찾으려면 먹을거리에서 찾아야지, 밋밋한 강물뿐인 나루터에서 무슨 맛을 찾을 게 있겠소이까."
정염의 이상한 논리에 남사고가 되물었다.
"백성들이란 잡초처럼 언제나 짓밟히고 사는 사람들이오. 이리저리 치이면서 살다 보니 동등한 신분끼리라도 서로 억눌러야 화증이 풀릴 게 아니겠소? 그러다 보면 때론 감정을 자제하지 못해 서로 치고받고, 물고 뜯어서라도 짓눌린 감정을 토해내는 것이라오. 그리도 않으면 무슨 맛에 살겠소."
"난 그리 생각지 않습니다."
"그러면 어떻게 생각하시오?"
"그런 처지일수록 더 질서를 잘 지켜야 하지 않겠습니까?"
"물론이오. 하지만 그럴 마음의 여유마저 없는 것이라오. 늘 쫓기듯이 살아가는 백성들이오. 무슨 일이든 빨리 서둘지 않으면 죽는다는 생각에 사로잡힌 우리 백성들이오. 허니 그걸 어떻게 바꿀 수 있겠소. 잘살게 만들면 그때나 바뀔까."
"질서를 지키는 일이 잘살고 못사는 것과 무슨 상관이 있겠습니까. 백성들 모두 질서를 지켜야 한다는 마음을 가지면 되는 일이 아니겠습니까?"
"그야 당연하오. 그런데 그런 마음을 가지려면 배가 불러야 하지 않겠소. 뱃속에서는 꼬록꼬록 도랑물 내려가는 소리가 나는데 그런 여유를 가질 수 없음일 게요."
팽팽하게 의견을 맞세우던 두 사람이 그쯤에서 멈추었다. 돛배가 물살을 가르면서 마침 둘의 눈이 아까 싸움을 벌였던 아낙과 마주친 것이다.

"저 아낙 눈이 호랑이 눈이니 호안(虎眼)의 팔자일 겝니다. 그렇게 보이지 않습니까?"

남사고의 말에 정염이 맞장구를 쳤다.

"그렇군요. 잠자는 호랑이 눈을 가졌군요."

"내가 어렸을 적에 노스님한테 배운 상술(相術)이 조금 있지요. 팔자가 드센 상입니다."

"눈만 보아도 알 수 있다는 말이오?"

"그렇습지요. 호안을 가진 사람은 법 없이도 살 만큼 착한 성품을 지녔지요. 하지만 팔자가 몹시 사납습니다. 호안에도 세 가지가 있지요. 왕호안과 맹호안 그리고 수호안, 이렇게 말입니다."

"그럼 셋의 팔자는 어떻게 다르오?"

정염이 매우 흥미롭다는 듯이 물었다.

"왕호의 눈을 가진 여자는 자식을 두지 못하는 팔자지요. 그리고 맹호의 눈을 가진 여자는 유복자를 두게 됩니다. 만약 맹호안을 가진 여자가 자식을 가지게 되면 남편이 죽는다는 말이지요. 그것도 아들이면 더욱 그렇지요. 그래서 서방 잡아먹는 팔자라는 말이 나온 것입니다. 잠자는 호랑이 눈을 가진 여자, 즉 수호안은 그나마 다행이지요. 나이 많은 남자의 후처 자리로 들어가면 자식도 두게 되고 남편도 무사하지요."

"그러면 저 아낙은 어떻소?"

"잠자는 호랑이 눈을 가졌으니 아마 재취로 시집을 갔을 겁니다. 우락부락한 사내한테 바락바락 대드는 꼴이 세상풍파를 다 겪었다는 뜻이 아닙니까? 자식도 두었을 테고 늙은 남편도 재물깨나 있을 겁니다."

"남 선비는 어디 가서도 끼니 걱정은 안 할 것 같소. 다들 팔자 얘기만 나오면 귀가 솔깃하지 않소, 하하하."

"상은 함부로 발설하는 법이 아닙니다. 이런 얘길 하는 것도 정 선비한테 처음이지요."

남사고가 정색을 하며 말했다.

"턱수염 사내는 어떻소?"

정염은 재미있어하며 자꾸 물었다.

"날 관상쟁이로 만드실 참이시오?"

"이것도 다 공부 아니겠소?"

"수염이 온통 얼굴을 뒤덮고 있으니 마음은 후덕할 것이오만 한번 성깔을 부리면 물불 가리지 않을 거요. 고집도 황소는 발바닥이지요. 저런 사람은 건드리지 않는 것이 좋을 겁니다."

"그럼, 아까 팔을 접질린 사내는 어떻소?"

"몸집은 크지만 생긴 게 우락부락하지 않습디까. 그런 사람은 제 성격 때문에 신세를 망치지요. 힘만 믿고 깝죽대다 얻어터지기 일쑤구요. 게다가 제 마누라만 쥐 잡듯이 하는 좀팽이랍니다. 하지만 한편으로는 여린 구석이 있어 정에 약하고 눈물이 흔하지요."

"전혀 여린 구석이 있어 뵈지는 않소."

"결(訣)에 이런 말이 있습니다. 사람의 형상이 빼어나게 아름다우면 그 속마음에는 사나운 구석이 숨겨져 있고, 형상이 나쁘면 반드시 남과 다른 아름다운 구석이 있다고 하였지요. 저 사내는 이도 저도 아닙니다."

"아, 그러고 보니 떠오르는 게 있소. '형상을 보기 전에 심상을 보라' 는 말 말이오."

"그 말은 마의(麻衣) 선생의 제자인 희이(希夷) 선생께서 하신 말이지요."

"희이 선생이라면 당나라 때 상학가 말이오?"

"그렇지요. 두 사람 모두 상학의 대가였지요. 희이 선생이 이런 말을 하였습니다. '마음이 있고 상이 없다면 상이 마음을 따라 상생하지만 상이 있어도 마음이 없다면 그 상이 마음을 따라 사멸한다' 라고 말입니다."

"그래서 관상보다 심상이 중요하다는 말이 생긴 모양이오."

"지금 보니까 정 선비께서도 상학에 대해 꽤 많은 걸 알고 계십니다."

"허허허, 어깨너머로 조금 익혀둔 것뿐이오. 관심은 많지만 아직 젖비린내 나는 풋내기오."

강을 건너는 시간은 짧았지만 그사이 둘은 한결 가까워진 느낌이었다.

"한양에 들렀다가 어디로 갈 거요, 남 선비?"

"나도 모르겠습니다."

남사고의 목이 저도 모르게 움츠러들었다.

"온양으로 가서 나하고 온천이나 가봅시다."

정염의 제의에 남사고는 잠시 생각을 하더니 흔쾌히 동의했다. 정염과 남사고는 둘도 없는 벗이 되어 온양 인근을 돌며 몇 달을 함께 지냈다. 정염은 임진나루터의 일로 백성을 위하는 목민관의 길을 택하기로 작심하고 있었다.

3

시묘살이를 마치고 온 뒤 날이 훌쩍 지나갔다.

어느 날 어머니 한씨가 조용히 서경덕을 불렀다. 아버지가 돌아가시고 난 후 어머니는 말수도 한결 줄어들고 바깥출입도 뜸했다.

"과거에 응시하시게!"

아들을 불러 앉힌 한씨는 오랫동안 마음에 담아두었던 듯 단호하게 잘라 말했다.

"과거를 말입니까?"

"지금도 늦지 않았네. 식년에 있을 과거에 응시할 준비를 하시게. 초시가 내년에 있지 않은가."

10년 전 현량과 천거에 불응한 후로는 어머니도 포기하였으리라 생각했던 과거였다. 그런데 아직도 그 꿈을 버리지 않으셨다니. 서경덕은 고개를 들어 어머니의 얼굴을 보았다. 한씨의 표정은 담담했으나 결심이 굳게 선 듯했다.

식년(式年, 12간지 중 子, 卯, 午, 酉가 들어가는 해)이면 후년이니, 식년에 있을 대과나 사마시인 소과에 응시하려면 한 해 전에 초시를 치러야 했다. 사마시 초시에 입격(入格)한 생원과 진사의 복시와, 대과의 초시에 급제한 문·무과의 복시는 식년 초에 각각 실시하였던 것이다. 어머니는 미리 이런저런 날짜 셈을 다 헤아린 뒤였다.

서경덕은 난감했다. 관직에는 관심도 없으려니와 천거에 불응한 후로는 아예 과거라는 말조차 잊고 지낸 터였다.

"어머님께서도 듣지 않으셨습니까? 기묘년에 현량과 천거로 나선 사림들이 모두 화를 당한 일을 말입니다."

서경덕이 마음을 다잡으며 말했다.

"화를 당할까 두렵다, 그게 이유이신가?"

"그게 아니옵니다. 죽고 사는 게 문제가 아니옵고……."

"가문의 흥망이 아범 하기에 달렸네. 아범의 학문은 차고 넘치지 않는가."

"조정이 아직 올바른 선비들을 외면하고 있습니다. 조정에서 선비들을 중히 여길 때를 기다리고 있습니다. 그때 가서야 과거에 응시할까 생각 중입니다, 어머님."

"이번 식년을 놓치면 다시 기회를 잡기는 어려울 것이네. 과거에 응하시게. 어미의 마지막 당부일세."

"……."

"왜 대답이 없으신가?"

"생각해보겠습니다."

"이 자리에서 약조를 하시게."

어머니는 말이 나온 김에 아퀴를 지을 작정인 듯싶었다.

"죄송합니다, 어머님. 말미를 주십시오."

"시간이 없지 않은가. 응시하시겠는가, 아니 하시겠는가?"

한씨가 노한 목소리로 다그쳐 물었다.

효성이 지극한 서경덕이었다. 어머니가 역정까지 내는 것을 몰라라 할 수는 없었다.

"과거에 응시하되 관직에는 나가지 않겠습니다. 그리하면 되겠습니까?"

그까짓 과거에 응시해서 급제하는 것은 식은 죽 먹기보다 쉬운 일이었다. 하지만 관직에 몸을 담고 싶지는 않았다. 자연과 벗하여 그 순리를 배우며 후일에 크게 일어설 후학을 양성하겠다는 다짐에는 변함이 없었다. 이미 오래전에 세운 뜻이었다.

"관직을 갖지 않겠다는 것은 또 무슨 말씀이신가? 급제를 하면 의당 관직이 주어질 터, 그에 따라 주어진 직분을 다하는 것이 무에 어렵다고 그러시는가. 나는 죽기 전에 아범이 관복을 입고 입궐하는 모습을 보고 싶네. 약조를 하시게!"

한씨는 물러설 기미를 보이지 않았다.

"하오면 사마시에 응시하겠습니다, 어머님."

"사마시라니, 고작 생원이나 진사를 하겠단 말인가. 이왕지사 과거에 응시하려면 소과보다는 대과를 택하는 것이 마땅하지 않겠는가."

"어머님 말씀대로 대과에 응시하여야 합니다. 하오나 소자의 나이가……."

"백발이 성성한 사람들도 과장에 나온다고 들었네. 아범 나이 이제 마흔을 넘겼을 뿐인데, 많긴 무에 많다고 나이를 들먹이시는가."

"지난번 현량과 천거에도 불응했던 소자이옵니다. 지금에 와서 대과에 응시한다면 조정의 대신들이 가만있겠습니까? 사람을 사지로 몰아넣은 자들이 아직도 득세를 하고 있습니다. 또한 초시와 복시에 급제하여 전시에 응한다 하여도 청요직은 어림도 없을 뿐더러 한직이나마 유지하기 어려울 것입니다. 그리하면 오히려 만인들의 웃음거리밖에 안 될 것이옵니다. 어머님도 소자가 그리되길 바라시지는 않을 것이라 생각합니다. 대과가 아닌 소과에 응시하여 입격한다면 그들의 눈 밖이라 가문의 명분도 살리고 어머님의 말씀도 따르는 길일 듯합니다. 소과에 입격한 다음 그들의 세가 꺾이고 의로운 선비들이 조정의 정사를 맡게 될 때 다시 대과에 응시하는 것도 흉을 피해 가는 길이라 봅니다, 어머님."

서경덕은 차근차근 한씨를 설득하였다. 한씨는 길게 한숨을 내쉬었다. 듣고 보니 아들의 말에 빈틈이 없는 터, 더 이상 고집을 부리기 어려웠다.

"아범이 그리 생각한다면 우선 소과라도 치르시게."

"예, 어머님."

대답은 하였으나 서경덕의 마음은 편치 않았다.

늦가을로 접어들자 어머니 한씨는 까치집을 구해 집 뒤뜰에 높이 자란 은행나무에 옮겨놓았다. 아들의 급제를 기원하는 뜻에서였다.

과거를 앞둔 자식이 있는 집에서 까치집을 집 안으로 옮기는 일은 예로부터 전해 내려오는 풍속이었다.

생원과 진사를 뽑는 사마시는 경인년(1530년) 8월에 있었다. 팔도에서 일제히 시험을 치렀는데 한양에서는 한성시라 하였고 지방에서는 향시라고 불렀다. 송도의 향시는 유수부에서 관장하였다.

식년시는 그해 1월부터 5월 사이에 시행하는 것이 상례였으나 농번기와 겹친다는 이유로 성종 때 초시를 그 전해 가을로 바꿨다. 사마시의 초시는 상식년(식년 전 해) 8월 15일 이후에 실시하였고, 대과의 초시는 상식년 9월 초순에 실시하였다. 최종 합격자를 가리는 복시만 식년의 2월과 3월에 실행하였던 것이다.

"꼭 입격하시게!"

소과 합격은 '급제(及第)'라는 용어를 쓰지 않고 '입격(入格)'이라 하였다.

"걱정 아니하셔도 됩니다, 어머님. 잘 다녀오겠습니다."

서경덕은 어머니를 안심시키고 과장으로 향했다.

과장은 선비들로 인산인해를 이루었다. 전날 감시초장(監試初場)을 치른 선비들이 생원시까지 응시하기 위해 모여든 터라 그 수가 대단하였다.

사마시 초시는 진사시를 먼저 치르고 하루 지난 뒤에 생원시를 치렀다. 그래서 진사시를 감시초장, 생원시를 감시후장(監試後場)이라 하였다.

생원시는『서경』,『시경』,『역경』,『예기』,『춘추』의 오경의(五經義)와『논어』,『중용』,『맹자』,『대학』의 사서의(四書疑)에 관한 것으로, 유교 이념에 근본을 둔 학문적 지식을 측정하는 시험이었다. 그리고 진사시는 부(賦)와 시(詩)의 제목을 주고 문예창작의 재능을 논술하는 시험이었다.

서경덕은 양시에 모두 응시할 수 있었지만 어차피 관직에 나가려고 치르는 시험이 아니었으므로 우위로 인정하는 생원시에만 응시하였던 것이다.

생원과 진사의 비중은 그 시험에 따라 변하였는데 고려 때에는 진사시를 중시하였고, 조선 초기에는 반대로 생원시를 중시하여 한때 진사시를 폐지한 적도 있었으나 단종 때 부활되었고, 조선 후기에는 진사시가 중시되었다.

이렇듯 생원이나 진사가 된다는 것은 학자로서 공인된 지위를 확보하는 동시에 청렴한 선비로서의 위신을 유지함으로써 자신은 물론 가문과 후손의 영예를 높인다는 상징적인 의미가 있었다.

초시에 무난히 입격하고 며칠 지나지 않아서 국상(國喪)이 있었다. 중종의 생모로 내명부의 최고 어른이었던 자순대비가 승하한 것이다.

상복을 벗은 지 채 2년도 되지 않아 서경덕은 또 한 번 상복을 입어야 했다. 만백성이 국모를 잃은 슬픔으로 통곡을 그치지 않았다.

중종이 보위에 올라 스물다섯 해(1530년) 되던 8월 22일이었다. 자순대비의 춘추 예순아홉, 대궐로 들어온 지 58년째로, 석 달 후 선릉(宣陵)에 안장하여 정현왕후로 봉해졌다.

어미를 잃고 슬퍼하는 마음은 임금이라고 해서 크게 다르지 않았다. 임금은 정사를 뒷전으로 미룬 채 슬픔에 잠겨 지냈다. 그사이 조정의 세력판도는 눈에 띄게 큰 변화를 맞고 있었다.

아직 심정이 건재하다고는 하나 삼 년 전 남곤이 죽은 이후 훈구세력은 그 위세가 하루가 다르게 꺾여갔다. 양 축 가운데 한 축이 무너졌으니 그 힘이 온전할 리 없었다. 그 틈을 비집고 신진세력들이 거세게 밀고 올라왔다. 그 중심에 김안로가 있었다. 효혜공주의 시아버지이기도 한 김안로는 눈치가 빠르고 정세판단에 노련했다. 훈구세력의 장악력에 구멍이 생기자 김안로가 재빠르게 자기 사람을 모아가면서 혼란스런 정국의 주도권을 틀어쥐기 시작한 것이다.

마침내 식년인 신묘년(1531년) 2월이 되었다.
예조에서 관장하는 소과 복시가 있었다. 서경덕은 당당히 장원으로 입격하였다. 입격 발표가 있은 후 명륜동에 자리 잡은 성균관을 둘러보고 송도로 회향하는 길에 임진나루터를 벗어날 무렵이었다.
"형님! 복재 형님! 형님!"
서경덕이 뒤돌아보니 전우치였다.
"이게 누군가? 참으로 오랜만일세. 반갑네, 아우님."
둘은 마치 헤어진 형제가 만난 듯 손을 잡고 흔들며 반가워하였다.
"정말 오랜만이오, 형님. 그런데 임진나루는 웬일이시오?"
"잠시 한양에 들렀다 오는 길일세. 아우님도 송도로 가실 겐가?"
"집을 비운 지 오래되어서 가는 길이오. 한양은 무슨 일로……?"
서경덕은 쑥스러웠으나 자초지종을 빠짐없이 말해주었다.
"그런 일이 있었군요. 그나저나 잘된 일이오, 형님. 곧 성균관으로 입관하실 게 아니오?"
"내가 뭐 벼슬할 일 있겠다고 성균관에 들겠나. 노모의 소원이나 들어드릴 요량으로 응시했던 것을."
"형님, 고기도 큰물에서 놀아보아야 한다고 벼슬길은 않더라도 송도에서 후학을 가르치려면 성균관에서 어찌하는지 보는 것도 도움이 되지 않겠소? 더욱이 어머님이 그리도 원하시는데……."
"허긴, 아우님 말씀도 일리가 있네."

서경덕의 칭찬에 전우치가 신이 나 덧붙였다.
"성균관에 입관할 때 저하고 같이 갑시다. 내가 소개시켜드릴 사람이 있소."
"그러신가. 그건 그때 보기로 하세. 자, 걸으면서 이야기하세나."
"이젠 훈구파 놈들 씨를 말릴 참이오."
"마지막 남은 심정도 강서로 유배되지 않았던가."
"유배만 가지고 될 일이 아니오. 숨통마저 끊을 참이오."
전우치의 목소리가 기세등등했다.
남곤이 죽은 뒤 좌의정과 화천부원군에 오른 심정은 수하에 이항(李沆)과 김극픽(金克愊) 등을 두고 권력을 독점하고 있었다. 그러나 김안로가 그들을 탄핵하고 나섰다. 탄핵 사유는 심정 등이 작서의 변으로 유배 중인 경빈 박씨를 왕비로 책립할 음모를 꾸몄다는 것이었다.
작서의 변이란 4년 전에 궁중을 뒤흔든 큰 사건이었다. 경빈 박씨가 자신의 아들 복성군을 세자로 세우기 위해 기존의 세자 호를 저주하고 죽이려 했던 사건으로, 누군가의 모함이라는 소문이 떠돌고 있었다.
"아우님이 그만한 힘이 생겼다는 말인가?"
"김안로도 내 손바닥 안에서 놀고 있소이다."
"허허, 그런가?"
"두고 보시오. 올해가 저물기 전에 재로 화할 것이오. 앞으로는 김안로의 세상이 펼쳐질 것이외다."

송도에 당도한 서경덕은 어머께 백패를 내밀었다.
"이 종이가 나라님께서 주신 장원 입격증서란 말인가?"

"예, 어머님. 소과에 입격한 사람은 모두······."
"참으로 장허이, 장해! 이제야 서씨 가문 조상님께 면목이 서겠네."
어머니 한씨가 가장 기뻐하였다.

들꽃이 곳곳에서 희고 노란 꽃망울을 터뜨리는 봄이 되자 서경덕은 전우치와 함께 한양으로 떠났다.

"형님, 며칠 내로 찾아뵙겠소."
"그렇게 하시게, 아우님."

전우치는 서경덕을 성균관 입구까지 배웅하였다.

서경덕과 같이 입관(入館)한 유생으로는 김안국의 제자인 김인후, 유희춘, 홍언필의 조카인 홍담, 영의정 정광필의 손자인 정유길, 김식에게 배운 백인걸, 그리고 이탁, 이담, 김언구, 송기수, 김주 등이 있었다. 그런데 한양에서 치른 한성시에 합격한 서경덕의 제자 민기의 모습이 보이지 않았다.

소과에 입격한 2백 명 가운데 입관한 유생들은 100명 남짓에 그쳤다. 마흔세 살인 서경덕이 그들 가운데 최고령자였다.

소과에 입격하고도 성균관에 입관하지 않는 이유가 있었다. 소과의 본래 목적이 성균관에 입관할 자격을 부여하는 데 있었지만 무엇보다도 성균관의 운영이 부실하였기 때문이었다. 문과 시험제도가 처음부터 원칙대로 운영되지 않은 까닭도 있었다. 즉, 생원이나 진사로서 성균관에 들어가 300일 간의 수학 기간을 채우지 않아도 얼마든지 문과에 응시할 수 있었던 것이다. 뿐만 아니라 소과에 응시하지 않은 유학(幼學)들도 문과에 응시할 수 있는 예외적인 길이 처음부터 열려 있었다.

서경덕은 동재(東齋)에 기거할 방을 배정받았다. 명륜당 앞마당 좌우에 유생들이 기거할 건물이 있었는데 동쪽 건물은 동재, 서쪽 건물은 서재(西齋)라고 하여 각기 14개씩 방이 있었다. 오늘날의 기숙사인 셈이었다.

한양의 성균관도 송도의 성균관과 별반 다를 것이 없었다.

서경덕이 입관하였다는 소식이 성균관은 물론 조정에까지 널리 퍼졌다. 그만큼 서경덕의 입관은 뜻밖이었다.

"송도의 서경덕이 성균관에 들어왔다 하오."

"복재 선생께서 무얼 배우겠다고 입관을 하였답디까?"

"어떤 사람이 서경덕이오?"

여기저기서 삼삼오오 짝을 이루며 쑥덕거렸다.

심지어 조정신료들 가운데는 서경덕의 모습을 보기 위해 일부러 성균관을 찾는 자도 있었다.

"어허, 이것 참 낭팰세. 조선의 최고 학자를 감히 누가 나서서 가르칠 수 있단 말인가?"

"그렇소이다. 학관(學官)들도 강독을 피하려 하겠소이다."

서경덕도 괴로웠다. 하지만 유생이 되지 않았던가. 눈을 감고 귀를 틀어막았다. 심호흡을 하며 마음을 누그러뜨리려 애를 썼다.

유생들은 묘시 초(오전 7시)면 잠자리에서 일어나 소세를 하고 성독(聲讀)을 한 다음 의관을 갖추고 '진사식당'에서 함께 아침을 먹었다.

식사 과정은 오늘날의 사관생도들처럼 구호에 따라야 했다.

"시식(始食)하시오!"

"착저(着箸)하시오!"

"기(起)하시오!"

자연인의 몸가짐에 익숙해진 서경덕은 경직된 구호를 들을 때마다 불

편하기 짝이 없었다.

식사를 마친 유생들은 앞을 다투며 도기(到記)에 점을 찍었다.

성균관 생활은 출석 점수를 중시했다. 출석은 식사 참석 여부로 가름했다. 참석 여부는 진사식당에 비치된 도기라는 출석부에 점을 찍는 것이었다. 아침과 저녁 두 끼를 참석해야 1점을 주었다. 유생들은 원칙적으로 원점(圓點) 300점을 맞아야 과거에 응시할 수 있었다.

진시 초(오전 9시)에 명륜당에서 강독으로 일과가 시작되었다. 학관이 강독하면 유생들이 함께 토론하는 방식이었다.

학관으로는 지사(정2품), 동지사(종2품), 대사성(정3품), 사성(종3품), 사예(정4품), 직강(정5품), 전적(정6품), 박사(정7품), 학정(정8품), 학록(정9품), 학유(종9품)가 있었다. 학관들은 겸직을 하는 예가 많았다.

대사성은 성균관을 대표하였으며 오늘날의 대학총장 격이었다. 당시 대사성은 유인귀였으며 전적 이명, 사성 박수량, 홍문관 부응교 송인수, 예문관 응교 송순 등이 강독을 담당하였다.

학관들은 유생의 대과를 돕는 의미로 『사서오경』과 『근사록』, 『소학』, 『성리대전』 등을 강독하였다.

서경덕은 학관들의 강독을 듣고 있노라면 어린아이처럼 마냥 즐거웠다. 지금까지 제대로 된 스승을 두지 못했던 서경덕이었다. 학관들은 조정에서 인정하는 학식 높은 선비들이 아니던가. 그들이 어떻게 강독하는지 살필 수 있는 좋은 기회이기도 했다.

하지만 학관들은 서경덕을 여간 껄끄럽게 대하는 것이 아니었다. 가시를 바짝 세운 고슴도치처럼 예민하게 촉각을 곤두세워 강독에 임하는 모습이 역력했다. 때론 자존심을 건드리는 언동도 서슴지 않았다. 학관들은 대부분 서경덕보다 나이가 어렸다.

"저기 맨 끝자리에 앉은 나이 많은 유생, 일어나서 이 대목에 대해 논해보시오."

"서 생원, 그대가 나 대신 강독해보시오."

걸핏하면 서경덕을 들먹였다. 서경덕은 날이 갈수록 지루하고 따분하게 느껴졌고 점차 흥미를 잃어가고 있었다.

"격물은 무엇이며, 치지는 무엇인가 논해보시오."

어느 날인가 학관이 박 진사라는 유생에게 격물치지에 대해 논하라고 하였다.

"격물치지라면 저쪽에 앉은 중늙은 유생이 더 잘 논할 것이오. 그 사람이 격물치지엔 대가라는 말을 들었소. 여러분 생각은 어떠시오?"

박 진사는 서경덕에게 화살을 돌리며 유생들의 힘을 빌렸다.

"좋소!"

"한번 들어봅시다, 여러분!"

이런 일이 비일비재하였다.

유생의 대부분은 한양 출신이었다. 학문도 덜 익고 인품도 덜 찬 유생들이 대부분이었으니 서경덕은 일쑤 놀림의 대상이 되곤 했다. 그러나 서경덕은 그때마다 고분고분하였으며 태연하게 참아 넘겼다.

유생들의 놀림은 날이 갈수록 심해졌다.

"색주가는 출입해봤소?"

"송도에 황진이가 있다던데 품어보았소?"

"조선 팔도에서 알아주는 대학자께서 색주가라니 말이나 될 법한 소리요?"

살판난 것처럼 저희들끼리 짓까불었다. 그럴 때면 서경덕은 얼굴 표정 하나 바꾸지 않고 슬그머니 밖으로 나왔다.

밖으로 나온 서경덕은 존경각에 머무르거나 관내 인적이 드문 조용한 곳에서 책을 읽는 것으로 시간을 보냈다.

존경각은 명륜당 뒤 오른쪽에 있었다. 그곳은 성현들의 문집을 보관하고 펴내는 오늘날의 도서관과 출판 기능을 맡았던 곳이다.

외톨이나 다름없는 그로서는 책만이 유일한 벗이었다. 다행히 존경각에는 수많은 책들이 비치되어 있었고 그중에는 한 번도 접하지 못한 책이 많았기에 오히려 잘되었다는 생각도 들었다.

성균관 생활이 달포 정도 지났을 때였다. 전우치가 찾아왔다.

"할 만하시오, 형님?"

"힘들지만 어쩌겠나. 참고 견뎌야지."

"함부로 대하는 놈은 없소?"

"없네. 잘 있으니 염려 말게."

"형님한테 까부는 놈들이 있으면 아무 때고 말하시오. 버릇을 단단히 고쳐줄 것이오."

"그럴 일 없을 것이네."

"학관 중에 송인수와 송순이란 자가 있소?"

"있지. 왜 그러나?"

"그 두 사람이 신광한 대감과 가깝다고 하오. 해서 내가 만나볼 생각이오."

"여주에 다녀왔는가?"

"김안국 대감이 계시는 이천에도 들렀소. 두 대감 모두 잘 계시고 있소. 형님이 성균관에 입관했다는 말을 전했더니 거긴 무엇 하러 갔냐고 합디다. 형님 같은 사람이 있을 곳이 못 된다고 하면서 괜히 허송세월만 하는 꼴이니 차라리 여주나 이천으로 오라고 합디다."

"이곳으로 오고 싶어 온 것이 아니라는 걸 아우님도 알지 않는가. 어머님의 소원을 실천하고 있을 따름이라는 걸 말일세."

"여주나 이천에 있다가 송도로 간들 자당(慈堂)께서 어찌 아시겠소."

"예끼 이 사람! 어찌 노모를 속이겠는가!"

"참으로 형님은 답답하오. 내 말은 속이라는 게 아니오. 어차피 대과에 응시할 것도 아닐 바에야 성균관에 머물 필요가 없지 않소. 곧은 목재만 쓰이는 게 아니랍디다. 굽은 목재도 다 쓰일 데가 있답디다. 형님은 요령 없이 너무 꽉 막힌 게 탈이우."

"떠날 때가 되면 어련히 알아서 떠나겠는가. 존경각에 있는 책이나 다 읽고 떠날 것이네."

"알았소. 곧 다시 오겠소."

잠시 후 전우치는 학관인 송인수와 함께 나타났다. 주고받는 말투로 보아 둘은 가깝게 지내는 사이인 듯싶었다.

서경덕과 송인수는 몇 차례 강독으로 서로 낯이 익었다. 전우치는 김안국 영감은 어찌했고 신광한 영감은 어떠했다는 둥 특유의 너스레를 늘어놓으며 송인수와 서경덕을 인사시켰다. 서경덕이 가까이에서 살피매 송인수는 마음가짐이 단정하고 심지가 굳어 보였다.

그날 이후 송인수와 송순은 자주 서경덕을 찾아왔다. 전우치가 다리를 놓아준 덕분이었다. 송인수와 송순은 생각이 깊고 박식했다. 그들과 더불어 격의 없이 이야기를 나누노라면 성균관 생활의 고단함도 어느 정도 가시곤 했다. 연배도 엇비슷했다. 송인수는 두 살이 위였고, 송순은 네 살이 아래였다.

여름이 되자 학관들은 그늘진 곳을 찾아 야외 강독을 시작했다. 관내에는 은행나무가 많았다. 아름드리 은행나무 그늘은 야외 명륜당 노릇을 하기에 제격이었다. 서원이나 각처 성균관에 은행나무가 많은 것은 공자가 은행나무 아래에서 강론을 하였기 때문이라고 했다. 또한 은행이 수없이 열리듯 유교적 소양을 갖춘 학자들이 많이 배출되기를 바라는 마음에서 은행나무를 심었다고도 했다.

가마솥같이 푹푹 쪄대는 여름날은 해마저 길었다. 가을을 코앞에 두었건만 술시 말쯤(밤 9시) 되어야 어둠이 깔렸다.

서경덕은 송인수나 송순이 찾아오지 않는 날이면 기묘사화 때 대사성 윤탁이 심었다는 은행나무 아래에서 책을 읽었다. 이십여 년이 넘게 자란 이 은행나무는 대성전 뒤에 있었는데 제법 거목의 기품을 지니고 있었다.

"복재 선생님!"

하루는 앳되어 보이는 젊은 유생 하나가 은행나무 아래서 독서삼매경에 빠진 서경덕을 찾아왔다.

"나를 불렀소?"

"그러하옵니다. 저는 이담(李湛)이라고 하옵니다. 드릴 말씀이 있습니다."

낯은 눈에 익었지만 이름은 모르는 유생이었다.

"무엇이오?"

"가르침을 주십시오."

"가르치다니, 모르는 게 있으면 서로 담론하면 되겠지요. 같은 유생 아닙니까?"

"아니옵니다. 스승으로 모시고 싶습니다."

이담이란 젊은 유생은 부득부득 제자 되기를 청하더니 이후 수시로 서책을 들고 달려왔다. 서경덕은 굳이 마다하지 않았다. 어디서든 학문을 논하고 가르치는 것은 즐거운 일이었다.

귀한 책을 마음껏 읽으며 제자를 가르치게 된 것은 이따금 송인수 등과 학문을 논하고 궐 안 소식을 나누는 것과 더불어 성균관에서 그나마 누릴 수 있는 커다란 위안이자 낙이었다.

그밖에는 모든 것이 마음에 차지 않았다. 특히 서경덕의 마음을 무겁게 한 것은 유생들의 품성과 기대에 미치지 못하는 실력이었다. 낮고 천박했다.

열심히 공부하는 유생이 있으면 오히려 이를 비웃고 방해하는 것이 전반적인 분위기였다. 특히 『소학』과 『근사록』을 읽는 유생이 있으면 비웃고 손가락질을 했다. 『소학』과 『근사록』은 조광조를 비롯한 사림들이 매우 중요하게 여기던 서책이었다. 학문의 기본 소양을 위해서는 거듭 읽어도 아깝지 않은 서책이었으나 일부 유생은 여럿이 보는 앞에서 책을 찢어 벽에 바르는 일까지 서슴지 않았다. 게다가 학관을 우습게 알기 다반사였고 급식이 형편없다는 등 어긋난 불평과 불만만 가득했다.

당시 성균관 유생들에겐 필요한 물품은 물론이고 노비까지 붙여 생활을 돕고 군역도 면제해주었으나 서경덕이 보기엔 오히려 그런 혜택이 아까울 지경이었다.

예전의 성균관이 아니었다. 유생의 배경에 따라 무리가 이루어지고 패를 이루어 몰려다닐 뿐, 학문을 탐구하고 조정을 염려하며 사물의 이치를 궁리하는 모습은 눈을 씻고 찾아봐도 없었다. 성균관 유생이 누구인가. 성균관의 타락은 길게 보면 조정 타락의 전조이기도 했다. 서경덕의 한숨은 날이 더할수록 깊어졌다.

입추가 지나면서 서경덕은 성균관에서 떠나기로 마음을 먹었다. 더 이상 읽을 서책도 없거니와 더 지체하다가는 울화가 생길 듯싶었다.

서경덕이 성균관을 떠나던 날, 낙엽이 뒹구는 명륜당 마당에 추적추적 비가 내렸다. 비가 그치면 가을도 성큼 깊어질 터였다.

4

성균관 정문 밖에서 비를 맞으며 삼각쯤 기다렸을 때 전우치가 나타났다. 갓에는 갈모를 씌웠고 도롱이를 걸친 차림이었다.
"오래 기다렸소?"
"아닐세."
"이것부터 쓰시오."
전우치는 여벌로 가져온 갈모와 도롱이를 내밀었다.
"난 괜찮네. 비라도 흠뻑 맞고 싶네."
서경덕은 허탈한 심정이었다. 성균관을 나온 게 문제가 아니었다. 장차 나랏일이 걱정되었고 비라도 맞아야 화증이 가라앉을 것 같았다.
"감기 들겠소, 형님. 어서 받으시오."
"이미 젖은 몸뚱일세."
"고집부리지 마시오."

"고집이 아닐세. 비를 맞고 싶네. 어디서 술이나 한잔하세."
"술은 걱정 마시고 이거나 받으시오. 팔 떨어지겠소."
성의를 무시할 수 없어 서경덕은 갈모와 도롱이를 받아서 걸쳤다.
"어디로 갈 겐가?"
"반촌(泮村) 사람들이 형님을 기다리오."
"반촌 사람들이라니?"
"그렇소. 반민들이 눈 빠지게 기다리고 있소."
"나를 왜?"
"가보시면 알 거요."

반촌은 관현(館峴)에서 동소문에 이르는 길목까지 형성되어 있었다. 반촌에 사는 사람들을 반민(泮民)이라 하였다. 반민이란 소를 잡아 생계를 꾸려가는 무리를 뜻했으나 일반 백정들과는 다소 차이가 있었다.

반촌이 생긴 유래가 있었다.

고려 때 성리학을 들여온 안향이 사노비 1백여 명을 성균관에 헌납하였다. 유생들이 학업에 전념할 수 있도록 잔손을 돕자는 배려였다. 그 후 그들의 자손들은 성균관 부근에 마을을 이루어 살게 되었다.

이후 조선 태조가 성균관을 한양으로 옮김에 따라 그들도 함께 따라왔다. 그들은 일꾼으로 새로운 궁궐을 짓는 데도 일조했다.

태종 때에는 성균관의 운영을 위해 전답 1천여 묘(畝)와 노비 300명을 하사하였는데 그 노비들 대부분이 안향이 헌납한 송도의 성균관에 소속되었던 자들이었다.

그들이 하는 일은 성균관 문묘 수직과 관원의 심부름, 유생들의 식사마련 따위였다. 그러다 보니 자연히 성균관 주변에 모여 살게 되었던 것이다.

반촌 사람들을 반민, 반인(泮人) 또는 관인(館人)이라고 하였는데 반(泮) 자가 붙게 된 사연이 있었다.

주나라 때, 천자가 있는 곳에 설립한 학교를 벽옹(辟雍)이라 하였고 제후가 세운 학교는 반궁(泮宮)이라 하였으며 반궁을 둘러싼 물줄기를 반수(泮水)라고 하였다. 그 유래로 성균관을 반궁이라고도 하였으니, 반촌이니 반인이니 하는 말도 여기에서 나온 것이었다.

반촌은 성균관 동편과 서편에 형성되었는데 반중(泮中) 또는 관동(館洞)이라고도 하였다. 오늘날 성균관대학교 앞의 명륜동 일대였다.

반민들은 6개월씩 돌아가며 성균관에서 일을 하고 그렇지 않은 사람들은 상업 등에 종사하였다. 다수의 반민들은 도축업에 종사하는 백정으로서 재인(宰人)이라 칭하였다. 반인들은 곧 성균관의 잡역을 대물림하여 맡아보는 사람들이었던 것이다.

이들 반민들에게는 도살을 허락하여 도성 일대에 쇠고기를 공급하게 하고, 아울러 성균관 유생들의 먹을거리로 제공하게 하였다. 자연히 반민들은 도성 일대의 쇠전과 현방(懸房, 푸줏간)을 장악하게 되었고, 그것을 생계수단으로 삼았다.

이들은 일반 백정에 비해 다루는 물동량이 많았을 뿐 아니라 성균관에서 배출된 조정의 신료들과 어릴 적부터 안면이 많았다. 그런 연유로 도성의 양반들도 반민들을 함부로 대하지 못했다. 백정은 백정이되 여타 백정이나 천민, 상인 등과는 현격한 차이가 있었던 것이다.

그래서 젊은 자 중에는 성장하여도 반촌을 떠나지 않고 머무르다 점차 안하무인이 되어 협객이나 왈짜패 노릇을 하는 자가 많았다.

개중에는 어깨너머로 글을 배워 학식을 갖춘 자도 있었다. 혜화문 안에 살고 있는 피장 같은 사람이 그러하였다. 심의의 친구이며 임꺽정의 스승이기도 했던 피장은 천한 갖바치였으되 조광조나 김식 등과 격식 없이 학문을 논할 만큼 식견이 높았다.

그 반민들이 서경덕을 기다린다는 것이다.
성균관을 둘러싼 반수를 건너 관동으로 갔다.
"관동하면 설렁탕이란 말이 있는데 들어보셨소?"
"듣기야 했네만……."
"오늘 참맛을 보여드릴 생각이오."
관동의 설렁탕은 맛나기로 장안 일대에 소문이 자자했다.
"먹는 얘길 듣고 보니 속이 출출하구먼."
"이제 다 왔수."
전우치를 따라 허름한 집으로 들어가자 반민인 듯한 십여 사람이 기다리고 있었다. 겉으로 보기에는 허름하고 볼품없는 초가집이었으나 안에는 대갓집 못지않게 넓고 번듯한 대청마루가 있었다. 그 대청마루에 반민들이 앉아 있다가 서경덕을 보자 우르르 몰려나와 예를 올렸다.
"어서 오십시오, 복재 선생님. 이런 누추한 곳까지 왕림해주셔서 광영이옵니다."
반민의 우두머리쯤 되어 보이는 늙수그레한 자가 나서서 인사를 하였다.
"안으로 들게."
서경덕은 하대를 하지 않고 하게로 대하여 말을 건넸다.
대청마루에 상석을 마련하였는데 지체 높은 사대부나 사용하는 비단

보료가 깔려 있었고 오른편으로는 팔걸이까지 준비되어 있었다.

서경덕이 사양 끝에 자리에 앉자 전우치가 팔걸이 앞쪽으로 자리를 잡고 반민들은 서경덕을 마주 보며 열을 맞춰 무릎을 꿇고 앉았다.

"자네들이 나를 보자 한 사유가 뭔가?"

"소인들은 송도 출신입니다. 태어나기는 이곳 반촌에서 태어났으나 씨앗의 출발이 송도이니 송도 출신과 다름이 없습니다. 송도의 자랑이며 대학자이신 복재 선생님을 뵙는 것이 당연하다고 생각하였습니다. 그러던 차에 마침 선생님께서 성균관 생활을 마치신다는 전갈을 받았습니다. 그래서 따뜻한 설렁탕이라도 한번 대접하고자 무례한 부탁을 구십자 도인께 하였던 것이옵니다. 청을 저버리시지 않고 찾아주셔서 감사드리옵니다, 복재 선생님."

"감사드리옵니다, 복재 선생님."

우두머리인 듯한 늙수그레한 반민이 말을 마치자 다른 반민들이 입을 모아 복창했다. 전우치를 구십자 도인이라 칭하는 꼴이 도술깨나 선보인 듯했다.

"성의가 고맙네. 모두들 편히 앉게."

서경덕의 부드러운 표정에 반민들은 모두 정좌를 하고 앉았다.

그들은 비록 패랭이를 쓰고 있었지만 입성이 정갈하고 깨끗했다. 어투 역시 쓸 말과 쓰지 않아야 할 말을 가릴 줄 알았으니 봉두난발의 여타 백정과는 비교가 안 되었다.

그들은 입성뿐 아니라 살림살이도 웬만한 사대부의 생활과 버금갈 정도로 여유가 있었다. 무엇보다 먹을거리가 넉넉했다. 우족이 되었든, 내장이 되었든, 소혓바닥이든, 뺨살이든, 코뼈기든, 귀때기든, 기름진 국거리가 풍족했다. 하다못해 가죽속껍질을 벗겨낸 수구레만 있어도 배를 곯지 않을 수 있었다.

또한 직접 도살을 하고 판매까지 하였기 때문에 돈을 모으는 일도 용이했다. 양반들처럼 체면에 마음 쓸 일이 없으니 마음껏 생업에 충실할 수 있었고, 그것이 차곡차곡 재물로 쌓였던 것이다.

준비된 상이 들어왔다. 서경덕과 전우치와 우두머리만 독상을 받고 나머지는 겸상을 했다.

뚝배기를 가득 채운 설렁탕엔 건더기가 꽉 들어차 있었다. 처음 먹어보는 것이었음에도 맛이 입에 붙었다. 걸쭉한 국물은 그 구수한 맛이 입 안에 오래 남았다.

"맛이 일품일세."

서경덕이 감탄하며 우두머리에게 고개를 끄덕여 보였다.

"입맛에 맞으신다니 다행입니다. 특별히 마음을 썼습니다. 넉넉하게 준비하였사오니 양껏 드십시오."

환갑은 넘긴 듯한 우두머리 반민이 매우 흡족한 표정으로 예를 갖추어 대답했다. 반민이지만 품위가 있어 보였다. 패랭이 대신 진사립에 도포만 걸치면 어엿한 사대부와 다를 바 없을 정도였다.

상을 물리자 이번에는 주안상이 들어왔다. 고려청자 운학문 주병에 담긴 술이 서경덕 앞에 놓였다.

"아락줍니다. 한번 드셔보시지요."

"아락주라 하였는가?"

"예, 그렇사옵니다."

"허면, 송도의 술이 아니던가?"

"예, 맞사옵니다. 송도의 맛을 그대로 보존한 것이옵니다."
"허허, 참으로 귀한 대접을 받는구려."
청자 주병을 기울여 잔을 채우자 쏘는 듯한 향내가 진동하여 입 안 가득 군침이 돌았다. 게다가 백자보다 귀하게 여기는 청자에 담아 내온 소주(燒酒)이니 맛이 각별하게 느껴졌다. 아락주를 준비한 것도 그렇지만 장롱에 깊이 두었을 청자를 꺼낸 것은 송도에 사는 서경덕을 위한 특별한 배려였을 것이다.
술잔이 몇 순배 돌자 서경덕이 우두머리에게 물었다.
"함자가 어떻게 되오?"
이름을 알아야 뭐라고 부를 터인데 아직 모르고 있었던 것이다.
"함자라니요. 말씀 받자옵기 부끄럽사옵니다. 소인은 쇠등이라고 부릅니다."
"쇠등이라……, 사연이 있는 이름자 같소."
"저 쇠등이는 어렸을 때 소 등때기를 잘 올라타서 붙여준 이름이라 하오."
전우치가 대신 나서서 말을 받았다.
"오, 그런 내력이 있었구려."
서경덕이 쇠등의 이름을 물은 것을 계기로 쇠등이가 나머지 반민들을 일일이 소개하기 시작했다.
"저 자는 쇠탕이란 자입니다."
"소인 쇠탕이옵니다."
"다음은 둥박이란 자이옵고……."
"소인 둥박이옵니다."

쇠등이가 이름을 부르면 하나하나 일어서서 읍하며 자신의 이름을 댔다. 쇠등은 소개가 끝나자 그들이 이름을 갖게 된 내력을 설명하였다.

"아비가 쇠머리 끓일 때 낳았다고 쇠탕이옵고, 소 귓살 한 점 먹을 때 낳았다고 귀때기, 소 주둥박을 썰 때 산기를 느끼기 시작했다고 둥박이, 소 모가지를 딸 때 아들 낳았다는 전갈을 받았다고 쇠목이, 껍데기 벗길 때 낳았다고 피막이, 내장 꺼낼 때 전갈을 받았다고 안창이, 쇠전에 갔다 집에 오니까 벌써 낳았다고 우전이, 현방에 고기를 전해주고 와서 보니 애를 낳아놓았다고 현돌이, 도끼질 단 한 번에 끝장내는 솜씨를 가진 자의 아들이라고 단방이가 되었답니다."

한결같이 텃밭에 씨앗을 뿌린 듯한 이름들이었다.

"이왕지사 이름에 대한 말이 나왔으니 자네들도 그럴듯한 이름자를 가져보게나. 나라에서 금하는 자를 피해서 말일세."

양반들은 이름은 물론 자와 호까지 마음대로 쓸 수 있었지만 그들은 제대로 된 이름조차 없었던 것이다.

"솔직하게 말씀하면 이 사람들도 이름을 가지고 있다우. 자나 호는 없어도 암암리에 쓰는 이름이지요. 쇠등이를 반촌에서는 쇠등 어른으로 부르지만 몇몇 사람들끼리는 덕수라는 이름을 부른답니다."

전우치가 그들을 대신하여 대답했다.

"암, 그래야지. 사람으로 태어나서 남들이 다 갖는 이름자가 없어서야 되겠는가. 별호가 이름으로 굳어지는 것은 좋지 않네. 현돌이나 단방이 같은 별호는 우스개로 두고 따로 작명을 해야 한다는 말일세. 팔자가 이름대로 간다고 했네. 팔자라는 것이 본래 타고난 숙명이라면 이름은 운명을 좇는 것이라네. 그래서 공들여 작명하고 평생토록 자신의 몸뚱이를 대신하는 것일세.
 이름을 겉껍데기일 뿐이라고 소홀히 할 수도 있겠으나 이름은 그야말로 진정한 껍질이라네. 알곡을 보게나. 껍질 벗겨낸 알곡이 씨앗이 되던가? 알곡도 그러할진대 이름 없는 사람이 어찌 제대로 된 씨앗을 잉태할 수 있단 말인가. 지금은 어쩔 수 없어 쇠등이고 쇠목이지만 세월이란 머무르지 않고 흐르는 것이니 먼 훗날을 내다봐야 할 것이라네. 반촌과 같이 마을을 형성한 곳에서는 같은 천민이라도 사노(私奴)나 공노(公奴)와는 다르지 않던가. 그 점을 명심해서 후손들만큼은 바른 이름을 지어주도록 해야 할 걸세."
 "고맙습니다, 복재 선생님."
 서경덕의 일장 훈시에 반민들은 입을 모아 답했다.
 저물녘이 되어 자리를 파한 서경덕과 전우치는 쇠등이 덕수의 간곡한 청으로 반촌에서 하룻밤을 묵게 되었다.
 선비들이 반촌에 머무는 것은 손가락질 받을 일이 아니었다. 반촌은 평소에는 성균관 유생들이 머물며 공부하는 우거 지역이었으며, 과거 철에는 과유(科儒)들이 머무르는 곳이기도 했다.
 "쇠등이는 어떤 사람인가?"
 서경덕이 전우치에게 물었다. 반촌의 우두머리라는 것은 알고 있었지만 그의 신상에 대해 좀 더 자세히 알고 싶었던 것이다.
 "백정이지만 인품이 있어 반촌 사람들이 존경하는 인물이오. 도성에서 제일 크다는 수표교에도 다림방(懸房)이 있고, 다림방만 대여섯 개를 가졌다고 합니다. 그러니 제법 돈푼도 있다 하오. 자식은 아들만 다섯을 두었는데 현방을 맡아서 관리하고 있소. 한 놈만 빼고. 젊었을 때에 성균관에 있는 여비(女婢)하고 관계를 맺어 낳은 자식들이라 했소."

"허면 모두들 직동(直童)을 거쳤겠구먼."

서경덕은 동재와 서재에 소속되어 유생들의 잔심부름을 하던 어린 재직(齋直)을 떠올렸다.

반민이 성균관에 소속된 계집종과 관계하여 아들을 낳은 경우 그 아들은 성균관의 직동이 되었다. 직동은 재직이라고도 하였는데 장성하면 일정 기간 성균관 내에서 수복(守僕)이 되어 일하는 것이 주된 임무였다.

이와 달리 반민이 성균관 밖의 계집종과 관계하여 아들을 낳으면 그 아들은 관아의 아전(衙前)이 되었다. 어쨌든 현방을 열고 고기를 파는 일은 오로지 반촌 출신인 반민만이 할 수 있었다.

"한 놈만 빼다니 그건 또 무슨 연유인가?"

"쇠둥이가 나이 사십 줄에 들어서 돈푼깨나 만지다 보니 반촌에 첩을 두지 않았겠소. 그 아들놈이 지금 성균관 양현고에 서리(書吏)로 있소."

양현고(養賢庫)는 성균관 유생들의 식량을 관장하던 기관으로 호조 소속이었고, 성균관에 딸린 약 2천결(結)의 섬학전(贍學田)을 관리하면서 유생들의 식량을 조달했다. 관원으로는 주부(主簿, 종6품), 직장(直長, 종7품), 봉사(奉事, 종8품) 각 1명을 두었는데 성균관의 전적(典籍), 박사, 학정(學正) 등이 이를 겸임하였다. 이속(吏屬)으로는 서리 5명을 두었다.

"오, 그랬구먼."

"형님도 그런 재주는 있잖소."

"그거야 어쩔 수 없는 운명이라고 했잖은가. 그만 놀리시게."

서경덕이 말꼬리를 물고 늘어지려는 전우치를 슬그머니 피했다. 전우치는 여자 이야기만 나오면 서경덕을 놀려먹는 재미에 소등에처럼 달라

붙기를 일삼았다.

"이제 그만 눈을 붙이세."

서경덕은 등을 돌리며 자리에 누웠다.

이튿날, 쇠등이가 반촌을 떠나는 서경덕에게 뭔가를 내밀었다.

"벼룻물을 담는 연적(硯滴)이옵니다."

"이런 걸 받아도 되는지 모르겠네."

"뇌물이 아니니 받으시오, 형님."

"소인의 조그마한 성의입니다. 거두어주십시오, 복재 선생님."

"요긴하게 쓰겠네. 그러지 않아도 연적이 하나 있었으면 했네. 고맙네."

청화백자 연적은 양반이라면 흔히 갖추고 있는 문방구였다. 서경덕은 여태까지 표주박에 물을 담아 와 벼루를 갈았다. 불혹이 넘어서야 연적을 선물로 얻게 되니 쇠등이 덕수의 성의가 거듭 고마웠다.

두 사람은 반촌 식구들의 배웅을 받으며 송도로 향했다. 간밤에 비가 많았는지 길에 젖은 낙엽이 흥건했다.

전우치가 짚신에 끈덕지게 달라붙는 흙더미를 털어내며 말을 꺼냈다.

"귀양 간 심정의 목이 곧 달아날 거요. 이 흙처럼 말이오."

"사사의 명이라도 있다는 겐가?"

"일이 진행되고 있소. 김안로의 등쌀에 조정대신들과 임금이 배겨날 수 없을 정도요. 알고 보니 김안로란 인사도 남곤이나 심정이란 놈하고 진배없는 놈이었소. 원래 싹수가 없다는 걸 알았지만 점점 기고만장이오. 심정이 고양이 같은 인사라면 김안로는 살쾡이나 다름없소. 산 넘어 산이라더니 그 말이 딱 맞소. 이젠 그놈을 없앨 참이오."

"그래서 반촌을 들락거리는가?"

"이유가 세 가지요."

"세 가지라?"

"몸을 피신할 은신처와 힘깨나 쓰는 장정 그리고 자금이 필요해서요."

"은신처라니?"

"몸을 숨기기에는 반촌보다 좋은 곳이 없소."

반촌은 반민들만 사는 곳이므로 그들 이외에는 거주를 허락하지 않았다. 또한 일종의 치외법권 지역으로 국법으로 금한 소나무 벌채라든가, 임의적인 도살 행위라든가, 밀주 등 금법을 어긴 범인이라도 반촌으로 잠적하면 더 이상 추적하지 않는 불문율이 있었다. 어찌 보면 별천지와 다름없었다.

그런 특성을 알고 있는 전우치였기에 만일을 대비하여 은신처로 활용한다는 것이었다.

"장정이 필요하다는 건 알아듣겠는데 자금은 또 무엇 때문에 필요한가?"

"장정을 부려 쓰는 것이나 몸을 움직이는 것이나 기실은 다 돈 놀음이오. 돈 없이는 아무것도 할 수 없소. 해서 덕수 패거리한테 암암리에 조달을 받고 있소."

"위험한 일을 도모하는구먼."

"형님이 보기엔 위태할지 몰라도 나 같은 놈도 있어야 세상이 바르게 되지 않겠소. 바른 세상이 되길 바랄 뿐이오."

"세상일이란 정법을 써야 한다네. 삿된 짓은 결말이 좋지 않은 법이 아니던가."

"정법으론 통하지 않는 세상이오!"

"그래도 정법으로 대항하여야 할 것이네. 떳떳한 일을 하시게."

"떳떳하지 못하다는 건 나도 아우. 하지만 이놈의 솔직한 심정은 홍길동 같이 의적이라도 되고 싶은 심정이오. 못된 놈들을 응징하는……."

"권선징악은 아무나 하는 게 아닐세. 하늘의 뜻을 실행할 백성의 힘이 하나로 뭉쳐질 때에나 가능한 것일세. 그때까지는 참고 견디며 자기수양에 힘써야 할 걸세. 부질없는 짓거리는 그만두고 나하고 산천이나 벗 삼아 지내세."

서경덕은 마음에 두고 있던 말을 꺼냈다. 성균관을 떠나올 때부터 작정한 바가 있었다.

"은둔할 생각이오, 형님?"

"꽃골짝으로 들어갈 생각일세. 산천에 묻혀 모자란 공부나 더할 요량이네."

"꽃골짝이라면 오관산 화곡을 말씀하시는 게요?"

"그렇다네. 왜 자네도 알고 있지 않은가. 아버님 모신 자리로 가는 길에 꽃못이라고. 거기에 거처를 마련할 생각이네."

"……."

"왜 대답이 없는가, 싫은가 보이?"

"형님하고 같이 지내는 건 나도 바라는 바요. 하지만 형님께 은둔할 뜻이 있듯이 나에게도 뜻이 있소. 악한 놈들을 응징하는 것이 내 몫이오. 내 손으로 안 되면 남의 힘을 빌려서라도 반드시 응징할 참이오. 미안하오. 가끔 뵈러 가리다."

"권모술수로 다스리는 것이 정치요, 법조문으로 다스리는 것이 법치요, 삼강오륜으로 다스리는 것이 의치(義治)인데, 자네는 도치(道治)라는 새로운 말을 만들 셈이던가? 덕은 닦은 대로 가고 죄는 지은 대로 간다 하였네. 달 보고 짖는 하룻강아지는 아니 되었으면 하네."

그러나 서경덕이 말린다고 들을 전우치가 아니었다. 그 역시 불혹의 나이로 접어들었다. 세운 뜻을 흔들림 없이 지켜가는 운명의 나이임을 어찌하겠는가. 이제 간청도 만류도 할 계제가 아니었다.

두 사람은 길을 서둘러 어스름이 깔릴 무렵 송도에 당도하였다.

둘이 송도로 오는 동안 전우치 말대로 심정은 유배지에서 사약을 받고 있었다. 조정을 틀어쥔 김안로의 힘이었다.

무수한 사림의 주검 위에 권세와 영화를 쌓았던 장본인들이 그와 똑같은 길 위에서 죽음을 맞았으니 권력이란 것이 애당초 그토록 허망한 것이었다. 역사의 속성이 그러할진대 심정을 앞세운 김안로 또한 그 길을 가지 않겠는가.

그해 겨울, 서경덕은 수정에게서 둘째 아들을 보았다.

이름은 응귀(應龜)라고 지었다. 손자 셋을 두게 된 한씨는 늦복을 얻었다며 입가에서 웃음을 지우지 못했다. 가난한 살림이었지만 집안에는 생기가 돌았다.

겨울을 나고 봄이 되자 서경덕은 화곡으로 들어갈 준비를 서둘렀다.

화담 옆에 잇대인 작은 터에 초가를 마련할 셈이었다. 손재주는 없지만 개미 역사하듯 부지런을 떨면 움막이라도 한 채 얻을 수 있겠지 싶어 매일같이 꽃골짜기를 오르내렸다.

그런 어느 날, 황원손이 찾아왔다.

"집을 지으신다는 소문이 사실이군요, 선생님."

"집을 어떻게 짓겠나. 그저 비바람을 막아줄 움막이나 만들어볼 생각이네."

"톱질하시는 것을 보니 금년 내에는 힘들겠습니다. 이리 주십시오."

황원손은 일에 이력이 난 터였다. 반나절도 안 되어 서경덕이라면 사나흘도 넘게 걸릴 일을 뚝딱 해치웠다.

다음 날부터는 아예 동문수학하던 이균과 다른 장정들을 몰고 와서 일을 서둘렀다.

다 같이 손을 모아 기둥을 세우고 서까래를 치고 진흙으로 벽을 바르고 볏단으로 이엉을 올리고 보니 번듯한 초가가 세워졌다. 혼자서는 반년은 족히 걸릴 일을 보름 남짓 만에 거뜬히 마무리 지은 것이다.

화담은 초가를 바라보며 흡족한 웃음을 지었다.

'내 손으로 주춧돌을 놓고 기둥을 세워 서까래를 얹었듯, 이제 공부와 실천도 그리할 것이다.

아래로 사람의 일을 통하고, 위로 자연과 하늘의 이치에 통하는 것이 학문의 순서요 정도다. 사람의 일을 버리고 하늘의 이치만 외는 것은 입에 발린 이치일 뿐이니 이제 이곳에 엎드려 자연의 순리를 따르되 후학을 독려하여 어진 정치의 초석을 놓게 할 것이다. 경미하고 사소한 것일지라도 후학으로 하여금 선을 행하도록 도와주는 것, 이것이 스승의 가장 아름다운 일이 아니겠는가. 더욱이 작금의 조정과 목민관은 얼마나 피폐해져 있는가. 그럴수록 더욱 낮추어 명리를 탐하지 않고 나를 돌보아 대자연의 섭리를 함께하리.'

서경덕은 초가를 돌아보며 하늘을 올려다보았다.

제5장 가르침의 길에 들어서다

화담이 후학을 가르친다는 소문은 금세 퍼져나갔다.
가르침에 귀천이 따로 있을 수 없으니
바르게 배우고자 하는 자면 누구든 구분을 두지 않았다.
또한 가르침에 있어 학문만 고집하지 않았으니
인성, 즉 사람 됨됨이부터 바로잡는 데 주안을 두었다.
학식에 앞서 품성이 박한 자는 멀리 하였으며,
벼슬아치가 되더라도 승차와 사욕의 빛이 보이는 자에게는
발걸음을 하지 못하게 하였다.
그러나 비록 천한 미슴이라도 마음이 바르고 쓸쓸이가 곧으면
기꺼이 불러들여 궤안을 마주하여 앉았다.

1

꽃못에 두어 칸짜리 초옥이 완성되자 산천이 품 안에 안기는 듯했다. 작고 조촐하니 오히려 주변을 거스르지 않고 지나가는 바람조차 쉬어 갈 듯하였다.

서경덕은 흐뭇한 마음으로 초옥을 바라보며 이름을 지어 붙였다.

'서사정(逝斯亭)', 이렇게 머무르다 떠나는 곳.

그는 꽃못에서 여생을 보내다 떠날 작정이었다.

다음으로 서경덕은 꽃골짜기에 널려 있는 봄물 먹은 꽃나무를 옮겨다 서사정 주위에 심기 시작했다. 꽃밭도 가꾸었다. 꽃못가에 어지럽게 흩어져 있는 풀과 꽃나무들을 정리하였다. 들꽃 몇 포기만으로도 초옥의 풍치가 달라졌다.

서사정 옆 운암을 돌아서면 뒷동산이 있었다. 뒷동산 앞자락에 땅을 고르고 채마밭을 만들어 푸성귀 씨앗을 뿌렸다. 금세 파릇파릇한 새싹들이 이랑을 메우기 시작했다.

　낮이면 오관산 봉우리 위에 걸려 있던 조각구름이 꽃못으로 내려와 배를 띄웠다. 산새들도 떼 지어 몰려와 꽃못을 수놓았다. 서경덕이 거문고를 퉁겨주면 꽃못 속에서 잠자던 물고기들이 지느러미를 비벼대며 반기는 듯 물 위로 뛰어올랐다.

　밤이면 술잔 속에 달이 떠올랐다. 달도 취했는지 산마루에 발을 딛고 꽃못을 떠나려 하지 않았다. 서경덕이 '이제 그만 됐네, 가보시게' 하면 알아들었다는 듯 슬그머니 뒷걸음질을 쳤다. 그 틈새를 놓칠세라 어느새 별들이 총총걸음으로 다가와 꽃대궐 위에서 사금파리처럼 빛났다.

　장자가 논했던 소요유(逍遙遊)가 이보다 나을쏜가. 속된 먼지를 멀리하고 산천에 몸을 청하니 절로 그윽해지고 마음조차 씻어 세운 듯 맑고 깨끗해졌다. 세상 천지에 부러울 게 없었다.

　　우연히 하늘도 아끼는 손바닥만 한 언덕 구하여
　　손수 꽃나무 심으니 그윽한 집 이루었네
　　먼지 속에 분주하느라 사람들 모두 취했는데
　　속세 밖 신선처럼 노는 그대 홀로 깨어 있구려
　　때때로 술잔 들면 산에 걸린 달이 찾아주고
　　거문고 들고 한가히 바라보면 들판 위에 구름 떠 있네
　　자유로운 놀이의 즐거움을 스스로 알고 있으니
　　흥하고 망하는 속의 온갖 시름 알 바 아니로다

偶得天慳半畝丘　手栽花木屋成幽
塵中形役人皆醉　象外神遊子獨休
把酒時邀山月至　援琴閒看野雲浮
自知疎散還堪樂　不問升沈多少愁

이따금 황원손과 이균이 지나가는 길에 들를 뿐 아무도 찾는 이 없는 초가는 더없이 한적하고 고요했다. 그의 벗은 풀, 벌레, 꽃, 나무, 산새, 해, 구름, 별, 달, 바위, 물 따위의 산 식구들뿐이었다.

큰 자연 속에 혼자 놓이자 자연과 우주의 변화가 더욱 선명하게 들리고 보일 뿐 아니라 사념 또한 바닥을 향해 더욱 깊이 내려갔다.

서경덕은 그곳에서 그동안 등한했던 『참전계경』과 『천부경』, 『삼일신고』 같은 책들을 거듭 읽고 또 읽었다. 그리고 시각에 맞춰 금강산 도인에게 배운 태극무선을 연마하였다. 원형 속에 태극을 그리며 팔괘를 배열하고 선(仙)의 열락에 드는 것, 그것은 아무나 해낼 수 없는 신선의 춤이기도 했다.

산들바람을 탄 귀뚜라미가 쓰륵쓰르륵 톱질 소리를 내며 다가왔다. 유난히도 심금을 울리는 그 소리는 아무래도 누군가 찾아올 것을 알리는 듯했다.

'손님이 오려나?'

산 그림자에 짓눌린 아침이 늦잠을 불렀다. 잠에서 깨어난 서경덕이 문을 열고 꽃못을 향해 눈을 두며 혼잣말을 하였다.

아니나 다를까.

중참(中站) 때가 되자 전우치가 손님과 함께 서사정 앞마당으로 들어섰다.

"형님, 저 왔소."

"그러지 않아도 아우님이 오리라 생각하였네."

"초옥도 그럴듯하고 형님 신수도 훤해지셨소."

"빈말이라도 고맙네, 아우님."

"송도 사람들이 형님을 화담 선생이라고 고쳐 부릅디다."

"꽃못에서 산다고 그리 부르더구먼. 아무러면 어떤가."

"복재 선생보다는 화담 선생이 더 어울리오."

"고맙네."

"인사드리지요. 이분이 복재 선생님이시고 화담 선생님이시오."

전우치가 같이 동행한 일행에게 서경덕을 소개했다.

"조욱(趙昱)이라 합니다. 선생님의 고명을 익히 들었사옵니다."

"반갑습니다. 누추한 산골까지 왕림해주셔서 감사드립니다."

서경덕이 화답을 하며 말을 이었다.

"무거워 보이네. 짐이나 내려놓으시게, 아우님."

전우치의 손에는 병술과 보따리가 들려 있고 허리춤에는 괴나리봇짐이 걸려 있었다. 전우치는 조욱의 괴나리봇짐까지 받아들어 서사정 안으로 밀어 넣었다.

"저쪽으로 가십시다."

서경덕은 꽃못으로 두 사람을 안내하였다.

못가에는 키다리 가을꽃들이 살랑거리는 바람결에 도리 춤을 추고 있었다. 산국, 황국, 흰 꽃을 피운 구절초, 자주색 종을 머리에 이고 있는 선용담, 주황색 백양꽃, 노란색을 띤 땅귀개, 하얀 물매화, 자주색 오이풀 등이 흐드러지게 피어 있었다. 고추잠자리 떼가 꽃잎 사이로 빙글빙글 맴돌았다.

"조 참봉도 벼슬을 버리고 용문산에 은거하는 산사람이외다. 양평 사람들은 용문거사라 부르지요."

전우치가 못가에 엉덩이를 붙이며 조욱을 소개했다.

"정말 산사람다운 별호를 가지셨소, 허허허."

서경덕이 재미있다는 표정을 지으며 웃었다.

"형님도 화담거사라 불러드리리까?"

"좋을 대로 하시게나. 거사면 어떻고 처사면 어떠리. 이미 가진 이름이 있는데 아무렇게나 부르시게."

"그래도 화담 선생이 부르기도 좋고 듣기도 좋은 것 같소. 이 용문거사는 형님보다 나이는 턱없이 어리지만 생원은 십오 년 선진(先進)이시오. 그것도 양시요."

조욱은 서경덕보다 아홉 살이 아래였다. 그러나 양시에는 일찍 입격하였던 것이다.

"오, 그러신가. 헌데 벼슬자리엔 아니 계시고 용문산은 어찌……?"

서경덕의 물음에 전우치가 나서서 주절대기 시작하였다.

"용문거사는 열아홉에 생원과 진사의 양시에 합격하였소. 허나 삼 년 뒤 기묘사화가 터지지 않았겠소. 거사는 일찍이 정암 선생과 김식 선생의 가르침을 받았소. 당연히 훈구파 놈들이 덤벼들었지요. 허나 워낙 책잡힐 게 없으니 그 화를 면하고 준원전(濬源殿) 참봉과 영능(英陵) 참봉을 지냈소. 그러다가 그만 모친상을 당하지 않았겠소. 용문산에서 삼 년 시묘를 하던 참에 그 길로 세상을 등지고 그냥 은거해버렸다오. 학문이 깊은지라 지금은 그곳에서 후학들에게 학문을 전수하고 있소. 가끔 김안국 대감, 신광한 대감과 자리를 같이하며 시국을 논하기도 하고……."

"모처럼 훌륭한 선비를 만났구려. 두 대감은 내게도 좋은 벗님네라오. 그나저나 조정에선 참다운 인재를 잃은 셈이구려. 조정의 운이 거기까지인 듯하오."

서경덕의 입에서 긴 한숨이 터져 나왔다.

"인재라면 화담 선생님만 한 분이 또 어디 있겠습니까. 저야 선생님에 비하면 한낱 서생일 따름입니다. 화담 선생님께서도 오래전부터 후학 양성의 길을 택하시지 않았습니까? 앞으로 많은 가르침을 부탁드립니다."

조욱이 겸손한 낯빛으로 화답하였다.

"가르침이라니요? 듣기 민망한 과찬이십니다. 그저 학문을 서로 논하면서 여생을 즐기십시다, 용문거사."

서경덕은 성균관에서 돌아온 이후 후학들을 가르치며 여생을 살아가리라 작정했다. 하지만 아직까지는 혼란한 머릿속을 정갈하게 가다듬는 게 먼저였다.

유학자에게는 관직으로 나아가 백성을 위해 일하는 길이 있고, 그것이 뜻대로 되지 않으면 물러나 제자를 양성하는 길이 있었다. 또한 서경덕처럼 애당초 관직에 뜻을 두지 않고 학자로 남아서 후학을 가르치는 경우도 있었다. 이러한 길은 공자와 맹자 이후로 자리 잡은 일종의 통념으로 굳어졌다. 어지러운 정국일수록 많은 선비들이 후자의 길로 들어섰다. 하지만 출사를 하더라도 틈을 내어 나이 어린 유생들을 가르치고 양성하는 것을 선비의 명예로 여겼다.

"내가 듣기로는 경상도에 조식(曺植)이란 선비도 은둔하며 후학들을 가르치고 있다 하던데……."

서경덕이 조식의 이름을 떠올리자 조욱이 고개를 끄덕이며 말을 받았다.

"남명(南冥)을 말씀하시는군요."

"그렇지요. 호가 남명이라 합디다. 그분에 대해 아시는 게 있습니까?"

"저보다는 셋이 아랜 선비지요. 일전에 두어 차례 만났습지요. 제가 아는 데까지 말씀드려도 괜찮으시겠습니까?"

"물론입니다. 말씀하시지요."

"남명은 스무 살 때 양시에 장원과 차석으로 입격하였지요. 영특하고 공부하길 좋아해 경사자집(經史子集)을 섭렵하고 천문, 지리, 의방, 수학, 궁마(弓馬), 행진(行陣), 관방(關防) 등 문무를 두루 공부하였답니다.

헌데 기묘사화 때 숙부인 언경(彦卿)께서 정암 선생의 일파라 하여 비명에 돌아가셨지요. 남명의 부친께서도 청관(淸官)이셨는데 청주목사로 임명되었을 때 마침 발병하여 취임하지 못했답니다. 그러나 병을 빙자하여 고의로 명을 따르지 않았다고 무고한 자가 있어 관직을 삭탈당한 후 운명하셨지요. 남명의 나이 스물여섯 되던 해였습니다. 부친의 체백(體魄)을 모시고 고향인 삼가현(三嘉縣, 합천) 갓골의 선영에 안장하고 삼 년 동안 여막살이를 하였답니다."

"어허, 저런 일이. 쯧쯧."

서경덕이 조욱의 이야기를 듣다가 안타까움에 혀를 찼다.

"생각할수록 갈아먹어도 시원찮을 놈들이오. 제놈들은 천년만년 살 줄 알았나 보지! 부관참시를 당해야 할 작자들이오."

전우치는 남명의 숙부와 부친이 훈구파에게 당했다는 말을 듣자 치미

가르침의 길에 들어서다 267

는 울화를 참지 못해 목청을 높였다.

"참으시게. 역정을 낸다고 될 일이 아니잖은가. 지난 일이니 용문거사 얘기나 마저 들어보세."

"……부친께서 운명하시고 보니 그야말로 집안이 쑥대밭이 되지 않았겠습니까. 그러니 관직에는 정나미가 뚝 떨어져 칼로 도려내듯 하였답니다. 막상 그리되고 보니 생계가 말이 아니었지요. 해서 서른 살 때 처가가 있는 김해로 가게 되었습니다. 그곳 신어산 아래 탄동에다 산해정(山海亭)이란 정사(精舍)를 짓고 독서로 일관하면서 모부인(母夫人)을 봉양한 지 삼 년째 되고 있습니다."

"허면 남명의 성품은 어떠한지요?"

"남명은 일상생활에서도 철저히 절제하며 불의와 타협하지 않는 성격을 가졌습니다. 특히 경(敬)과 의(義)를 중시해서 경으로써 마음을 곧게 하고, 의로써 인간을 대한다는 의지를 일상생활에서 실천하는 분이랍니다. 나약한 선비에게 용기를 불어넣고 탐관으로 하여금 염치를 느끼게 하는 언행이 남명의 고풍이랄 수 있습니다."

"듣고 보니 과연 현사입니다."

"특이한 점은 화담 선생님과 같은 학풍이라는 데 있습니다."

"같은 학풍이라 하시었습니까?"

"남명께서도 장자와 장재, 소옹의 학풍을 따르고 있습니다. 화담 선생님께서도 그러하시다는 말을 들었습니다. 그렇지 않으시던가요?"

"옳은 말씀이오. 그들의 학설에 많은 시간을 보냈지요. 허나 이 사람은 그들의 학설을 참고할 따름이지요. 지금은 그들이 미처 밝히지 못한 부분을 탐구하고 있습니다. 그나저나 남명 선생을 뵙고 싶은 마음이 간절합니다. 언제 한번 주선해주시길 부탁합니다."

"예, 그리하겠습니다."

"아우님 도술 공부는 진전이 있으신가?"

남명의 이야기가 끝나자 서경덕은 전우치에게 말을 돌렸다.

"요즘은 구름을 타고 다니오."

"구름을 탄다? 멍석을 타는 게 아니고?"

"김안국 대감을 방문하신 용문거사를 송도까지 구름으로 뫼셨소이다."

"그렇다면 대단한 진전일세그려."

"말인즉슨 그렇다는 거지요, 하하하."

전우치가 뒷머리를 긁으며 너털웃음을 터뜨렸다.

"출출한데 고기나 낚아서 요기라도 하십시다. 잠시 기다리시오."

전우치가 꽃못 속에서 유유히 노니는 잉어를 보더니 회가 동한 모양이었다. 서사정으로 뛰어가더니 지필묵을 들고 왔다.

"고기를 잡는다더니 시를 지을 모양일세, 아우님."

"보고만 계시오. 싱싱한 놈 대여섯 마리만 건져 올리다."

"아우님 좋을 대로 하시게나."

서경덕은 만면 가득 웃음을 띤 채 전우치가 하는 양을 가만 지켜보았다. 들은 풍월은 있는 것 같아 보였다.

전우치는 종이를 사각으로 찢은 다음 낚을 어(漁) 자를 썼다. 그러고는 못으로 힘껏 던졌다.

잠시 후 새끼손가락만 한 물고기가 퍼덕거리더니 못가로 떨어졌다.

"제법이네만 너무 작네."

서경덕이 빙긋이 웃으며 추임새를 넣듯 하였다.

"젠장, 피라미가 걸려들다니……. 아직 수가 먹혀들지 않은 모양이오. 이번에는 영락없소."

전우치는 고개를 갸우뚱거리며 또다시 어 자를 써서 던졌다. 이번에는 가운뎃손가락만 한 피라미가 못가로 튀어 올랐다.

"글자가 작아서 그런가 보네. 좀 더 크게 써서 던져야 큰놈이 걸리지 않을까 싶네."

서경덕이 말끝에 너털웃음을 터뜨렸다. 연달아 다섯 번을 시도하였으나 그놈이 그놈이었다.

그러나 낚시도 없이 어 자 하나로만 낚아내는 솜씨는 쉽게 흉내 낼 수 있는 재간이 아니었다. 용문거사는 물방울을 튀기며 피라미가 뛸 때마다 벌어진 입을 다물 줄 몰랐다.

"형님 계시는 꽃못이라 수가 통하지 않는가 보오."

"그럴 리가 있겠는가. 그만해도 대단허이. 무인도에 가도 배는 곯지 않겠네. 헌데 이 사람이 보기에는 정(精)과 신(神)과 기(氣)가 아직 완전하게 통하지 않은 듯싶네."

서경덕이 못가로 튀어 오른 피라미를 가지런히 놓고 그 이유를 설명하였다.

"이 눈 좀 보시게. 모두 피멍이 든 것처럼 빨갛지 않은가. 이 녀석들은 피라미가 아니고 바로 열목어일세. 눈에 열이 가득 찬 놈들이지. 아우님 기가 피를 부르기 때문이야. 허니 핏발 선 열목어밖에 더 호응하겠는가. 상통이란 것이지. 게다가 정이 빈약하니 작은 놈일 수밖에. 조금 더 노력하셔야겠네, 허허허."

"허면 형님은 잉어라도 잡아 올릴 수 있다는 말씀이오?"

전우치가 양미간에 고랑을 깊게 판 채 눈을 치켜뜨며 물었다.

"면(面) 밭에 고랑을 켠 걸 보니 봄보리라도 심을 셈인 모양일세."

"놀리지 말고 한번 보여주쇼."

"가만히 있어 보게. 불쌍한 녀석들 먼저 살려주고."

서경덕은 열목어 다섯 마리를 꽃못으로 돌려보냈다. 전우치는 잔뜩 심술난 표정으로 입을 삐쭉 내밀었다.

"지필묵을 이리 주게."

지필묵을 받은 서경덕은 잉어 리(鯉) 자를 써서 못 위로 종이배처럼 띄웠다. 종이배는 물결을 따라 일렁이며 안으로 떠 들어갔다.

서경덕은 남의 일처럼 먼산바라기를 하고 있었지만 두 사람은 눈에 불을 켜고 바라보았다.

구름 한 점 없는 맑은 하늘에 황조롱이 한 마리가 꽃못 위를 맴돌다 멈춰 서서 구경꾼이라도 된 듯 아래를 쏘아보고 있었다. 잠시 물속을 들여다보던 서경덕이 불현듯 몸을 일으켜 서사정으로 걸음을 옮겼다.

"고긴 안 잡고 어딜 가는 게요?"

전우치가 서경덕의 뒷모습에 대고 냅다 소리를 질렀다.

"기다리시게나."

종이배가 못 한복판쯤 떠 가고 있을 무렵이었다. 난데없이 두 자짜리 잉어 한 마리가 못가 바윗덩이로 뛰쳐 올라왔다. 두어 차례 몸을 뒤채던 잉어는 이내 편안하게 누워 각진 입만 뻐끔댔다. 전우치와 조욱은 놀라움을 감추지 못했다.

서경덕이 소쿠리에 도마와 칼을 담아 못가로 다시 왔다.

"원래 이 사람은 살생을 싫어하나 아우님이 요기를 해야겠다니 살점을 빌리겠네."

서경덕이 칼을 들고 한 손으로는 꼬리지느러미를 붙잡고 뼈를 다치지 않게 하며 아가미 옆까지 훑어나갔다. 두툼하고 넙데데한 옆구리 살이 떨어져 나왔다. 살점을 들어 소쿠리에 담았다. 이번에는 갓난아기를 다루듯 조심조심하며 잉어를 돌려서 반대편을 훑어나갔다. 역시 두툼하고 넙데데한 살점이 곱게 떨어져 나왔다. 아까와 마찬가지로 소쿠리에 살점을 담았다. 보기에도 먹음직스러웠다.

"어린(魚鱗, 비늘)을 벗겨내고 회를 뜨는 일은 아우님 몫일세. 다만 못의 물을 퍼 담는 것은 괜찮으나 못에서는 씻지 않아야 할 것일세."

서경덕이 소쿠리에 도마와 칼을 내려놓으며 말했다.

"알겠소."

전우치가 소쿠리를 들고 못을 벗어났다.

서경덕은 갈대처럼 앙상하게 뼈만 남아 가오리같이 납작해진 잉어를 두 손으로 공손히 받쳐 들고 못으로 밀어 넣었다. 잉어는 느릿느릿한 동작으로 앞지느러미를 움직였다. 조금씩 조금씩 가녀린 물살을 일으키며 물속 깊숙이 사라졌다.

"아니, 아직도 살아 있습니다."

물속으로 사라지는 잉어를 보며 조욱이 놀라 소리쳤다.

"살점만 떼어냈지요. 달포 정도면 원래대로 회복될 겁니다. 고맙네, 리. 정말 고마우이."

몸 보시를 하고 사라진 잉어를 향해 서경덕은 친구에게 하듯 감사의 작별인사를 했다.

어느덧 해가 저물자 서사정에 술자리가 펼쳐졌다. 서경덕으로서는 오랜만에 입에 대는 술이었다. 시큰하면서 달착지근한 술이 목젖을 타고 넘어가자 순식간에 온몸이 짜르르해졌다.

문득 전우치가 술잔을 털어 넣다가 일어나서 궤안으로 다가가더니 뭔가를 들고 뚫어지게 보았다. 서경덕의 호패였다. 굳이 허리춤에 차고 다닐 필요가 없어 궤안 위에 놓아둔 것이었다.

"황양목패(黃楊木牌)로군."

전우치가 부럽다는 듯이 한마디 뱉어내며 다시 제자리에 앉았다.

"생원이 되었다고 보내왔네. 변한 건 그것뿐일세."

'서경덕(徐敬德), 기유생(己酉生), 신묘입격(辛卯入格).'

황양목패 전면 가운데에는 큰 글씨로 이름이 적혀 있었고, 우측 하단에 출생 연도가, 좌측 하단에는 사마시에 입격한 연도가 적혀 있었다. 당시 호패는 앞면에 이름과 생년, 과거의 합격 연도를, 뒷면에 호패의 제작 시기 따위를 기록하여 낙인(烙印)하는 것이 관례였다.

호패는 십육 세 이상 남자만 차고 다니는 신분증으로 신분에 따라 재질과 기재 내용이 달랐다. 2품 이상의 벼슬아치는 상아로 만든 아패(牙牌)를, 3품 이하는 쇠뿔로 만든 각패(角牌)를, 생원·진사 입격자는 황양목패를, 등과하지 못한 자와 잡직, 서얼, 서리 등은 소목방패(小木方牌)를, 공천·사천의 경우는 대목방패(大木方牌)를 사용했다.

또한 패에 새긴 글씨가 홍색이면 문관을, 청색이면 무관을, 황색이면 과거를 거치지 않고 벼슬한 자를, 백색이면 벼슬이 없는 자를 의미했다.

특히 무관들의 호패에는 키와 흉터 등, 그 사람의 특징까지도 기록했다.

호패제도는 고려 공민왕 3년(1354년)에 처음 시행되어 조선 3대 태종 때 이르러 전국으로 확대 실시되었다.

호패를 발급한 목적은 세금과 군역, 부역의 기준을 밝히기 위함이었다. 때문에 나라에서는 호패 발급과 아울러 '오가작통법(五家作統法)'이라는 제도를 실시했다.

오가작통법이란 이웃한 다섯 집을 하나로 묶어 서로 법을 어기지 못하도록 감시하고, 세금을 공동으로 내도록 하는 제도였다. 만일 어느 한 집이 세금 부담이 많아 도망치면 나머지 네 집이 그 몫까지 부담해야 했다. 그러므로 서로 도망가는 집이 나오지 않도록 감시할 수밖에 없었던 것이다.

이와 같이 호패제도는 개인의 신분을 증명하는 문서이면서 호구파악, 유민방지, 세금과 역(役)의 조달, 신분질서 확립, 향촌의 안정유지 등의 기능을 지니고 있었다. 결국 양반 지배층이 양민들을 효율적으로 관리하고 통제하기 위한 통치수단인 셈이었다.

호패에 관한 기록을 살펴보면 『속대전』에 처벌 조항이 있었다.

호패를 차지 않은 자와 남의 것을 빌려 차는 자에게는 엄한 처벌을 하였는데 위조하거나 훔친 자는 참형, 빌려준 자는 장(杖) 백 대에 삼 년간 도형(徒刑)에 처하도록 하였으며, 본인이 죽었을 때에는 관가에 호패를 반납케 했다.

하지만 호패제도에 따른 폐단도 적지 않았다. 돈 많은 상민에게 양반 신분을 파는 자도 생겼으며, 벼슬아치들이 쇠뿔을 강요하는 바람에 백성들의 원성이 높았다. 그리고 기생이 기적에서 벗어나기 위해 벼슬아치의 첩실이 될 때도 호패가 사용됐으며, 당상관의 첩실이 된 여자가 호패를 들고 고을 원님에게 호통을 칠 만큼 위력을 발휘하기도 하였던 것이다.

"아우님은 아패를 차고 있을 텐데, 아니 그러신가?"
"그걸 형님이 어찌 아시우?"
서경덕의 말대로 전우치는 위조 아패를 차고 있었다. 두 사람은 함구하고 더 이상 호패 이야기는 하지 않았다.
그날 밤은 세 사람 모두 물먹은 솜이 되도록 술에 젖었다.
이틀 동안 머물면서 허물없는 사이가 되자 사흘째 되던 날, 조욱이 서경덕에게 물었다.
"선생님께서 주창하시는 태허(太虛)에 대한 말씀을 듣고 싶습니다. 과연 태허란 무엇이고 어떤 작용을 하는 것입니까?"
"이 사람이 공부한 대로 설하겠소이다. 태허란 한마디로 표현하면 기(氣)라고 할 수 있소이다. 우주 공간에 충만해 있는 원기(原氣)를 형이상학적인 대상으로 삼는다면 그 기의 본질이 태허인 것이지요. 그러므로 태허란 깨끗하고 형체가 없는 것으로 선천(先天)이라 이름 붙일 수 있소이다. 비어 있되 그저 비어 있는 것이 아니고, 그 크기는 한정이 없을 뿐더러 그에 앞서서 아무런 시초도 없으며, 그 유래는 추궁할 수도 없소이다. 다만 맑게 비어 있고, 고요하여 움직임이 없는 것이 기의 근원인 것이외다."
"그렇다면 무(無)가 아닙니까?"
"언뜻 생각하면 그리 말할 수 있겠으나 결코 무가 아니지요. 우주에 가득 차 있고 어떠한 빈틈도 허용치 않는 상태로 있으면서 잡으려 하면

잡히지도 않으니 무라고 할 수 있겠지요. 그러나 잡히지 않을 따름이지 아무것도 없는 상태는 아니기에 무가 될 수 없다는 말입니다."

"태허가 곧 기라 하셨는데, 그렇다면 만물은 무엇입니까?"

"그 또한 기의 작용이지요. 이 우주에서 생성되고 소멸하는 모든 것은 무한히 변화하는 기의 율동이지요. 바람이나 파도처럼 또는 소나기처럼 밀리고 맥박 치는 생(生)과, 구름이나 물방울처럼 사라지는 멸(滅)의 본체가 무엇이냐 하면, 부침하고 율동하는 태허기(太虛氣)의 본질인 것이외다."

"태허가 선천이라면 만물은 후천이란 말씀이십니까?"

조욱이 학자답게 예리하게 파고들었다.

"잘 보셨소이다. 기가 작용해서 이루어진 만물을 바로 후천이라 부르지요. 역(易)에 나오는 선천, 후천이라는 말과는 다른, 기의 선후천이지요. 그러므로 기는 모였다가 흩어지는 운동은 하지만 그 기 자체가 소멸하지 않는다는 말이지요."

"기 자체가 소멸하지 않는다는 부분이 잘 이해가 되지 않습니다. 좀 더 알기 쉽게……"

"이해가 쉽지 않을 겝니다. 그만큼 난해한 부분이지요. 다시 말씀드리지요. 기가 한곳으로 모이면 하나의 물건이 이루어지고, 흩어지면 물건이 소멸하지 않습니까. 이를테면 물과 얼음 같은 것이며, 쇠를 녹여 칼을 만들지만 칼을 녹이면 다시 쇠로 환원되는 것과 같은 이치지요."

어떤 기라도 그것이 눈앞에 흩어지는 것을 볼 수 있지만 그 남은 기운은 끝내 흩어지지 않는다는 것이었다. 이름 하여 '일기장존설(一氣長存說)' 이 서경덕이 밝혀낸 기철학인 것이다.

조욱은 이해가 되었다는 듯이 고개를 끄덕거렸다.

"태허에 대해서는 잘 알았습니다. 하오면, 선생님께서 주장하시는 기와 성리학에서 주장하는 이(理)는 어떤 차이가 있습니까?"

학자란 불치하문(不恥下問)의 뻔뻔스러움을 지녔으면서도 정연하지 못한 논리를 용납하지 않는 사람들이다. 또한 기존의 학설과 새로운 학설을 비교하고 분석하는 데 남달리 날카롭고 예민하였으니 조욱이 날선 칼끝을 목덜미에 들이대듯 하며 물어왔다.

만약 제대로 설명하지 못하거나 상대를 이해시키지 못하면 그 순간 새로운 이론은 죽고 마는 것이었다.

하지만 화담은 무엇을 물어도 충분히 답변할 수 있을 만큼 이미 이론이 확립되어 있었다.

"이와 기에 대해 비교하시란 말씀이군요. 딱 잘라서 말하면 이는 실재하는 것이 아니지요."

화담은 단호하게 말했다.

"아니, 이가 실재하는 것이 아니라면 버려야지, 무엇 때문에 그토록 이 나라 선비들이 성리학에 목을 맵니까?"

조욱의 목소리에 날이 섰다. 칼끝이 아예 턱을 찌른 형국이니 이젠 피할 수도 없다. 두 사람의 격론을 지켜보는 전우치도 바싹 긴장을 하고 있었다.

옳은 말이었다. 조선은 성리학을 앞세우며 나라를 세웠다. 그리고 일백오십 년 동안 성즉리(性卽理)라는 논리로 지탱해왔다. 이가 실재하지 않는 것이라면 세상이 뒤집어져야 할 판이었다.

전쟁터보다 더욱더 참혹한 것이 학자들의 논쟁이었다. 창을 예리하게 벼른 조욱의 공격이었고 화담은 이 공격을 방패로 막아야 하는 입장이 되었다. 창이 부러지거나 방패가 뚫려야만 했다.

화담은 조용하고 엄숙한 어투로 설명하기 시작했다.

"그것은 기 속에 이가 존재하기 때문이오. 또한 기와 이를 따로 구분하여 두 가지로 보기 때문에 생긴 잘못이오. 선악과 도덕적 순수와 생과 사가 모두 기의 작용으로 '자기 스스로 그러하다(自能爾也)'는 뜻이오. 그러므로 이가 따로 실재하는 것이 아니라 기의 본질 속에서 생성되는 일부라는 말이지요."

화담은 스스로 터득한 독자적인 기일원론(氣一元論), 즉 이를 기에 포함시켜 둘로 보지 않고 하나로 보는 주기론(主氣論)을 설파하기 시작했다.

잠깐 숨을 고르고 목을 축인 다음 계속 이어나갔다.

"만물은 모두가 잠시 기탁한 것 같으니 떴다 가라앉았다 함도, 얼음이 얼었다 물로 풀림도 일기(一氣) 가운데 하나요, 낮과 밤이 밝았다 어두웠다 함도 일기의 작용일 뿐이지요. 불교에서 사람의 생명이 적멸(寂滅)한다는 것도 잘못된 이론입니다. 멸하는 것이 아니라 처음 왔던 곳으로 되돌아가는 것이랍니다. 기가 변하여 사물이 되었다가 다시 기로 돌아가는 것이지요. 허니 이는 실재하는 것이 아니고 기 속에 포함된 작용이라는 것이외다."

화담은 옛 성인들뿐 아니라 주돈이와 장횡거나 주자도 능히 밝히지 못했으며, 소강절도 일찍이 알지 못한 바를 명확하게 밝히고 있었던 것이다.

성리학에 빠져 있는 조욱이었지만 화담의 기일원론을 듣고 보니 공부할 만한 가치가 느껴졌다. 긍정과 부정은 차후 공부가 끝나면 알 수 있는 것이기에 턱에 꽂았던 칼을 거두어 가슴에 곱게 접어놓았다. 창도 버렸다.

두 사람은 사흘 동안 담론을 더 계속하였다.

"마지막으로 한 가지만 더 여쭙겠습니다. 성리학에서 만물의 근원이라고 하는 태극과는 어떻게 다릅니까?"

"이 사람이 말하는 태허나 선천이나 태일(太一)은 곧 태극과 다를 바 없지요. 중요한 것은 시종(始終)을 모두 기 하나로 논할 수 있다는 것이외다."

"선생님의 가르침 잘 들었습니다. 새로운 이론이니 용문산으로 돌아가면 세밀히 검토하여 공부해보겠습니다."

조욱은 기일원론을 공부하리라 다짐하며 화담과 작별하였다.

2

　전우치와 용문거사 조욱이 떠나간 다음 마침내 화담은 초옥의 문을 열었다. 그동안 마음을 가다듬는 시간을 충분히 가졌으니 이제는 길을 터놓아도 되리라 여긴 것이다.
　화담이 후학을 가르친다는 소문은 금세 퍼져나갔다. 인근 송도 사람들이 먼저 꽃못으로 몰려들었다. 가르침에 귀천이 따로 있을 수 없으니 바르게 배우고자 하는 자면 누구든 구분을 두지 않았다.
　선생이란 말은 자기보다 먼저 도를 깨우친 자나 덕이 있는 자, 벼슬을 그만두고 낙향해서 후학을 지도하는 자 등을 지칭하였다. 군사부일체라 하였으니 예로부터 성균관 유생으로서 스승을 대하는 학칙은 엄격하였다.
　길에서 스승을 만나거든 두 손을 머리 위로 쳐들고 길 왼쪽에 서 있어야 했고, 스승이 말을 타고 가거든 몸을 엎드려 얼굴을 가리고 있어야 했다.

훗날 율곡(栗谷) 선생은 『학교모범』에 다음과 같이 썼다.

> 스승을 쳐다볼 때 목 위에서 봐서는 안 된다. 선생 앞에서는 개도 꾸짖어서는 안 되며, 웃는 일이 있더라도 이를 드러내서는 안 된다. 스승과 겸상할 때는 7할만 먹고 배부르게 먹지 말아야 한다.

이렇듯 선생의 위신은 지엄한 것이었다. 그러나 선생이란 가르치기만 해서 되는 것이 아니고 학문만 높다고 되는 것도 아니었다. 언사와 품행과 모든 면에서 모범을 보여야 했으니 그만큼 어려운 자리였다. 화담은 스스로 그 어려운 길을 택한 것이다.

화담은 가르침에 있어 학문만 고집하지 않았으니 인성, 즉 사람 됨됨이부터 바로잡는 데 주안을 두었다. 학식에 앞서 품성이 박한 자는 멀리 하였으며, 벼슬아치가 되더라도 승차와 사욕의 빛이 보이는 자에게는 발걸음을 하지 못하게 하였다. 그러나 비록 천한 머슴이라도 마음이 바르고 씀씀이가 곧으면 기꺼이 불러들여 궤안을 마주하여 앉았다.

얼마 지나지 않아 사람들은 초옥을 초당(草堂), 꽃못 일대를 화담 산방이라 부르며 화담의 높은 뜻을 우러렀다.

겨우내 잠들었던 만물이 꿈틀거리는 봄이 되었다.

봄의 생기(生氣)가 대지 위에 씨 뿌려질 때 화담 산방으로 유수부에서 사람이 왔다.

"이 사람은 유수부 교수로 있는 대관재 심의라 합니다."

"반갑습니다, 심 교수."

화담도 심의에 대해서 들은 바가 있었다.

심의는 기묘사화의 원흉인 심정의 아우였다. 환갑이 다 된 나이였으나 화초호박 같은 동안(童顔)으로 화담과 비슷한 연배처럼 보였다.

"어인 일로 이 누추한 곳까지 왕림을 하셨는지요?"

"화사한 봄날이라 화담 선생과 담소라도 나누면 좋겠다 싶었지요."

심의가 웃으며 답을 하였다. 항간에는 그가 미쳤다는 소문이 자자한 터였다. 화담은 인사를 나누며 심의의 눈동자를 유심히 관찰하였다.

미친 사람의 눈은 눈동자가 초점을 잃고 불안하게 사방을 두리번거리며 눈빛에 푸르스름한 광기(狂氣)가 흐르는 법이다.

하지만 심의의 눈동자는 주춧돌처럼 똑똑히 박혀 있었고 광기가 흐르기는커녕 온화한 기운이 가득했다.

'실성하였다는 말은 헛소문이로구나. 미친 게 아니로세!'

화담은 경계의 마음을 풀고 반갑게 맞았다.

"초당으로 들어가시겠습니까? 아니면 꽃못으로 가실까요?"

"꽃못이 좋겠소이다."

"가시지요."

두 사람은 봄꽃들이 꽃망울을 머금은 꽃못으로 향했다.

심의는 매우 정직하고 소탈한 성품을 지닌 사람이었다. 일찍이 문신의 명예직인 호당(湖堂, 독서당)을 거쳐, 판서도 관여하지 못한다는 자리로서 인사행정에 막강한 권한을 행사하는 이조좌랑(정6품)을 지냈다. 그러나 벼슬자리에 급급하는 성품이 아니었다. 형이 기묘사화를 일으키자 관직을 떠났다가 최근에야 다시 복직을 했다. 형과 우애가 남달리 깊었는데 그 형이 간교한 처사를 고치지 않고 끝내 사화를 일으키자 미친 사람으로 행세하였던 것이다.

남곤이 심정의 집으로 와서 모의를 하고 있을 때였다.

부아가 난 심의가 문을 확 열어젖히며 눈을 부릅떴다.

"환한 대낮에 무슨 밀담이냐! 비루먹을 소인배 같으니라고! 헤헤헤, 헤헤헤."

일갈을 하고는 문이 부서져라 쾅 닫았다. 난데없이 봉변을 당한 남곤의 상이 꼭 개똥 씹은 꼴이 되었다.

입장이 난처해진 심정이 얼른 나서서 남곤을 달랬다.

"저놈이 본래 실성한 놈이오. 대감이 나를 봐서라도 너그러이 용서해 주시오."

"천치란 말이오?"

"천치다마다요. 돌았으니까 이조좌랑까지 해먹던 놈이 하루아침에 그 좋은 자릴 박차고 나와 헤헤거리며 나돌아 다니지 않겠소이까. 멀쩡한 집 놔두고 백정 놈 집에서 자빠져 잔다니까요. 아예 거기서 살고 있소이다. 우리 집안에선 버린 자식 취급하고 있지요."

"멀쩡하게 생긴 사람이 안됐소이다, 흐흠."

그뿐 아니라 권세 덕에 날로 늘어만 가는 형의 재산을 축낼 요량으로 꾀를 내었다.

"아이고, 아이고! 돌아가신 아버님 불쌍하신지고. 아이고, 아이고! 돌아가신 우리 어머님 불쌍하신지고. 아이고, 아이고! 아이고……."

심의가 형 심정이 새벽잠에서 깨기도 전에 방문 앞에서 대성통곡을 했다. 아우의 울음소리를 듣고는 놀란 가슴으로 문을 화들짝 열고 왜 우느냐고 물었다.

"어젯밤 꿈에…… 아버님하고…… 어머님을…… 만났지 뭐유, 형님."

하도 섧게 울던 끝이라 울음 반 말 반이었다. 돌아가신 분 꿈이라니 심정이 귀를 아니 기울일 수 없었다.

"응, 그래. 아버님을 뵈었단 말이지? 응, 그래그래, 어머님도?"

"꿈이…… 너무나…… 생생해서……."

"응, 그래. 생생해서? 울지 말고 찬찬히 얘기해보렴."

형제간 우애가 돈독했고 동생을 끔찍하게 여기는 형이었다. 훌쩍거리는 심의를 어린아이 달래듯 하였다.

심의가 울음을 그치고 팔소매로 눈물을 닦으며 말을 이었다.

"아버님하고 어머님께서 말씀하시기를 '내가 미처 일러주지 못하고 죽는 바람에 네게 물려주지 못한 게 있단다. 용인 땅 스무 두락하고, 장승백이 채마밭 열 두락, 되넘이 고개(미아리 고개) 오이밭뙈기 여남은 두락이 본시 네 모가치였단다. 그리고 노비 중에 얌전이 년하고, 칠뜨기 놈을 주려 했는데 그만……. 형한테 말해서 당장 돌려받도록 해라. 그래야 구천을 떠돌지 않고……' 두 분께서 목이 메서서 말씀도 다 맺지 못하셨습니다, 형님. 엉엉……."

심의는 말을 끝내기 무섭게 또다시 섧게 울었다.

"그랬구나. 형이 되어서 어찌 부모님 말씀을 따르지 않겠느냐. 네가 달라고 아니 하여도 의당 주었어야 하는 건데 미안하구나. 당장 문서를 써주마."

심정이 그 자리에서 문서를 쓰고 수결을 찍어주었다.

문밖으로 나온 심의는 노비문서를 찢어버리고 얌전이와 칠뜨기를 면

천해주었다. 땅뙈기는 팔아서 굶는 양민들에게 나누어주었다.

그런 일이 있고 난 후였다. 심정이 날이 갈수록 무고한 생명을 빼앗으매 심의가 쥐구멍을 가리키며 말했다.

"형님, 장차 쥐구멍이라도 빠져나가야 할 터인데 마침 잘됐소. 지금 당장 연습 한번 해보시지요?"

동생의 말에 심정의 얼굴색이 한껏 붉어지더니 대꾸도 하지 않고 안으로 들어갔다.

2년 전, 심정이 강서에서 사사되었다는 소식을 접한 심의는 대성통곡하며 울부짖었다.

"쥐구멍은 저기 있는데 어디로 도망갔더란 말이오! 흑흑흑."

심의는 실성한 사람 노릇을 하면서도 한문소설 『대관재몽유록(大觀齋夢遊錄)』을 지었다. 일명 『대관재기몽(大觀齋記夢)』이라고도 했다.

내용을 요약하면 다음과 같다.

주인공이 꿈속에서 들어간 세상에서는 최치원이 천자였다. 그리고 신하는 역대의 이름난 문신들로 짜여진 문장왕국(文章王國)이었다.

대당천자 두보와 조선천자 최치원이 사단(詞壇)에 모여 시회를 열 정도로 중국과 조선이 대등하였다. 주인공은 문장왕국의 대장군이 되어 김시습의 반란을 평정한다.

그 후 주인공은 문장왕국에서 부귀와 공명을 누리다가 천자로부터 대관선생의 사호(賜號)를 받고 고향으로 돌아온다. 그런데 선비 이색이 주인공의 신체 장부를 먹물로 쓰기 위하여 금도(金刀)로 찌른다. 그 아픔에 놀라 꿈에서 깨어난다. 꿈을 깨고 보니 자신의 배가 북처럼 불러 있었다. 그리고 호롱불이 가물거리는 가운데 병든 아내가 누워서 신음하고 있었다.

심의는 이 소설을 통해 조선의 천자로 최치원, 그리고 영의정에 을지문덕, 좌의정에 이제현, 우의정에 이규보 등 현사를 내세워 이상적인 조각을 단행하였던 것이다.

비록 꿈 이야기지만 새로운 발상이었으며 상상을 초월하는 정치풍자였다. 실성한 사람의 발상이라며 미친 짓거리로 넘기려는 조정대신들 사이에서도 올곧은 자는 통곡을 하며 읽기를 권유했던 소설이었다.

심의가 화담을 찾아오기까지 중대한 결심이 있었다.

벼슬을 단념하고 혜화문 안에 사는 피장과 시국을 논하며 지낼 때였다. 반촌 우두머리 쇠등이가 피장을 찾아왔다.

"복재 선생께서 우리 집을 다녀가셨네."

쇠등이는 피장보다 십여 년 손위였다. 피장은 도성의 천민들이 가장 존경하는 갓바치로 모든 천민들이 그에게 공대를 하였지만 쇠등이는 반촌의 어른인지라 서로 말을 놓고 지냈다.

"복재 선생이라 하였나?"

"그렇다네."

"성균관에 계신다는 말을 들었는데 잠시 다녀가신 게로구먼."

"그게 아닐세. 성균관을 그만두셨다네. 송도로 귀향하시는 길에 뵈셨지 뭔가. 구십자 도인에게 부탁을 했네."

"허허허, 그렇다면 자네 집의 광영일세. 복재 선생께서 반촌까지 행보를 하셨으니 말일세. 헌데 구십자 도인은 계속해서 반촌에 머무르는가?"

"김안로 무리를 응징한다며 벼르고 있네."

"궐 밖에서 벼른다고 되겠는가. 쯧쯧, 언감생심일세."
"그러니 낸들 어쩌겠는가. 그냥 내버려둘 밖에."
"복재 선생께선 장차 어찌 하신다던가?"
"구십자 도인 말로는 은둔하신다 하였네."
"선생께서 끝내 은사가 되신다는 말이군. 혹시 은둔처에 대해 전해 들은 게 있는가?"
"정확하진 않네만 송도 오관산이라 한 것 같네."
"한번 찾아뵙고 싶었는데……. 그게 내 뜻대로 될 일이 아니니……."
피장이 한숨을 쉬었다. 그러자 옆에 있던 심의가 거들고 나섰다.
"가서 만나면 되지 무슨 근심이 많은가."
"내게 평생 걸림돌이 되는 게 한두 가지라야지."
신분이 갖바치임을 염두에 두고 하는 말이었다.
"못난 소리, 푸념을 하려거든 될 성싶은 푸념을 하게. 방금 못 들었는가. 쇠등이네 집까지 왕림하였다는 말."
"반촌과 같은가."
"혜화문 갖바치 집이 어때서? 조광조와 김식 같은 사람도 뻔질나게 들락거린 집일세."
심의가 부아를 못 이겨 고래고래 외쳤다.
"대관재 말은 이해하네만 그분들이야 이 사람을 찾아오지 않았던가. 복재 선생께서도 천가(賤家)를 찾아주신다면야 아무런 말거리가 되지 않네. 허나 내가 찾아가려니 그게 어렵다는 걸세."
"생각 좀 해보게. 반촌까지 발걸음하신 복재 선생일세. 그리고 촌부들까지 접견하고 가셨다 했네. 반상을 가릴 분이라면 그리했겠나. 반상이나 가리고 빈부를 좇는다면 어느 누가 선생으로 받들겠는가. 그러니 마음속에만 묻어두지 말고 찾아가보세."

그렇게 시작된 말이었다.

하지만 피장이 차일피일 미루기만 하는 꼴을 참다못해 심의가 다시 나섰다.

"내가 먼저 복재 선생을 만나보고 길을 훤하게 터놓을 터이니 자네는 찰떡이나 먹을 생각 하시게."

심의가 개성 유수부 교수를 자청하고 나선 것은 이렇듯 화담과 교분을 쌓기 위해서였다.

마침 이귀령이란 자가 개성 유수로 있었다. 이귀령은 왕비 윤씨의 외삼촌이었고 외척 가운데서도 승차를 거듭하던 자였다. 사람이 모나지 않고 욕심이 적어 외척이지만 백성들에게 지탄을 받지 않았다. 그런 그가 마침 심의와 조정에서 함께 일한 인연이 있는 터라 그의 청을 흔쾌히 받아들인 것이다.

"참으로 탐나는 곳입니다."

심의가 못가를 둘러보며 부러운 눈빛으로 화담에게 말을 건넸다.

"문은 항상 열려 있습니다. 초당에 방도 하나 비어 있지요."

"이 사람은 그런 인연을 타고나지 못했습니다. 신선처럼 산다는 게 배워서 얻을 수 있는 것이 아니라고 합디다. 신선의 기골과 인연이 없는데도 부질없이 선단(仙丹)을 굽는다면 굶주리지 않으면 일찍 죽기밖에 더 하겠습니까."

그늘진 못 가장자리 수초에 눈을 둔 채 심의가 말했다. 수초에는 장구

벌레를 잡아먹는 잠자리 애벌레와 물방개, 물장군, 물 위를 땅바닥처럼 미끄러지는 소금쟁이 따위가 부산스럽게 오가고 있었다.

"저 소금쟁이 좀 보세요. 물에 뜬 듯 자국도 없이 바람처럼 걷고 있지 않습니까. 오로지 소금쟁이만이 해낼 수 있는 것이지요. 이 사람은 그저 화담 선생과 담소할 수 있는 것만으로도 행복합니다."

"별말씀 다 하십니다. 하시라도 들러주신다면 제가 오히려 광영입니다. 저를 신선으로 비유하시다니 당치도 않은 말씀이십니다. 그저 세월을 낚는 재주밖에 없는 사람이지요."

"그 재주 좀 배웁시다."

"허허허, 그러시지요."

화담과 심의의 첫 만남은 그렇게 시작되었다.

길이란 참으로 편한 것이었다. 가시덤불 같은 험난한 길도 한번 터놓으면 반질반질하게 닦여지는 법이었다.

그 후 심의는 사흘이 멀다 하고 화담 산방을 찾았다.

어느덧 두 사람의 만남은 허심탄회하게 시국을 논할 만큼 진전되었다. 그동안 입 밖에 꺼내지도 못하고 담아두었던 속내를 시원스럽게 다 털어놓게 되었다.

"조정이 날로 시끄러워지고 있습니다. 임금이 김안로를 키워서 마지막 남은 기묘간흉들을 처단하게 했더니 되레 그놈이 나라를 말아먹고 있어요. 여우더러 달구새끼를 지키라고 한 꼴이 되고 말았으니……."

심의는 자기 형까지도 남들처럼 기묘간흉이라 칭하며 말을 이어나갔다.

"……장차 이 나라가 어떻게 돌아가려는지 그게 걱정이외다."

"하긴 저도 그 점을 걱정하고 있지요. 그러나 곤(鯤)이 한 번 꿈틀거림에 삼천 리나 뛰어오른다 하지만 땅을 벗어나지 못하고, 붕(鵬)이 한 번 날갯짓에 구만리나 날아오른다지만 어찌 내려앉을 시기가 없겠습니까. 세월이 흐르기를 기다릴 수밖에요."

화담은 곤과 붕의 예를 들며 말을 받았다.

곤이란 『장자』의 「소요유편」에 나오는 상상 속의 물고기였다. 이 물고기는 북극해에 사는데 그 크기가 몇천 리나 되는지 알 수 없다고 했다. 붕 역시 상상 속의 새였다. 곤이 변하여 붕이 되는데 곤이나 붕이 아무리 크다 해도 결국은 하늘이나 땅의 한계를 벗어나지 못한다는 말이었다. 그것은 곧 지금 나라를 말아먹는 무리들도 때가 되면 기묘간흉처럼 밀려날 것이라는 뜻이었다.

화담이 말을 계속 이어갔다.

"나라를 세울 때는 무력으로 할 수 있겠으나 다스릴 때는 올바른 정신으로 해야 합니다. 그런데 요즘 조정대신들이 바른 정신이 결여되어 있으니 나라가 어지러울 밖에 더 있겠습니까."

"옳으신 말씀이외다, 화담 선생. 자손이 이어지지 못함을 걱정하지 말고 정신이 끊어지는 것을 걱정해야 되는데 말입니다. 정신이 죽었어요."

"저도 두 곳을 오가며 가시버시하는 인연이오만 이런 폐단부터 없애야 할 것으로 봅니다. 색탐을 초월하지 못하고서 어찌 올바른 마음이 성장하겠습니까. 양반들의 축첩제도 또한 없어져야 정신이 바로 설 수 있을 듯합니다."

"그렇지요. 식탐과 색탐, 물탐에 빠지는 순간, 바른 정신과 기개는 설 곳이 없지요. 탐(耽)은 탐을 부르니 망국도 다 그에서 비롯되는 법이 아니겠습니까?"

조정에서는 반대세력을 죽이고 죽은 자의 재산을 몰수하면서 암암리에 여자까지 가로채고 있었다. 권력만 탐하는 것이 아니라 부수적인 산물까지 탐하고 있었던 것이다.

화담은 심의를 만날수록 흙에서 뿜어내는 듯한 향기를 느낄 수 있었다. 흙은 그윽한 생동의 향을 지니고 있다. 생동하는 기운을 품어야 땅강아지가 흙을 파고, 매미의 애벌레가 잠을 자고, 지렁이가 꿈틀거릴 수 있다. 향을 품지 않은 흙은 이미 죽은 흙이다.

사람도 마찬가지였다. 향기가 나지 않는 사람은 죽은 사람이나 다름없다. 모래와 같이 심성이 메마른 사람에게서는 사람의 향기가 나지 않는 법, 화담은 심의에게서 흙과 같은 체취를 맡을 수 있었다.

"앞으로 화담 선생과 좋은 벗이 되었으면 합니다."

"연배가 높으신 분께서 그리 말씀해주시니 고마울 따름입니다."

"옛말에 형제 없이는 살 수 있어도 벗 없이는 살 수 없다고 했지요. 벗이 되어주신 걸로 알고 이만 물러갑니다."

심의의 청으로 두 사람은 벗으로 지낼 것을 약조하였다. 그가 갈구하던 일이 결실을 보게 된 것이었다.

배움에 뜻을 두고 산방을 찾아오는 젊은이들이 점점 늘어갔다. 화담은 문답을 통해 그들의 화두를 풀어주기도 했고, 때로는 논(論)과 설(說)을 놓고 토론을 이어가기도 했다.

그를 찾아오는 젊은이 중에는 한두 번 이야기를 나눈 것만으로도 크게 깨우치고 가는 자가 있는가 하면, 아예 날짜를 길게 잡고 산방 입구 화곡동에 머물면서 배움을 구하는 이들도 있었다.

화곡을 따라 봄이 무르익어가고 있었다. 골짜기마다 철쭉꽃으로 붉게 물들었다. 봄기운은 하늘에도 이르러 밤마다 꽃못 위로 별빛이 꽃처럼 피어났다.

화담은 산방 마루에 앉아 봄별의 모습을 하나씩 헤아려나갔다. 별자리 중에서는 동에서 떠오른 일곱 개의 별이 단연 돋보였다. 국자 모양의 북두칠성이었다.

북두칠성은 거대한 별시계다. 초저녁 북두칠성의 국자 손잡이 부분이 가리키는 방향에 따라 계절이 다르다. 봄에는 동쪽으로 향하고, 여름에는 남쪽, 가을엔 서쪽, 겨울엔 북쪽을 가리킨다.

선인들은 소원도 칠성별을 향해 빌었고, 또 죽어서는 칠성판에 누워야 하늘의 문을 통과한다고 믿었다. 상여가 나갈 때도 좌우로 일곱 사람씩 양두칠성과 음두칠성이 배치되었다. 또한 칠월 칠석날 미리내가 쏟아붓는 빗물은 예로부터 다례(茶禮)에 천일수(天一水)라고 부를 만큼 최상의 찻물로 꼽았다.

말하자면 선인들에게 북두칠성은 인간의 길흉화복뿐 아니라 생사를 주관하는 별이었던 것이다. 그러기에 북두칠성에 있는 삼신할머니에게서 명줄을 받아 어머니의 태를 빌려 태어나고, 죽으면 관 바닥에 북두칠성을 그려 넣은 칠성판을 지고 북망산천으로 가야 염라대왕이 받아준다고 믿었던 것이다.

찬찬히 살펴보매 칠성 가운데 하나가 빛을 잃고 있었다.

'옥형성(玉衡星)이 빛을 잃다니!'

화담의 입에서 작은 신음 소리가 새어 나왔다.

일곱 개의 별은 각기 이름을 가지고 있었으니 탐랑(貪狼), 거문(巨門),

녹존(祿存), 문곡(文曲), 염정(廉貞), 무곡(武曲), 파군(破軍)이었다. 또한 각 별들은 저마다 맡은 임무가 있었다. 탐랑은 천추생기궁(天樞生氣宮), 거문은 천의제왕궁(天醫帝王宮), 녹존은 천기절체궁(天機絶體宮), 문곡은 천권유혼궁(天權遊魂宮), 염정은 천형오귀궁(天衡五鬼宮), 무곡은 합양복덕궁(闔陽福德宮), 파군은 요광절명궁(瑤光絶命宮)이라고 하여 각각 하늘, 땅, 사람, 시간, 공간, 오곡과 음률, 군대를 관장하였다.

옥형성은 그 가운데 다섯 번째 별인 녹존을 말하는 것으로 사람의 운명을 다스리는 별이었다.

화담은 눈에 기운을 모으고 다시 찬찬히 옥형성을 살펴보았다. 기름이 다한 호롱불처럼 꺼져가는 기운이 역력하였다. 전에 없던 일이었다. 불길한 예감이 스쳐 지나갔다.

'혹시 어머니께서?'

생각이 어머니 한씨에게 미치자 화담은 서둘러 의관을 갖추고 화정리로 향했다.

집에 당도하자 마치 마중이나 나온 것처럼 응기가 울 밖에서 서성이고 있었다.

"아버님이세요?"

"집에 무슨 일이 있느냐?"

화담이 다급한 목소리로 물었다.

"할머니께서……, 흐흑."

응기는 목이 메어 말을 잇지 못했다.

"따르거라."

화담은 응기를 뒤세우고 뛰다시피 집 안으로 들어섰다.

화담이 안방으로 들어갔을 때 이미 한씨는 숨을 몰아쉬고 있었다. 무슨 말을 하려는 듯 안간힘을 다하였으나 기진하여 입술만 달싹일 뿐이었다.

"어머님, 소자이옵니다. 들리십니까? 어머님!"

화담이 손을 잡아 쥐며 다급하게 어머니를 불렀다. 화담의 목소리에 잠시 한씨의 얼굴에 화색이 도는 듯했다. 그러나 그것도 잠깐, 간신히 눈을 떠서 화담을 일별한 한씨는 그대로 숨을 놓고 말았다.

"어머니! 어머니!"

화담이 소리쳤으나 한씨는 꼼짝도 하지 않았다. 일각도 안 되어 몸에서 온기가 걷혔다.

"어머니! 흐으흑, 소자가 불효를 하였사옵니다. 소자가, 소자가 잘못하였사옵니다, 어머님. 소자를 용서하시옵소서. 흐으흑······."

어머니의 간절한 소원이 무엇인 줄 알면서도 애써 외면했으니 이보다 더한 불효가 어디 있단 말인가. 화담은 한씨의 몸을 안고 대성통곡을 하였다. 며느리와 손자들도 옆에 부복하여 울음을 쏟았다.

한씨의 죽음은 갑작스러운 것이었다. 저녁까지 맛있게 들고 피곤하다며 잠시 누웠는데 그 길이 그대로 저승길이었다. 마지막으로 자식을 보기 위해 꺼져가는 잔명을 꼭 쥐고 있다가 화담이 당도하자 조용히 숨을 거둔 것이다.

화담은 어머니를 아버지의 옆자리에 모셨다.

또다시 삼 년 동안 시묘살이가 시작되었다.

3

화담이 시묘살이를 하고 있을 무렵 조정은 한 치 앞을 내다볼 수 없는 혼란에 휩싸이고 있었다.

김안로가 심정과 이항 등을 죽이고 정권을 장악하면서 육 년 전에 귀양 보낸 경빈 박씨와 복성군을 사사케 하였던 것이다.

뒤이어 여러 차례 옥사를 일으켜 이언적, 나세찬, 이행, 최명창, 박소 등 수많은 조정대신들을 유배시키거나 사사케 했다. 정적이라면 종친이든 공경(公卿)이든 가리지 않고 무자비하게 축출하였고 그칠 줄 모르는 정쟁(政爭)을 도모하며 사류를 처단하였다.

그 와중에 내리 딸만 낳던 중전 윤씨가 마침내 왕자를 생산하였다. 그가 바로 경원대군 환(峘)으로 중종 29년(1534년)의 일이었다.

스무 살이 된 세자가 버젓이 살아 있는데 배다른 대군이 태어났으니 또다시 피비린내 나는 암투가 벌어질 것은 정한 이치였다.

경원대군이 출생하자 김안로는 일찍 모후를 잃은 동궁을 보호한다는 구실로 허항, 채무택, 황사우 등과 함께 전횡무도한 공포정치를 도모했다.

김안로의 권세는 갈수록 하늘을 찌를 듯 기세등등해졌다. 측근세력이 떨어져 나간 임금도 슬금슬금 김안로의 눈치를 살필 정도였다. 중종과 김안로는 사돈 간으로 금쪽같이 아기던 효혜공주의 시아버지였던 까닭에 그동안 권력의 힘을 실어주었던 것이 끝내 이 지경에 이르게 된 것이었다.

정적들을 웬만큼 처단하고 한가해지자 김안로는 문득 옛일 하나가 떠올랐다.

김안로의 아들 희(禧)가 효혜공주와 혼인하여 부마가 됐을 때의 일이었다. 호곶목장(壺串牧場)을 하사받아서 밭을 일구고자 하는 것을 정광필이 저지하여 뜻을 이루지 못한 적이 있었다. 김안로는 그때 일을 떠올릴 때마다 분통이 터졌다. 명이 짧았던 효혜공주와 희는 이미 불귀의 객이 된 지 오래였다.

'정광필! 네놈을 반드시 죽일 것이니라!'

김안로가 한번 마음먹으면 안 되는 일이 없었다. 당시 정광필은 여러 해 전에 영의정에서 물러나 회덕에 머무르고 있었다. 그러나 영의정을 두 번이나 역임할 만큼 덕망 있는 정광필이었던지라 덮어씌울 만한 마땅한 죄목이 떠오르지 않았다. 죄목이 될 만한 물증을 찾느라 혈안이 되어 있을 때 대사간 채무택이 귀띔을 주었다.

"희락당 대감, 좋은 계책이 있소이다."

"그게 무엇이오?"

"능지(陵地)를 불길한 땅에 잡았다는 죄목이오이다."

"누구의 능지를 말하는 게요?"

"장경왕후의 능지지요. 국장 때 정광필이 총호사(摠護使)를 맡지 않았소이까. 해서 천장(遷葬)의 상소를 올리고 죄를 주는 것이오."

"오호라, 그거 좋은 계책이오. 능지가 잘못되었다면 임금도 어쩔 수 없을 것이오."

장경왕후의 능지 일이라면 22년 전의 일이었다. 스물다섯의 나이에 세자를 낳고 산후병으로 승하한 장경왕후는 헌릉(獻陵, 태종의 능) 옆에 안장되어 있었다.

김안로는 즉시 아랫것들을 풀어 그 당시 능역조성에 참여했던 자를 탐색하게 하였다. 하루 만에 도석수로 참여했던 박계성이란 자를 찾을 수 있었다.

"네 이놈! 광저(壙底)에 큰 돌이 깔린 것을 알면서도 이실직고하지 않은 죄를 아느냐!"

김안로는 박계성을 제 집 앞마당에 차린 형틀에 묶고 죄를 추궁했다.

"광저에 큰 돌이라뇨? 절대 그런 일은 없었사옵니다, 대감마님."

"이놈이 아직도 거짓말을 하는구나. 실토할 때까지 매우 쳐라!"

떡메를 치듯 하니 박계성의 몸뚱이가 인절미처럼 축 늘어지고 말았다. 찬물을 한 바가지 퍼붓고 또다시 매타작이 가해졌다. 그러길 몇 차례, 끝내 매에 못 이긴 박계성이 거짓으로 실토하고 말았다.

"맞습니다요. 집채만 한 돌이 땅바닥에 쫙 깔려 있었습니다요."

"그런데도 총호사가 밀어붙였더란 말이지?"

"그렇사옵니다요."

"사실이렷다!"

"추호도 거짓이 없습니다요."

"의금부에 가서도 그리 말하여야 되느니라. 그러지 않으면 네놈의 모가지가 백 개라도 모자랄 것이다!"

박계성의 무고로 정광필은 말할 것도 없고 능역조성에 관여했던 자들이 모두 대역죄를 뒤집어썼다. 또다시 대형 옥사가 일어난 것이었다. 중종 32년 정유년(1537년) 5월의 일이었다.

총호사로 능역조성을 관장했던 정광필은 김해로 귀양을 가게 되었고, 능은 즉시 천장하여 오늘날의 희릉(禧陵, 경기도 고양시 원당동)으로 옮겨졌다.

"이제 잠이 잘 오시겠습니다, 희락당 대감."

채무택이 허리를 굽히며 비위에 맞는 소리를 했다.

"제놈이 아무리 임금의 신망을 받고 고고한 인품을 내세우지만 끈 떨어진 갓이 아니오. 조만간에 목을 따야겠소."

김안로는 정광필을 유배지에서 사사할 계획을 드러냈다.

"꼭 그리해야지요. 대감께서 맘먹은 일이 아닙니까."

그해 여름, 도성은 물론이고 강나루마다 방(榜)이 나붙었다. 전우치를 잡아들이라는 추포방(追捕榜)이었다.

도성 안에는 온갖 소문이 무성하여 누구는 구름을 타고 나타난 전우치가 보락당에서 잔치 중인 김안로를 주살하려다가 실패했다고도 하고, 또 누구는 구십자 도인이 둔갑술을 부려 김안로의 안방에 숨어들었으나 때마침 도총부 군사들이 들이닥치는 바람에 김안로의 상투만 베고 바람같이 물러났다고도 했다.

소문이 과장된 바가 있긴 하나 전우치가 보락당(保樂堂)에서 김안로를 징치하려 한 것만은 사실이었다.

더위가 극성을 부리면서 정사는 대부분 대궐을 떠나 보락당에서 이루어졌다. 보락당은 김안로가 옥수동 한강변에 지은 호화로운 정자였다. 더위를 식혀가며 측근들과 정사를 논한다고는 하나 말이 정사지 기실은 대낮부터 술판을 벌여놓은 꼴이 천렵(川獵)을 나온 것과 다름없었다.

왈패를 무장시켜 김안로의 퇴청길을 노리다 몇 차례 실패한 전우치는 날을 잡아 단신으로 보락당으로 숨어들었다. 전우치는 김안로를 그대로 둘 수 없었다. 그가 세를 틀어쥔 다음부터 조정은 더 이상 조정이 아니었다.

지붕에 숨어 때를 노렸으나 백여 명 군사들의 호위를 받는 김안로에게는 전혀 빈틈이 보이지 않았다. 궁리 끝에 꾀를 낸 전우치가 기왓장을 깨어 허공에 흩뿌리니 마치 수천의 나비가 일제히 허공으로 치솟는 듯했다. 군사들의 시선도 모두 그쪽으로 몰리었다.

전우치는 그 틈을 노려 벼락같이 내달으며 김안로 쪽을 향해 쇠도리깨를 휘둘렀다.

"김안로 이놈! 네놈 목을 취하러 왔노라!"

그러나 전우치의 쇠도리깨는 가까이 있던 서너 명의 심복에 의해 막히면서 김안로의 이마에 도리깨 자국을 새기는 데 그치고 말았다. 전우치가 재차 쇠도리깨를 겨누는 찰나 비명을 듣고 달려온 군사들이 일제히 화살을 쏘며 덤벼들었다. 쇠도리깨 하나로 수천 화살을 이길 수는 없었다. 결국 전우치는 후일을 기약하며 담을 되넘어 도망칠 수밖에 없었다.

비록 실패는 하였으나 그가 지붕 위에서 김안로를 꾸짖으며 갈파했다는 '된장 오덕'은 한동안 도성 안에서 화제가 되었다.

"네, 이놈! 네가 된장만도 못한 철면피인즉, 알고나 죽으라고 된장의 오덕(五德)을 일러주니 귓구멍을 깨끗이 닦고 잘 담아두어라. 된장은 무엇보다, 아무리 다른 맛과 섞이더라도 제 맛을 지켜나가는 단심(丹心)의 도가 있다. 또한 오래도록 상하지 않는 항심(恒心)의 도가 있으며, 비리고 기름진 냄새를 제거해주는 불심(佛心)의 도, 매운 맛을 부드럽게 만들어주는 선심(善心)의 도가 있다. 마지막으로 어떤 음식과도 잘 조화되는 화심(和心)의 도가 있으니 이것이 바로 된장이 지닌 오덕(五德)이다. 그런데 네놈은 벼슬아치로 지켜야 할 단심도 없는 놈이며, 선비로서 본분을 다하여야 하는 항심도 저버린 놈이다. 사리사욕에 눈이 멀고 무수한 선비들을 죽였으니 불심은 아예 없는 놈이 아니더냐? 또한 조정의 신료들과 화합하기는커녕 정쟁을 일삼으니 선심과 화심마저 사라진 인간 백정이 아니더냐? 내가 염라대왕을 대신해서 된장의 참형으로 네놈을 징치하려 하니 길게 목을 뽑으렷다!"

어쨌거나 그 일로 전우치는 정처 없이 쫓기는 신세가 되고 말았다.

한편 경원대군이 세 살이 되자 중전 윤씨의 마음이 달라지기 시작했다. 자신이 낳은 아들로 왕통을 이어갈 야심으로 세를 키우기 시작한 것이다. 자연히 팽팽한 긴장이 궐내에 감돌았다.

가만히 있을 김안로가 아니었다. 가을이 무르익을 무렵 드디어 중전 윤씨의 오라버니 윤원로와 동생 윤원형에게 칼날을 들이대더니 삭탈관직시켜 귀양 보냈다.

오라비와 동생이 화를 입자 윤씨는 분기탱천하여 이를 깨물며 기회를 엿보았다.

김안로는 내친 김에 중전을 향해 정면으로 칼을 겨누었다.

김안로가 무리들을 모아놓고 말을 꺼냈다.

"중전이 세자를 폐하려 하고 있소."

"기다릴 것도 없습니다. 당장 중전을 폐위시켜야 하오이다, 희락당 대감!"

김안로의 말이 떨어지기 무섭게 허항이 왕비 폐위를 들고 나왔다.

"허 대감의 말이 옳습니다. 궐 밖으로 내쫓아야 합니다, 대감."

채무택이 허항의 의견에 동조했다.

"암, 그 길만이 세자를 지킬 수 있는 길이겠지요. 헌데 어떻게 하면 중전을 폐위시킬 수 있는지 여러 대감의 좋은 의견을 들어봅시다."

방법을 몰라서 묻는 것이 아니었다. 김안로는 능구렁이처럼 자신을 향한 충성심을 떠보고 있는 것이다.

"상소지요. 세자를 폐하고 경원대군 옹립을 꾀하고 있다는 상숩니다."

허항이 상소를 제기하고 나서자 무리들 사이에 은밀한 눈빛이 오갔다. 그들이 작당한 다음 날부터 폐위 상소가 산더미처럼 밀려들고 있었다.

하지만 왕비 윤씨도 호락호락하지 않았다. 마지막으로 기댈 곳은 임금이었다. 죽기 살기로 임금에게 매달리며 눈물을 뿌렸다.

"전하! 김안로의 무리들이 신첩과 경원대군을 죽이려 무고하고 있사옵니다. 더구나 왕권마저 노리고 있다 하옵니다. 용단을 내리시옵소서, 전하!"

순간 임금은 폐비 신씨와 죽은 경빈과 복성군이 떠올랐다.

임금 자리에 오르자마자 왕비 신씨를 강제로 내쫓은 신하들이었다.

그뿐인가. 그들은 비록 빈의 몸에서 태어났으나 첫아들이기에 애지중지 하였던 복성군도 죽음의 길로 내몰았다. 왕실을 떡 주무르듯 하더니 이제는 중전과 경원대군마저 처단하려 칼을 뽑았다? 더 이상 두었다가는 왕위마저 위태로울 지경이었다. 임금은 이를 악물었다.

"걱정 마시오, 중전. 나도 생각하고 있는 바가 있소이다!"

"하오면 전하만 믿고 신첩은 마음을 놓겠사옵니다, 전하!"

날이 밝자 중종 임금은 조광조를 처단할 때처럼 밀지를 내렸다. 그것은 나약한 임금이 쓸 수 있는 마지막 극약처방이었다.

밤늦은 시각, 왕명을 받은 병조참판 윤안인(尹安仁)과 대사헌 양연(梁淵)이 입궐하였다.

"김안로 일당의 횡포가 극에 달하였도다. 체포하여 죄를 추궁하라!"

마침내 왕명이 떨어졌다.

원래 그들도 김안로의 일당이었으나 그중 믿을 만한 신하라고 생각하여 명을 내린 것이었다. 하늘 같은 왕명을 거역할 수 없었다.

밀지를 전해 받은 두 사람은 즉시 김안로와 허항, 채무택을 의금부로 잡아들인 후 유배시켰다.

하지만 유배로 끝낼 일이 아니었다. 반대 상소라도 밀려드는 날이면 아니 풀어줄 수 없으니 김안로 일당이 다시 살아난다면 그처럼 두려운 존재가 없었다. 조광조를 배소에서 사사하였던 중종 임금은 골치 아픈 그들도 사사하여 후환을 없애고 싶었다. 그렇다고 명분도 없이 함부로 죽일 수는 없었다.

그러나 김안로 일당을 사사하라는 상소가 없었다. 그들의 세가 너무 막강해 감히 아무도 입을 열지 못하고 있었던 것이다. 상소를 올렸다가

만약 그들이 유배에서 풀려나면 그 순간 죽음과 직결되는 일이었다.

'조선 땅에 그렇게도 선비가 없단 말인가!'

임금은 밤잠조차 이룰 수가 없었다.

그때 마침 조세우(曺世虞)란 선비에게서 사사의 상소가 올라왔다. 김안로 일당의 죄상을 열거하며 참형으로 다스릴 것을 임금에게 청[請斬]한 것이었다. 정유년 10월 27일, 그의 상소는 가뭄에 옥천 같은 단비였다.

그 상소에 힘입어 다른 신하들도 가세하기 시작하였다.

임금은 안도의 한숨을 토해냈다.

> 성균관 유생 조세우 등이 삼가 소(疏)를 올리나이다.
>
> 임금의 명철함에는 간흉을 제거하는 것보다 더 큰 것이 없으며, 또한 그 괴수를 제거하는 데는 더욱 지엄하여야 한다고 사료되나이다.
>
> 대개 사악한 사람은 천성이 담쟁이덩굴과 같아서 붙잡을 것이 없으면 자랄 수 없는 까닭에 자신의 의지를 굽혀 남을 맞아들이고 빗나가는 결탁으로 당을 만들어 같이 번식하니 인자한 임금의 덕으로서 이것을 차마 중형으로 처단을 못 하다 보면 결과는 스스로 범을 길러 후일 회한을 가져올 것이 분명하나이다.
>
> 공자 같은 성인이 노(魯)나라의 정사를 맡은 지 7일 만에 어찌 살인을 기꺼이 했으리까. 이것은 진실로 간당(奸黨)의 제거에 명철함이요, 또한 괴수의 제거에는 가차 없이 엄중하게 다스린 본보기가 아닐 수 없사옵니다.
>
> ……그러나 지금은 왕법이 엄하지 못해 괴수가 아직 살아 있고 그 부하 또한 남아 있어 백성들의 여론이 비등한지라 이에 신 등은 심히 통탄하는 바이옵니다.

임금의 비답(批答)을 기다릴 여유가 없던 조세우는 다음 날 연이어 상소를 올렸다.

상소를 올리는 자는 목숨을 거는 행위인 만큼 임금도 상소에는 필히 답을 해야만 했다. 그만큼 상소라는 것은 어렵고 무서운 것이었다. 특히 연이은 상소는 더더욱 그러했다. 그러므로 누구도 함부로 상소를 올릴 수 없었으니 조세우는 목숨을 내걸고 있는 셈이었다.

……김안로는 천성이 간사하고 음흉하며 또한 교활하여 탁류를 탐하는 흉독한 인물인지라 그 얼굴 모습은 여우나 쥐와 같고, 그 마음씨는 불여우와 같으며 문묵(文墨) 있음을 빙자하여 간술(奸術)을 감추고 있어 주계군(朱溪君, 연산군의 아우)도 그의 문법을 보고 소인의 자질임을 말한 바 있사옵니다. 그의 동서인 이자(李耔) 또한 그를 한착(寒浞, 중국 하나라 때 왕족을 몰아내고 스스로 왕 행세를 한 인물)이라 나무랐고 중국 사신도 그의 얼굴 모습을 보고 요초(妖草)에 비유하였으니 안로의 간흉을 모르는 이는 아무도 없었사옵니다. 오직 안로를 알지 못하고 있는 것은 전하 혼자뿐이니 이 어찌 통탄하지 않겠사옵니까…….

조세우는 연이은 상소 끝에 당일에 2차 상소에 대한 비답 전지를 받아 볼 수 있었다.

예로부터 대신을 중전(重典)으로 치죄하는 것은 사사뿐이었도다. 따라서 항과 무택을 일시에 처단하기 어려우니 판서 자리에 있는 자로서 망령된 언사가 있다 하더라도 그것이 사사까지 내릴 거리가 될 수 없지 않겠는가.

'임금이 이토록 나약해서야!'

비답 전지를 내던진 조세우는 즉시 또다시 장문의 상소를 썼다. 같은 날 두 번의 상소란 상상조차 할 수 없는 일이었다.

……그 세가 늘어나면서 한패거리가 되어 사림제사(士林濟私)를 핑계 삼아 실상은 음모에만 공론을 일으켜 날조된 그 공론을 들어 임금을 우롱하기를 아이들 다루듯 하고 있사옵니다. 조정을 마치 허수아비 취급하듯 하여 상하군신을 위협하여 교묘한 수단으로 표리교선(表裏交煽)하여 마침내 위복(威福)의 대권을 잡고 자기들 뜻하는 바가 안 되는 것이 없어 이제 그 세염(勢焰)이 하늘에 달했으니 이 어찌 통탄하지 않으리까!

이제 그는 전하보다 더 중하니 일국의 사람들이 안로가 있음은 알아도 전하께서 있음은 모르는 지경이라 그는 거리낌 없이 사치로 치달아 새로이 자신의 집을 지으면서 객청을 마치 대궐의 정전처럼 흉내 내었고, 또한 소록(小錄)을 지어서 국가의 무고한 사실을 열기(列記)하는가 하면 심지어는 전하의 득국(得國)의 가요(歌謠)까지 기록하면서 그 말미에다 '우리 상공(相公, 안로를 지칭함)의 존귀함이야말로 가히 말로써 다할 수 없구나' 하였사옵니다. 그 비계(秘計)가 이 지경에 이르렀으니 이토록 심할 줄이야 그 누가 짐작조차 했겠습니까. 신 등은 오직 통탄할 뿐이옵니다…….

그러나 그에 대한 비답 전지도 전과 크게 다르지 않았다.

항과 무택 등을 일시에 중전으로 치죄함은 좌우에서 보필하는 신하에 미안하고, 방백(方伯)과 언경(彦慶)이 도모하는 일이 된다 함은 이것이 공론으로 발의된 것이라 조정 중신으로 하여금 비답할 것이다.

조세우는 도저히 참을 수 없었다.
'어찌하여 비답이 이 지경이란 말인가!'
조세우는 울부짖으며 밤을 새워 네 번째 상소를 쓰기 시작했다. 이번 마저 임금의 특단이 없을 시는 자결할 각오였다.

신 등이 간절히 간하노니 안로를 참살하지 않고는 왕위를 보존할 수가 없을 것이옵니다.
안로가 지금까지 생명을 보존한 것은 그 심복 부하와 손톱 발톱 같은 간당들이 있어서이겠으나……, 대표적 인물만을 말한즉, 허항, 채무택의 두 사람인지라 허항은 간활하고 음특함이 안로보다 더하며……, 채무택은 간사하고 편파적으로만 기우는 사심의 버릇이 안로에 못지않사옵니다.
이 두 사람은 안로의 지시를 은밀히 받아서 한마음이 되어 조정을 경시하며 사림들을 속여서 유도하고 사악한 음모를 꾀하여 마침내는 대권을 절취하게 되었으니 이것은 종사(宗社)에는 화근의 씨앗이요, 나라에는 독해를 주게 될 것이 분명하옵니다.
……원하옵건대 전하께서는 성단(聖斷)을 더욱 굳건히 굳혀서 임금의 강기를 발휘하여 김안로, 허항, 채무택의 머리를 장대 끝에 매어달아…… 남아 있는 사악한 무리들의 담력을 파멸케 하고, 생령(生靈)들의 분노를 시원스럽게 씻어준다면 이보다 더 행심(幸心)이 없을 것이라 사료되어 소를 올리옵니다.

조세우는 성균관에 잠시 머물고 있었는데 유생들을 규합시켜 사흘에 걸쳐 거듭 네 차례의 상소를 올렸다. 김안로의 전횡을 두고 볼 수 없었기에 자신의 안위를 돌보지 않고 분연히 일어나 앞장섰던 것이다. 이러한 조세우의 절개는 형 조세당의 영향이 컸다. 조세당(曺世唐)은 사간원 정언으로서 연산조의 갑자사화 때 직언을 하다가 유배된 선비였다.

"김안로와 허항과 채무택을 사사하라!"

조세우가 올린 장문의 상소에 힘을 입은 임금은 마침내 김안로 일당에 대해 사사의 명을 내렸다.

네 번째 상소의 비답 전지를 받아 든 조세우는 감읍하여 눈물을 흘렸다.

"성은이 망극하나이다, 전하! 참으로 성은이 망극이옵니다, 전하!"

목숨을 건 가냘픈 붓이 칼보다 무서움을 증명하는 순간이었다.

역사는 김안로와 허항과 채무택을 정유삼흉(丁酉三凶)으로 기록하고 있다.

조광조를 죽인 심정의 무리들이 김안로에 의해 죽임을 당했고, 김안로 또한 같은 길 위에서 죽어나갔다. 무릇 역사는 같은 궤를 도는 법, 권력의 생리를 터득하여 자란 자는 권력의 생리에 의해 그 끝을 마감할 수밖에 없는 것이다. 권력에 대한 탐욕에 빠지면 눈이 있어도 눈이 아니요, 지혜가 있어도 지혜가 아니니 어찌 불을 보고 뛰어드는 불나방과 같지 않다 할 수 있겠는가.

김안로 일당이 사사되자 임금은 새로운 명을 내렸다.

"기묘사화 피죄인을 재기용하라!"

중종이 보위에 올라 서른세 해 되던 무술년(1538년) 2월의 일로, 김안로 일당을 사사한 후 넉 달째 되던 때였다. 정쟁으로 인해 무고한 피해자로서 죄인 아닌 죄인이 된 지 20년, 강산이 거대한 회오리를 일으키며 두 번이나 바뀐 세월이었다.

수차례의 사화를 겪는 동안 쓸 만한 인재는 대부분 길 위에서 죽음을 맞거나 산속으로 은둔했으니 사람 찾기가 하늘의 별 따기만큼이나 어려웠다. 인재고갈을 절감한 임금은 김안국을 비롯 신광한, 정순붕 등을 조정대신으로 재기용했다. 화담의 제자인 민기도 이때 조정에 발을 들여놓았다.

사화의 피죄인이 다시 등용되고 조정이 안정되는 기미가 보이자 뜻을 펼치려는 젊은이들이 화담 산방으로 줄을 이어 몰려들었다.

그즈음 산방의 문을 두드린 젊은이는 이중호, 박지화, 강문우, 차식, 허엽, 박민헌 등으로 모두 타 지역 출신이었다.

산방 마을 화곡동은 거접(居接)하려는 산방학인들로 활기를 띠기 시작했다. 이에 화곡동 사람들은 화담 선생의 높은 뜻에 보답도 할 겸 집집마다 나서서 학인을 거두니 마치 작은 성균관을 이룬 듯하였다. 정 서방네, 이 서방네, 박생원 댁으로 불리던 거접 가옥의 호칭도 성균관의 동재와 서재를 흉내 내어 갑재, 을재, 병재, 정재 등으로 부르게 되었다. 오늘날의 하숙촌이 형성된 것이다.

화담도 어머니를 잃은 슬픔에서 벗어나 산방을 찾는 이들을 거두어 가르치는 데 혼신의 힘을 기울였다.

그렇게 일 년여 시간이 흘렀을 때 이지함이 산방으로 찾아왔던 것이다.

4

중화참 무렵까지 우중충한 날씨였는데 오후로 접어들자 구름이 사라지고 해맑은 햇살이 내리비쳤다.
"날 따라오게."
화담은 강의를 마친 뒤 소쿠리를 들고 이지함을 불러 뒷동산으로 갔다. 화담이 손수 일군 뒷동산 채마밭에는 파랗게 새싹이 오르고 있었다.
"저쪽으로 가서 봄나물이나 뜯어볼까?"
채마밭을 빙 둘러본 후 화담이 흐뭇한 미소를 지었다.
밭 근처 뒷동산에는 미역취를 비롯해 원추리, 고비, 고사리, 잔대싹, 취나물, 참나물, 모싯대, 돌나물, 비비추 같은 봄나물이 지천이었다.
"먹을거리 중에 봄나물이 최고일세. 이 달만 지나도 억세어져서 먹지 못한다네. 지금은 취나물하고 돌나물이 제격이야. 자네는 취나물을 뜯게나. 나는 돌나물을 뜯을 테니."

허리를 굽혀 돌나물을 뜯으며 화담이 말했다.

"참취는 입맛을 돋워주고 춘곤증 예방에도 썩 좋다네. 그러나 입맛을 돋우는 게 어디 참취뿐이겠는가. 모든 산나물이 다 으뜸일세. 참, 자네는 참취가 어디에 좋은지 아는가?"

"두통에 쓰인다고 들었습니다."

확실하진 않지만 들은 것이 있어 이지함은 그리 대답하였다.

"어린 것보다 다 자란 것을 쓰지. 정신이 어찔어찔하는 현기증에도 좋고 너무 잘 먹어서 생기는 소갈병(消渴病) 예방에도 좋다네."

"돌나물은 어디에 좋습니까?"

"이걸 보게. 줄기가 마치 채송화를 닮지 않았는가. 씹을 때 오독오독하고 쌉싸름한 맛이 아주 상큼한 데다 맑은 물이 톡톡 터지는 기분이 새롭지. 그런 기분이 바로 기일세. 그 기가 피를 맑게 해주지.

돌나물은 간장과 관련된 병증에 좋다네. 황달이라든가 간이 굳어지는 병, 간염 등 간질환에 효과가 있다네. 피를 맑게 해주니 아녀자들의 대하 증세에도 탁월한 효능이 있지."

화담은 산야초에 대한 지식도 탁월하였다.

"그러나 중요한 것은 봄나물도 때를 맞추어야 한다는 것일세. 즉 돋아나오는 순서를 거스르지 않아야 몸의 기를 채워준다는 말일세. 예를 들면 입춘 무렵에는 입춘오신반(立春五辛盤)이라 하여 움파, 산갓, 당귀싹, 미나리싹, 무 등의 매운 맛을 가진 채소를 새콤하게 무쳐 먹어야 좋다는 말일세."

"무슨 까닭입니까?"

"이 다섯 가지 채소는 겨우내 움츠렸던 오장육부에 영양을 공급하고 간이 원활한 활동을 하도록 도와준다네. 매운 맛으로 느슨해진 장부를 일깨우고 힘들게 일하는 간장에 도움을 주기 위해 새콤한 신맛을 곁들이는 것이라네. 오행으로 볼 때 간장은 목이고, 맛으로는 신맛이 목이 아니던가. 모든 사물에는 이처럼 질서가 있는 것이라네."

"아, 그래서 입춘오신반이란 말이 생겼군요."

이지함은 그제야 그 말뜻을 이해할 수 있었다. 산나물에조차 이렇듯 오묘한 질서가 숨어 있다니 그저 놀라울 뿐이었다.

화담이 말을 이어나갔다.

"입춘이 지나고 2월이 되면 씀바귀나 고들빼기 뿌리를 캐서 무쳐 먹어야 한다네. 이파리가 조금 솟아났을 때 캐야지. 그런 다음 쓴맛을 약간 우려내고 데쳐서 새콤한 신맛과 어우러지게 하여 찬을 만들어야 한다네."

"그런데 고들빼기가 씀바귀고 씀바귀가 고들빼기가 아닌지요?"

"어릴 때부터 캐서 먹었으면서도 많은 사람들이 그렇게 알고 있지. 쓴맛도 같고 둘 다 노란 꽃이 피는 것도 같아서 그리 생각할 수 있네. 그러나 씀바귀는 다년초지만 고들빼기는 일년초라네. 또한 씀바귀는 산과 들에서 자라지만 고들빼기는 산보다는 주로 들과 논밭에서 자라지. 키도 씀바귀는 한 자밖에 자라지 않고 잎끝이 뾰족한데 고들빼기는 두 자 정도까지 자라고 잎이 타원형이라네."

"이 두 나물은 어떤 점이 이롭습니까?"

"씀바귀와 고들빼기의 뿌리는 열병과 속병에도 좋고, 황달이 아니면서도 얼굴과 눈동자가 누런 사람에게도 좋지. 예로부터 씀바귀와 고들빼기를 먹으면 그해 여름에 더위를 타지 않는다는 말이 전해지고 있다네.

이 두 나물은 금방이라도 뱉어버리고 싶을 만큼 씁쓸하지만 먹다 보면 자신도 모르게 입맛이 당겨지는 봄나물이지. 물론 먹고 나면 기운이 솟는다네.

이처럼 이른 봄나물로 오장을 일으킨 후에 진한 녹색의 봄나물을 먹어야 하는 것이지."

화담은 서책을 가르치듯 산나물을 하나씩 헤아려가며 설명을 덧붙였다.

"이왕 말이 나왔으니 봄나물이 사람 몸에 어떤 효과가 있는지 말해보겠네. 향기가 일품인 냉이는 위와 장에 좋고 간의 해독작용을 돕는다네. 또 냉이 뿌리는 눈에 좋고 달여 먹으면 혈압을 낮춰주지.

달래는 약간 쓴 듯하며 씁싸름한 맛이 매력인데 빈혈과 불면증, 장염, 위염에 효과가 있고, 자궁출혈이나 월경불순 같은 부인병에 효과가 좋아 아녀자에게는 돌나물처럼 매우 중요한 먹을거리라네.

솜털이 숭숭하고 상큼한 맛과 은은한 향기를 가진 두릅은 혈액순환을 도와주고 피로를 풀어주지.

감초 못지않게 많이 쓰이는 쑥은 신경통이나 지혈을 시키는 데 쓰고 해열과 해독에도 쓰이고, 입냄새를 없애고, 혈압을 낮춰주고, 복통에도 효과가 탁월하지. 그래서 옛날부터 배탈이 나면 말린 쑥을 넣은 복대를 만들어 찼다네.

또한 미나리는 어떤가. 피를 깨끗하게 하고 보온, 해열, 발한작용이 있어 감기나 냉증 치료에 좋다네. 또 해독작용을 하고 각종 질병예방과 치료에도 아주 좋은 봄나물이라네."

설명을 마친 화담은 돌나물을 뜯던 손을 돌려 취나물을 뜯기 시작했다.

"소쿠리가 넘칠 만큼 듬뿍 뜯세나."

이윽고 소쿠리가 가득 차자 화담은 저고리 춤을 들어 돌나물을 따로 담고 소쿠리에는 취나물만 담았다.

"소쿠리째 화곡동으로 가지고 가게."

"너무 많습니다."

"갑재에 가면 식구가 있지 않은가."

"정 서방도 장사를 떠나서 아낙 혼자 있습니다."

이지함은 아낙이라는 말을 입에 담는 순간 자신도 모르게 얼굴이 붉어졌다. 어찌 다시 얼굴을 대한단 말인가.

"그러니까 갖다주고 자네도 맛있게 먹으라는 말일세."

"……"

"왜, 선비가 나물 뜯은 소쿠리를 들고 다니는 게 흉이라도 될까 봐 그러는가?"

이지함이 대답이 없자 화담이 되물었다.

"그게 아니옵고……"

"성의를 봐서라도 정성스레 무쳐줄 것이라네."

화담의 말에 이지함은 간밤에 있었던 일을 말할까 말까 속으로 망설였다. 아침나절에 선문답 같은 말이 오가고 나서 가만히 생각해보니 선생께서 아는 것 같기도 했던 것이다.

그러나 아무도 없는 한밤중의 일이었는데 선생께서 알고 있을 리 없었다. 혹시 염력으로 투시하였다면 모를까 아낙과 자신만이 간직한 사실이 아니던가. 주머니에 몹쓸 것을 담고 있는 듯 기분이 산뜻하지 못하였다.

이지함으로서는 남편 정 서방이 울 밖에서 모든 걸 엿듣고 있었다는 사실을 알 리 없었다. 정 서방은 장사를 떠난 사람이었으니 두 사람이 하는 수작을 혼자 엿듣다 못해 화담 선생까지 모시고 와서 상세히 들었으리라고 어찌 상상이나 할 수 있겠는가.

초당으로 다시 돌아왔을 때 이지함이 말을 꺼냈다.

"선생님, 여쭤볼 말씀이 있습니다."

"말하게."

"어인 연유로 저를 더 이상 가르칠 것이 없다고 하셨는지요?"

배움이 아직 멀었는데 어찌하여 하룻밤 사이에 화담 선생의 맘이 달라졌는지 그 연유를 알고 싶었다.

"이유를 알고 싶어서 묻는 겐가?"

"그렇습니다."

"이유는 없네. 허나 굳이 답을 듣겠다면……."

이지함을 향해 빙그레 웃음을 지으며 말끝을 흐렸다.

"혹시……."

이지함은 아니 되겠다 싶어 지난밤에 겪은 사단을 털어놓으려다 다시 말끝을 흐리고 말았다.

"혹시 뭔가?"

"아닙니다."

이지함은 생각을 바꾸었다. 스승이 알면 아는 대로 모르면 모르는 대로 지나가는 것이 도리일 것 같았다.

"아니라니 다행일세. 때론 모르는 것도 약이 된다고 했네. 내려가보게."

이지함이 무슨 말을 하려는지 모를 리 없었다. 하지만 때로는 밖으로 드러내지 않는 것이 살아가는 데 도움이 되기도 하는 법이니 화담은 서

둘러 이지함을 돌려세웠다.
 '그런데 무엇 때문에 취나물을 가지고 가라 하셨을까?'
 꽃이 만발하여 눈이 부신 꽃골짜기를 내려오는 동안 이지함의 머릿속으로는 여러 생각이 분주하게 오갔다.
 '맛있게 먹으라는 말씀은 또 무엇이란 말인가?'
 아무리 궁리를 해봐도 스승의 뜻을 짐작할 수 없었다. 그러나 화곡동에 가까워질수록 '아낙의 얼굴을 어찌 다시 대하나' 하는 고민이 이지함의 발걸음을 무겁게 했다.
 화담이 아낙에게 참취를 주라고 한 이유가 있었다.
 서먹서먹한 두 사람의 관계를 해소시키는 구실을 기대한 것이 그 하나요, 그것을 통해 평상심을 되찾으라는 것이 두 번째였다. 원래 다 자란 참취는 해소, 방광염, 두통, 현기증, 수렴 등의 약재로 쓰는데, 특히 어린 잎은 소변 배설에 도움을 주었다. 세 번째 깊은 뜻이 여기 있으니 젊은 아낙의 소변 배설을 원활하게 해주라는 것이었다. 배설이 용이하지 못하다 보니 신경이 아래쪽으로 쏠리고 생각이 자꾸 그쪽으로 머무르니 색을 밝히게 된다는 이치였다. 그러므로 배설이 원활해지면 자연히 평상심을 되찾을 것이었다. 몸은 곧 자연인 터, 자연의 순리를 좇아 움직이면 절로 마음도 잦아들지 않겠는가.

 화곡동 갑재는 조용하였다. 신발이 섬돌 위에 가지런히 놓여 있는 모양새로 보아 아낙이 분명 안방에 있을 터인데 인기척이 없었다.
 참취 소쿠리를 들고 이지함은 잠시 머뭇거렸다.
 젊은 아낙은 앞마당에서 해바라기를 하다가 집으로 오는 이지함이 눈에 띄자 방으로 냅다 줄달음을 놓았던 것이다. 그러고는 숨을 죽이며 귀를 곤두세우고 있었다. 지난밤 일을 생각하매 맑은 정신으로 이지함의 얼굴을 대하기가 차마 엄두가 나지 않았다.

머뭇거리던 이지함이 마침내 결단을 내려 일부러 소리가 나도록 소쿠리를 툇마루에 내려놓았다. 무슨 소리가 나면 그쪽에서 응대가 있을 것이었다.

그러나 한참을 기다려도 아무런 응대가 없었다.

"안에 계시오이까?"

이윽고 이지함이 마음을 다지며 말을 넣었다. 어차피 곁방살이를 마감하지 않을 바에야 입을 봉한 채 외면하고 살 수는 없는 일이었다.

"……"

역시 응대가 없었다.

"계시오이까?"

또다시 말을 건넸다. 아까보다 좀 더 목청을 높였다.

"……네에."

마지못해 억지로 대답하는 듯한 목소리가 방 안에서 흘러나왔다.

"취나물을 가져왔소이다."

이지함은 곧바로 자신의 방으로 들어갔다. 얼마 후 아낙이 방문을 열고 툇마루로 나오는 소리가 들렸다. 그러더니 이지함의 방문 밖에서 발걸음 소리가 멈추었다.

"나물을 어떻게 해드릴까요?"

"그걸 이 사람이 어떻게 알겠소. 그쪽에서 더 잘 아실 터이니 맘대로 하시오이다."

"지난밤 일은 잊어주십시오. 이녁은 그저……."

차마 얼굴을 들지 못한 채 신발 코로 땅 끝을 파고 있을 아낙의 모습이 눈에 선했다.

"어제 무슨 일이 있었소? 나물이나 맛있게 무쳐주시오."

"네에."

저녁상에 취나물무침이 올라왔다. 씹을수록 고소한 향기를 풍기며 깔끔한 맛이 우러나왔다.

음식 맛은 손끝에서 나온다고 했다. 색에 치우침이 많은 만큼 음식을 만드는 손끝도 예민하였던 것이다.

상을 물리면서 맛있게 잘 먹었다는 말을 전했다. 아낙의 얼굴에 수줍은 미소가 어렸다.

다음 날 아침, 이지함은 화담 산방으로 갈 차비를 끝내고 아낙에게 취나물을 좀 싸 달라는 부탁을 했다.

"화담 선생님 갖다드리시려고요?"

"그렇소이다."

"선생님 입에 맞을는지 모르겠네요."

"입맛은 같을 것이오이다."

이지함은 우정 무뚝뚝한 말투로 응대를 했다.

젊은 아낙이 뚜껑 있는 사발에 취나물무침을 담아주었다. 그러고 보니 예전과 달라진 게 없었다. 말도 순조롭게 오가고, 크게 꺼릴 것이 없었다. 이것이었구나, 이지함은 스승의 혜안과 깊은 배려에 절로 고개가 숙여졌다. 화담 선생의 말없는 가르침을 되새기며 산방으로 들어섰다.

"이것이 뭔가?"

이지함이 사발을 내밀자 화담이 되물었다.
"취나물무침이옵니다."
"오, 그래. 정 서방네 아낙이 무친 나물이란 말이지?"
"예, 씹을수록 고소한 맛이 우러나옵니다."
"그게 봄나물의 특성일세."
"여러모로 고맙습니다, 선생님!"
"내가 준 게 아닐세. 스스로 그러한 것〔自然〕이 스스로 준 것뿐일세."
"선생님의 가르침인 줄 알고 있습니다."
"그리 생각해주니 오히려 내가 고마울 따름일세."
속속들이 말할 필요가 없었다. 그야말로 이심전심이었다.

녹음이 짙어지고 꽃못의 빛깔이 천 길 깊이인 양 푸르렀다. 꽃못으로 흘러드는 석천(石川)의 물소리가 여느 때보다 맑고 경쾌했다.
일찍이 산방학인으로 배움에 임했던 차식과 박지화(朴枝華)가 박민헌(朴民獻)을 앞장세우고 화담 산방으로 들어섰다.
이지함과 이야기를 나누던 허엽이 반색을 하며 그들을 맞았다.
"모두들 한양 구경은 잘했는가?"
"태휘 아우는 형님을 봤으면 정중히 인사를 해야지 농부터 할 참인가!"
박지화가 허엽의 말을 받았다. 허엽보다 네 살 위이고 산방의 선진인 터였다.
"애들 틈새에 끼어 있는 형님이 애들보다 더 어려 보이니 낸들 어쩌겠소, 하하하."

허엽이 동갑인 차식과 한 살 많은 박민헌을 싸잡아 애들이라 칭하며 박지화의 말을 받았다.
"내가 없는 동안 태휘가 산방 분위기를 다 망쳐놓았네그려."
박지화가 너털웃음을 터뜨렸다.
이지함은 차식과 박민헌과는 인사를 나눈 적이 있어 어렴풋이 기억이 났지만 박지화는 초면이었으므로 그들이 하는 모양새를 물끄러미 바라보고만 있었다.
허엽이 능글거리던 말투를 바꾸며 점잖게 이지함을 소개하였다.
"스승께서 아끼는 제자, 이지함이오."
허엽은 '아낀다'는 말에 힘을 주었다. 화담이 이지함에게 쏟는 사랑을 이미 눈여겨본 터였다.
"박지합니다. 태휘가 너무 농을 좋아해서 탈이지요. 마음 쓰지 마시오, 이 선비. 스승께선 모든 제자를 아끼고 사랑하신답니다."
가볍게 수인사를 마친 학인들은 초당으로 들어 스승에게 예를 올렸다.
"오늘은 밖에서 강의를 하겠네."
꽃못에 둘러앉자 화담이 제자들에게 한양 소식을 물었다.
"기묘사화 피죄인을 기용한 조정 분위기가 어떠한가?"
"김안로가 있을 때보다는 많이 좋아졌답니다. 하지만 세자를 보호한다는 명분으로 윤임이 날뛰고, 중전의 세를 업은 윤원로와 윤원형 형제가 경원대군을 옹호하며 정국을 어지럽히고 있습니다."
박민헌이 보고 들은 대로 전했다.
"허허, 외척 간의 암투로군."
"예, 그렇사옵니다. 지난날과 달리 이번에는 외척들이 깨춤을 추는 조정이옵니다."

"선비들이 두 패로 갈라지겠구먼. 허면 붕당이 생길 터."

"맞습니다. 얼음에 금 가듯 하고 있사옵니다."

"금이 갔다면 언젠가는 소릴 내며 갈라지지 않겠는가."

"그렇지 않아도 윤임의 세가 윤원형의 세를 벼르고 있다 하옵니다."

"식인지식자 사인지사(食人之食者 死人之死), 남의 먹을 것을 먹는 자는 남의 일에 죽는다고 했네. 순리를 따르지 않고 서로 빼앗으려 하는 양쪽 외척의 싸움이 장차 거친 피를 부를 것이 필연이네. 언제나 바람 잘 날이 오려는지……."

화담은 수심 가득한 표정으로 하늘을 쳐다보았다.

중종이 보위에 오르고 나서는 선비들의 세력 다툼으로 조용한 날이 없었다. 바람 앞 촛불처럼 매양 불안한 정국의 연속이었는데 이제는 외척마저 가세하였다니 조정의 혼란은 불 보듯 뻔했다.

"자네들에게 당부하겠네. 대과에 급제해서 조정에 발탁된다 하더라도 절대 무리를 짓지 말아야 하네. 세를 짓는다는 것은 장차 싸움을 피할 수 없을 것이네. 세와 세가 부딪치면 뜻을 펼치기에 앞서 먼저 피를 흘려야 하는 회오리를 만나게 된다는 말일세. 해서 나 혼자만이라도 올곧은 선비가 되어야 한다네.

모름지기 선비란 청렴함을 바탕으로 뜻을 펼치는 것이 아니던가. 자네들도 잘 알겠네만 선비의 청렴도를 가르는 기준으로 사불삼거(四不三拒)라는 불문율이 있지 않은가. 사불을 자네가 말해보게."

화담이 박민헌을 가리키며 설명하도록 했다.

"일불(一不)은 부업을 가져서는 안 된다는 것이며, 이불은 재임 중 땅을 사지 않는 것이며, 삼불은 집을 늘리지 않는 것이며, 사불은 재임 중 그 고을의 명물을 먹지 않는 것이옵니다."

"맞네, 바로 그걸세. 삼거는 태휘가 말해보게."

"예, 선생님. 일거(一拒)는 윗사람이나 세도가의 부당한 요구를 거절하는 것입니다. 이거는 청을 들어준 다음 답례를 거절하는 것이고, 삼거는 재임 중 경조애사의 부조를 일체 받지 않는 것입니다."

허엽이 굵은 목소리로 삼거를 설하였다.

화담은 틈틈이 선비의 마음가짐과 실천을 강조하는 것을 잊지 않았다. 귀에 못이 박히도록 듣는 제자들이었지만 한 번도 싫은 표정을 지은 적이 없었다.

"이 모든 것이 삿된 마음에서 발생하는 것이네. 자연을 따르고 자연의 생리로 인간을 알고 행하는 본연의 자세를 잃어서는 안 된다는 가르침은 『노자』나 『장자』와 『주역』에도 나와 있지 않던가. 천지와 자연을 알면 절대 삿된 마음이 들어설 자리가 없을 것이네. 오늘은 노장과 주역에서 가르치는 자연에 대해 토론하기로 하세."

자연을 배운다 함은 곧 사람됨에 대한 공부였다.

"지화가 『노자』 25장에 나오는 대목을 설명해보게."

"사람은 땅을 본받고, 땅은 하늘을 본받고, 하늘은 도를 본받고, 도는 자연을 본받는다〔人法地 地法天 天法道 道法自然〕고 하였습니다."

박지화가 거침없이 문장을 줄줄 꿰었다.

"그러면 인간이 자연을 본받으려면 어떻게 해야 하는고?"

"되돌아가라 하였습니다."

"어떻게 되돌아가는가?"

"만물이 근원으로 되돌아가듯 되돌아가야 큰 순응에 이를 수 있다 하였습니다. 이 법칙을 따라야만 자연의 이치에 따르게 된다는 뜻입니다."

"그렇다네. 자연의 법칙을 따르고 그 법칙의 근원으로 돌아감이 바로 인간이 배워야 할 점이라네. 인간이 자연과 다른 점은, 자연은 넉넉한 데서 덜어내어 부족한 곳에 보태주지만 인간은 오히려 부족한 자에게 빼앗아 넉넉한 자에게 더 보태준다는 것이지. 또 자연은 많아지면 덜어내는 성품을 가지고 있는 반면 인간은 덜어내기는커녕 더 많이 가지려고 한다는 점이 다르네. 이는 자연의 도에 역행하는 것으로 결과는 흉으로서 생을 마감한다는 교훈이지. 그러하기에 만물의 근원으로 되돌아가라 하였다네. 그러면 이번에는 장자의 자연관에 대해 식이 말해보게."

"예,「추수편」에 실린 내용을 살펴보겠습니다. 인위로 자연을 훼멸하지 말 것이며, 고의로 생명을 해치지 말 것이며, 이득으로 명예를 손상하지 말라 하였습니다. 그러므로 자연의 성품을 지켜서 잃지 않는 것, 이것을 일러 참됨으로 돌아가는 것이라 하였사옵니다."

차식은 열 살 때 이미 『시경』과 『서경』을 실타래를 풀어놓듯 했다고 하였다. 『장자』의 「추수편」을 읊는 데 막힘이 없었다.

화담이 덧붙여 이야기했다.

"그 구절은 『맹자』의 「호연(浩然)장」에 나오는 '물망 물조장(勿忘 勿助長)' 이라는 교훈을 연상시켜주네. 모름지기 사사로운 마음으로 도를 손상하지 않고, 인위로 자연을 조장하지 않는 사람을 참사람(眞人)이라고 하지 않았던가. 해서 진인은 자연으로 인사(人事)를 대하였고, 인위를 가지고 자연에 개입하지 않았던 것이라네. 이 모두 스스로 그러한 것으로 돌아가는 성품을 가지고 인사에 임하라는 말씀이지. 역에는 어떻게 나와 있는지 이번에는 지함이 말해보게."

이지함 역시 배운 대로 설명하기 시작했다.

"역은 천지의 도, 즉 자연의 힘과 법칙을 미루어 인간의 도리를 밝힌 것〔易以推天道 以明人事〕이라고 하였습니다. 그러하니 역 또한 자연을 벗어나지 못하고 있습니다."

"좀 더 구체적으로 설명하게."

이지함은 막힘없이 말을 이어내려 갔다.

"천지는 찼다가 비고, 줄어들었다가 늘어납니다. 그것은 하늘의 운행이라고 할 수 있습니다. 그렇듯이 시간이 흐름에 따라 자연은 끊임없이 소식(消息)하고 영허(盈虛)하는 것이옵니다. 소식이란 낮과 밤의 길이, 계절에 따라 음과 양의 양(量)이 달라지는 것을 말합니다. 영허는 달의 삭망(朔望)처럼 찼다가 기울어지는 이치를 말하는 것으로 즉, 변화를 의미합니다. 그 변화의 모습이야말로 천지와 자연의 참모습이라 하였습니다. 이렇듯 변화하는 자연을 설명하기 위해 역이 만들어졌다고 합니다. 그러므로 사람은 자연을 배워 참되게 살라는 가르침인 것이옵니다."

"설명 잘 했네. 여러 학인들이 알고 있듯이 자연을 본받고 따르는 길이 인간의 도리라는 것일세. 그러나 그 도리를 망각하고 개인의 영달과 욕심으로 귀중한 인명을 함부로 상하게 하는 일이 너무 많았다는 것은 이 땅의 역사를 통해서도 이미 드러난 터일세. 여기 모인 산방학인들은 추호도 자연을 거스르는 짓을 하지 않기를 바라는 바일세!"

꽃못에 밤그림자가 드리워질 때까지 강의와 담론이 이어졌다.

학인들이 물러가자 숲 속으로부터 반짝거리는 불빛이 꽃못으로 쏟아져 나왔다. 마치 허공에 흩뿌린 불티처럼 노란색 불빛이 짧은 간격으로 반짝였다.

"애반딧불이가 놀자 하는구나."

밤은 점점 깊어가고 짝을 찾는 반딧불이의 불빛은 산방을 찾아든 작은 별이 되어 빛나고 있었다.

그렇게 화담은 제자들과 꽃못가에서 강의를 하고, 혹은 산천을 거닐며 담소도 나누면서 선생의 본분에 최선을 다하고 있었다. 때론 여기저기에 있는 바위 위에 올라가 사색으로 시간을 보내기도 했다.

낮이면 물과 들과 꽃과 푸른 산이 어우러지고, 밤이면 별과 달이 함께 비추는 화담 산방의 정취는 시가 담긴 한 편의 아름다운 산수화였다.

〈3권으로 계속〉